古典文學研究輯刊

六編

曾永義主編

第1冊

〈六編〉總目

編輯部編

文心晬論

李逸津著

國家圖書館出版品預行編目資料

文心晬論／李逸津 著 -- 初版 -- 新北市：花木蘭文化出版社，2012〔民 101〕

序 2+ 目 2+146 面；19×26 公分

(古典文學研究輯刊 六編；第 1 冊)

ISBN：978-986-254-945-2（精裝）

1. 文心雕龍 2. 研究考訂

820.8 101014834

古典文學研究輯刊

六 編 第 一 冊 ISBN：978-986-254-945-2

文心晬論

作 者 李逸津

主 編 曾永義

總 編 輯 杜潔祥

出 版 花木蘭文化出版社

發 行 所 花木蘭文化出版社

發 行 人 高小娟

聯絡地址 新北市永和區中正路五九五號七樓

電話：02-2923-1455／傳眞：02-2923-1452

網 址 http://www.huamulan.tw 信箱 sut81518@gmail.com

印 刷 普羅文化出版廣告事業

初 版 2012 年 9 月

定 價 六編 18 冊（精裝）新台幣 30,000 元

〈六編〉總目

編輯部　編

《古典文學研究輯刊》六編　書目

文學思想與文論研究專輯

第 一 冊　李逸津　文心晬論

第 二 冊　張海明　回顧與反思——古代文論研究七十年

第 三 冊　汪文學　中國古代性別與詩學研究

文學家與文學史研究專輯

第 四 冊　辛夢霞　元大都文壇前期詩文活動考論（上）

第 五 冊　辛夢霞　元大都文壇前期詩文活動考論（下）

古典小說研究專輯

第 六 冊　蔡娉婷　規訓或懲罰：重審公案中的酷刑

第 七 冊　王富鵬　《紅樓夢》人物性別角色研究

古典戲曲研究專輯

第 八 冊　翁敏華　翁敏華曲學論文集

第 九 冊　余蕙靜　沈璟現存傳奇研究

第 十 冊　林和君　《全明傳奇》夢關目運用研究

第十一冊　林佳儀　《納書楹曲譜》研究——以《四夢全譜》訂譜作法為核心（上）

第十二冊　林佳儀　《納書楹曲譜》研究——以《四夢全譜》訂譜作法為核心（下）

第十三冊　黃思超　浙崑改編戲研究——《十五貫》、《風箏誤》、《西園記》

古代散文研究專輯

第十四冊　徐月芳　蘇軾奏議書牘研究

第十五冊　黃靜瑜　袁宏道與張岱的西湖書寫——從外緣到文本的考察

民間文學研究

第十六冊　陳麗娜　中國民間故事類型研究（上）

第十七冊　陳麗娜　中國民間故事類型研究（下）

第十八冊　張瑞文　丁乃通先生及其民間故事研究

《古典文學研究輯刊》六編
各書作者簡介・提要・目次

第一冊　文心晬論

作者簡介

李逸津，男，祖籍廣東東莞，1948 年 10 月 9 日出生於天津市 。1969 年高中畢業赴黑龍江引龍河農場勞動鍛煉。1972 年入天津師範學院（今天津師範大學）中文系進修班學習。1973 年畢業留校，任文藝理論教研室教師至今。其間於 1979-1981 年在本系讀研究生，主修中國文學批評史。曾於 1988-1989 年、1999-2000 年兩度受國家教育部派遣，赴俄羅斯國立赫爾岑師範大學、國立聖彼得堡大學訪學。回國後參與「中國古典文學在世界」、「20 世紀國外中國文學研究」兩個國家級社科規劃項目的研究工作。獨立主持和完成天津市「十五」社科規劃項目「20 世紀俄羅斯漢學 文學研究」。出版個人專著：《文心拾穗——中國古代文論的當代解讀》（天津社會科學院出版社 2001 年出版）、《兩大鄰邦的心靈溝通 中俄文學交流百年回顧》（黑龍江人民出版社 2010 年出版）；合作專著：《國外中國古典文論研究》（江蘇教育出版社 1998 年出版）、《20 世紀國外中國文學研究》（天津人民出版社 2000 年出版）等；主編教材：《中國古代文論》（天津社會科學院出版社 2003 年出版）、《美學導論》（中國文史出版社 2011 年出版）。另有中國古代文論、中俄文學關係等方面研究論文 30 餘篇。曾任天津師範大學文學院文藝理論教研室主任、國際中國文學研究中心副主任，2011 年 9 月退休。

提　要

本書係作者自 1981 年以來 30 年間所撰中國古典文論方面研究論文的合集。 除對中國古代「詩言志」說歷史成因的探討，以及介紹、評論俄羅斯中國古代文論研究的論文之外，主要集中在對中國古代文學批評黃金時代魏晉南朝文論經典，如曹丕《典論・論文》、陸機《文賦》、劉勰《文心雕龍》的研究。作者本著訓詁、考據與現代闡釋相結合的原則，立足於中國歷史文化的實際語境，在確切解讀和深刻把握中國古代文論原著思想內涵的基礎上，合理抽繹出其中具有中國特色和現代意義的理論命題，並對它們在當代有中國特色文藝理論建設中的現實價值，作了一定程度的探索。文集中多數文章均曾在國內外學術刊物上公開發表，或在國際學術討論會上宣讀。有些文章受到過學術獎勵和學界好評。其中對中國古代文論一系列經典概念或命題，諸如「文之爲德」、「神思」、「杼軸獻功」、「風骨」、「氣」、「通變」、「情采」、「入興貴閑」等等，做了比較翔實的考證和梳理，提出了有一定獨創性的個人見解。文集所收文章大多選題貼近當代實際，行文深入淺出，雖內容古奧但讀來並不乏味，可供有志於中國古代文論研究的學子及社會上中國傳統學術的愛好者閱讀參考。

目　次

自　序

「詩言志」綱領歷史成因探論……1

曹丕《典論・論文》的產生背景及理論貢獻……11

陸機《文賦》「夸目尚奢」四句辨義……17

《周易》哲學與《文心雕龍》理論體系的建構……23

《文心雕龍》「樞紐」論探義……33

關於《文心雕龍》下編前五篇的篇次、理論主旨及其他——兼與郭晉稀先生商榷……39

劉勰「神思」論的產生條件及理論貢獻……45

《文心雕龍・神思》篇「杼軸獻功」說辨正……49

試談劉勰的「風骨」論及其在今天的意義……53

略談《文心雕龍》中「氣」字的用法……61

「通變」三說……69

《文心雕龍・情采》篇析論……77

從《情采》看駢體文寫作特點兼及《文心雕龍》的解讀……81

「入興貴閑」——《文心雕龍》文藝心理學思想舉隅 ……85
從《文心雕龍》的理論主旨看中華傳統文化的核心精神 ……87
《文心雕龍》美育思想探論 ……97
破譯東方詩學的文化密碼——評俄羅斯漢學家李謝維奇對中國古代文論術語的譯解 ……105
俄羅斯漢學家對《文賦》的接受與闡釋 ……115
俄羅斯翻譯闡釋《文心雕龍》的成績與不足 ……127
俄羅斯現代新漢學的奠基作——論 B・M・阿列克謝耶夫的司空圖《詩品》研究 ……141

第二冊　回顧與反思——古代文論研究七十年

作者簡介

張海明，男，1957 年出生，雲南昆明人。1982 年 7 月於北京師範大學中文系畢業獲學士學位，1985 年 7 月獲北京師範大學中文系文藝學專業碩士學位並留校任教，講授文學概論、中國古代文論等課程。1991 年在職從啓功先生讀中國古典文獻學專業博士，1994 年 7 月獲博士學位。1997 年評爲教授，1999 年增列爲中國古典文獻學專業博士生導師。1997 年年由文藝學教研室調到古典文學教研室，曾擔任北師大文學院古代文學研究所所長，兼任文藝學研究中心專職研究員。2007 年調入清華大學人文學院中文系，現爲該系文藝學教研室教授，博士生導師。

主要從事：1、有關中國古代文論範疇和學科史的研究；2、有關魏晉玄學與文學相互關係的研究；3、有關中西比較詩學研究史、比較詩學的學科定位的研究。自 1999 年擔任博士生指導教師以來，分別在中國古典文學文獻學、中國古典文學唐宋文學方向、文藝學中國古代文論方向招收、指導碩士和博士研究生。

主要著述：1、《經與緯的交結——中國古代文藝學範疇論要》，雲南人民出版社 1994 年版，陝西人民教育出版社 2006 年再版；2、《玄妙之境》，東北師範大學出版社 1997 年出版；3、《回顧與反思——古代文論研究七十年》，北京師範大學出版社 1997 年出版；4、《中國文學思想史》（主要撰稿人之一），湖南教育出版社 2004 年出版。在《文學評論》、《文藝研究》、《文學遺產》等刊物上發表論文多篇。

提　要

進入九十年代以來，對學科史的研究成爲一種帶有普遍性的趨勢，值此新舊世紀交替之際，人們不約而同地駐足回顧自本世紀初至今學科發展的歷程，反思這近一個世紀各自領域研究的發展變遷及經驗教訓，以期從中總結出若干具有規律性的東西，更好地指導今後的研究。就古代文論研究領域而言，雖然從八十年代中期已有零星的學科史研究文章散見於報刊，但系統而全面的專著尚未出現，《回顧與反思：古代文論研究七十年》正是在這樣一種學術氛圍下，對創立於本世紀二十年代的新興學科——中國文學批評史，作了較爲全面的學科史的研究。應該說，該課題的研究，對於系統瞭解中國古代文論研究七十年來的發展概況，客觀估價七十年來研究所取得的成果與存在的不足，進一步促進學科建設，有著積極的意義。該課題的完成，對於廣大古代文論研究者和古典文學研究者，乃至文藝理論研究者，都具有一定的參考價值；對於高校中文專業的本科生、研究生，也不失爲一本帶有指南性質的古代文論研究的入門導讀。

全書約 22 萬字，除篇首《導言》外，共分爲九章：1、古代文論研究的歷史與現狀；2、古代文論研究作爲一門獨立的學科；3、對中國古代文論特性的認識；4、古代文論與現代文論；5、走向比較詩學；6、資料整理；7、史的編撰；8、專題和範疇研究；9、海外和台港地區的中國古代文論研究。正如以上各章題目所示，本書首先追溯了古代文論研究的歷史，描述了古代文論研究的現狀，並對成就與不足作了客觀的評判。在此基礎上，較爲深入地分析了古代文論研究作爲一門獨立學科的性質，包括其特殊的研究對象與目的，研究方法，以及對研究主體的若干要求等。從建設具有民族特色的馬克思主義文藝理論出發，本書分別討論了近十年來學界對中國古代文論體系和特徵的認識、古代文論與現代文論之之間的關係，進而就建設具有民族特色的馬克思主義文藝學的可行性提出了自己的看法。本書認爲，比較詩學是當前乃至今後一個時期內古代文論研究的發展趨勢，具有十分廣闊的發展前景，它將縱向研究與橫向研究融爲一體，對於實現古代文論向現代文論的轉換，尋求跨越東西古今共同的文學規律，有著頗爲重要的意義。大概而言，前 5 章偏於綜論，集中探討學科理論層面的問題；後 4 章則按研究範圍的不同，分別評述了七十年來古代文論研究在資料整理、史的編撰、專題和範疇等方面取得的成就及存在的問題。毋庸置疑，在這幾個方面，我們已做了大量的工作，取得了巨大的成績，但存在的問題也是不容忽視的。譬如我們的資料整理還沒有一部較爲詳盡的彙編，還沒有運用現代化的研究手段；批評史的編撰還停留在傳統的按類編排的階段，未能眞正體現史的意識，尤其是文學批評史自身的發展規律；在專題範疇研究和專人專著研究方面，如何既尊重歷史又立足當代，更好地處理歷史還原與現代闡釋的關係仍有待於進一步的探討；此外，本書還對海外和台港地區的中國古代文論研究作了初步的介紹，儘管佔有的資料遠非全部，但管斑窺豹，亦可爲我們今後的研究提供若干借鑒。

在研究方法上，注重史論結合是本書的一大特色。作者並不止于對學科史的描述評判，而且注意從史的追溯中發現存在的問題，尤其是那些關係到學科建設與發展的問題，加以分析，盡可能理清頭緒，給出答案。在描述學科發展軌跡的同時，作者常常將自己對問題的理解融入其間，雖然只是一家之見，卻使本書具有了一定的理論深度，能夠予人啓迪，引人思索。顯然，較之一般性的介紹，這更有助於深化對問題的認識。

對學科史的梳理研究是一項相當耗費時力的工程。七十年來，古代文論研究的專著多達百十種，文章數千篇，以個人的時間精力，幾乎不可能一一過目，全部瀏覽一遍，因此，本書雖然儘量勾畫出學科發展的輪廓，但遺漏也在所難免。以古代文論研究的重要性而論，本該有一部更爲詳盡、系統的學科研究史，有從不同角度入手的分類梳理，評論總結，以期對歷史、對存在問題有更全面完備的認識，而目前這方面的研究問津者不多。另外，儘管本書就若干存在問題提出了自己的見解，卻並不意味著問題已經得到徹底的解決，限於個人的學力眼界，對問題的認識或許不無謬誤。對一些長期困擾研究界的問題，譬如古代文論和現代文論的關係，吸收、借鑒傳統文論以發展建設具有民族特色的馬克思主義文藝學，以及如何使古代文論研究更上一層樓等等，都需要我們進一步去探討，而且這種探討應該既在理論層面，也在實踐層面。就是說，學科史研究的最終目的，仍須落實爲具體的理論研究，其意義和價值也只能通過學科的進展、開拓體現出來。

目　次

學術研究需要反思（序）　蔡鍾翔
引　言……1
第一章　古代文論研究的歷史與現狀……1
一、早期的古代文論研究……11

二、五十年代到六十年代中期的研究……17
三、新時期以來的古代文論研究……22
第二章　古代文論研究作為一門獨立的學科……31
一、古代文論研究的學科性質……35
二、對象與目的……37
三、研究方法……42
四、研究主體……46
第三章　對中國古代文論特性的認識……51
一、研究的意義與方法……52
二、古代文論體系的特徵……55
三、文學本論特徵……60
四、文學分論特徵……65
第四章　古代文論和現代文論……71
一、從「民族化」到「中國特色」……72
二、走出誤區……78
三、古代文論的現代轉換……85
第五章　走向比較詩學……93
一、八十年代以來的比較詩學熱及其原因……93
二、中西比較詩學的歷史與發展……98
三、比較詩學和古代文論研究……108
第六章　資料整理……117
一、資料的收集……117
二、資料的考訂……122
三、資料的編選……126
四、資料的釋譯……131
五、資料的利用……135
第七章　史的編撰……141
一、七十年來批評史撰寫的實績……141
二、若干值得注意的問題……148
三、增強學科自省意識，促進批評史研究的深化……155
第八章　專題與範疇研究……165

一、研究的進展……166
二、問題的反思……174
三、方法的選擇……181
第九章　海外和台港地區的中國古代文論研究……187
一、日本和韓國學者的研究……188
二、西方學者的研究……195
三、台港學者的研究……202
重印後記……211

第三冊　中國古代性別與詩學研究

作者簡介

汪文學，男，1970 年 11 月生，苗族，貴州思南人。現任貴州民族大學教授、文學院院長，貴州省高校哲學社會科學學術帶頭人，兼任中華全國青年聯合會第十一屆委員會委員、貴州省古典文學學會副會長、貴州省少數民族語言文字學會副會長。主要從事中國古代文學史和思想史研究，先後獲貴州省第五次哲學社會科學優秀成果獎、第四屆全國各族青年團結進步獎、貴州青年五四獎章、貴州高校人文社會科學優秀成果二等獎、貴州省教學名師獎。發表學術論文 50 餘篇，出版學術專著多部，主要有：《正統論——發現東方政治智慧》（陝西人民出版社 2002 年）、《漢晉文化思潮變遷研究——以尙通意趣爲中心》（貴州人民出版社 2003 年）、《傳統人倫關係的現代詮釋》（貴州民族出版社 2004 年）、《漢唐文化與文學論集》（貴州大學出版社 2008 年）、《貴州古近代文學理論輯釋》（民族出版社 2009 年）、《詩性風月——中國古典文學中的情愛》（中央編譯出版社 2011 年）。

提　要

本書在中國傳統文化背景下討論性別與詩學問題，探討在傳統中國語境中性別裏的詩學問題，詩學裏的性別問題。將性別、情色、詩學三者聯繫起來，進行彼此滲透、相互聯動的思考和研究，是本書的基本內容。本書立足於問題之研究，不作系統周全的理論體系建構，共收論文二十篇，按其內容，分爲五類，厘爲五卷，分別命名曰「古典新義」、「文人情結」、「詩性風月」、「女性情色」和「性別詩學」。卷一「古典新義」收錄論文四篇，對諸如「君子之道造端乎夫婦」、「女子無才便是德」、「男女有別」、「男尊女卑」等古典名言，做追本溯源之探討，作接近歷史本眞之詮釋。卷二「文人情結」收錄論文三篇，討論古代中國文人的春夢情結、青樓情結和相如情結，展現傳統中國文人的情色心理和詩性精神。卷三「詩性風月」收錄論文六篇，討論古代中國人的愛情理想、理想配偶、調情藝術，以及傳統中國社會情愛生活中的季節性特徵和地域性特點，和女性在情愛生活中的主動姿態，意在彰顯傳統中國士大夫文人在情愛生活中呈現出來的詩性精神。卷四「女性情色」收錄論文四篇，討論傳統中國社會女性美的特徵及其審美演變、女性妝飾觀念之演變與社會風氣之變遷、女性頭髮妝飾和沐浴行爲的情色意義。卷五「性別詩學」收錄論文三篇，探討中國古典詩學的女性化特徵、情愛與詩學之隱秘關係、情愛發生與詩學生成的共同原理，展現古典情愛與古典詩學之間彼此滲透、相互聯動之關係。

目　次

序　論……1
卷一：古典新義……9
「君子之道造端乎夫婦」正解……11
「女子無才便是德」新解……23
「男女有別」正義……35
「男尊女卑」重估……43
卷二：文人情結……67
傳統中國文人的春夢情結……69
傳統中國文人的青樓情結……81
傳統中國文人的相如情結……87
卷三：詩性風月……97
才子佳人與英雄美人：傳統中國人的愛情理想……99
舊家女郎：傳統中國文人的理想配偶……109
琴心挑之：傳統中國人的調情藝術……117
有女懷春，吉士誘之：傳統中國社會情愛生活的季節性特徵……127
東門・桑中・水濱：傳統中國社會情愛生活的地域性特徵……139
女子善懷：傳統中國女性在情愛生成過程中的主動姿態……153
卷四：女性情色……167

傳統中國社會的女性美特徵及其審美演變……169
傳統中國社會女性妝飾觀念之演變與社會風氣之變遷……185
傳統社會女性頭髮妝飾的情色意義……195
傳統中國藝術中女性沐浴的情色動機……203
卷五：性別詩學……211
女人如詩，詩似女人：中國古典詩學的女性化特徵……213
說風騷：關於情愛與詩學之隱秘關係的探討……237
距離產生美：情愛發生與詩學生成的共同原理……245

第四、五冊　元大都文壇前期詩文活動考論

作者簡介

辛夢霞，女，1982年生人。現為武漢體育學院新聞傳播與外語學院講師。北京師範大學元代文學文獻學博士，專業研究方向為元代文學文獻學，論文《劉因文集版本考辨》收入《中國傳統文化與元代文獻國際學術研討會會議論文集（元代文化研究　第二輯）》；曾參與國家社科基金項目《中國古代詩文名著提要》之子課題——《元代詩文別集研究》。《昨日重現——元大都文化遺存研究及其應用前瞻》獲2009年度北京師範大學自主科研基金項目。

提　要

本文主要考察1215年至1315年在大都（前期為燕京）地域範圍內不同階層文人群體的代表性詩文活動。

本文分四章，按時間順序描述大都文壇的「準備」、「開端」、「融合」及「高潮前奏」四個歷史發展階段：大都文壇是在燕京文壇的基礎上，先後由亡金士人、南方士人、西域士人、佛道人士不斷進入並相互融合而產生的一個動態的、多層次的、多碰撞的文學圈，且最終在「元詩四大家」的引領下漸趨高峰。

本文運用歷史地理學、文獻學、文學等研究方法，採用整體歷史背景考察與具體文學活動分析相結合的策略，從時間、地域、群體的角度，通過搜集文獻、分析作品、探究心態、比較異同，歸納出元大都文壇前期的動態性、包容性、交際性等特徵，總結其創作題材、活動形式方面的文學共性，探究詩文活動與政治變革、社會風俗的密切關係。

目　次

上　冊

前　言……1
第一章　蒙古國治下的燕京文壇……21
第一節　貞祐南渡前後的燕京文壇……21
一、政權更迭：金中都的滅亡與燕京行省的建立對文壇的影響……21
（一）兵臨城下的金士人處境……21
（二）燕京行省的建立及士人與文化的存留……23
二、文壇復蘇：分別以丘處機與耶律楚材爲中心的燕京唱和……28
（一）丘處機燕京唱和……28
（二）耶律楚材燕京唱和……34
三、小結……42
第二節　金亡之後的燕京文壇……43
一、文脈重續：亡金士人的回歸與蒙古政權的舉措……43
（一）「壬辰北渡」大量士人由汴京北遷對燕京文壇的影響……43
（二）中原中心：燕京行省機構的擴充與耶律楚材的舉措……47
二、仕隱之間：亡金士大夫的文學活動……48
（一）歸潛堂詩：仕與隱的權衡與試探……48
（二）題梁氏《無盡藏》詩卷：重振家聲……52
三、小結……59
第三節　新舊交替中的燕京文壇……59
一、新舊交替：燕京權力中心的轉移與南方理學北傳……59
（一）燕京管權的交替……59
（二）蒙古對宋戰爭促進了南北學術的交流……61
（三）燕京學術的發展……62
二、南來北往：趙復、元好問等人的文學活動……65
（一）南士趙復在燕京的文學活動……65
（二）燕薊詩派：文學承前啓後……77
（三）元好問與燕京文壇：對燕京文壇的留戀與疏離……83
三、小結……88
第二章　大都文壇的開端……89

第一節　北方中心：由燕京到大都……89
一、中統之治：北方區域文壇的統一……89
（一）忽必烈的政治活動與燕京……89
（二）文化中心……90
（三）理學在北方的進一步傳播……92
（四）李璮之亂對當時文人的影響……93
二、中原諸儒：《樊川圖》題詩……93
三、小結……105
第二節　宋亡初期南方文士在大都的文學活動……106
一、南北對抗：南方文士初入大都……106
（一）對宋戰爭促使更多南人北上……106
（二）宋亡之後……109
二、南人北上：使臣、陪臣、羈臣、徵召之臣在大都的文學活動……115
（一）家鉉翁在燕京……115
（二）汪元量與文天祥的獄中唱和……120
（三）汪夢斗北遊大都……129
三、小結……136
第三節　南北交流的嘗試……136
一、至元之盛：南北人才的齊聚……136
（一）南方人才的輸入……136
（二）太子眞金及其周圍儒士……139
（三）南北貫通……140
二、遊走邊緣：南人在大都的文學活動……141
（一）雅俗共賞：海子宴集……141
（二）《溫日觀葡萄》題跋……151
（三）遂初堂雅集……157
三、小結……163
下　冊
第三章　大都文壇的融合……165
第一節　西域人初入大都……165
一、東西交通：西域人進入中原……165

（一）蒙古軍西征 …… 165
（二）東西交通 …… 167
（三）西域人的構成 …… 167
（四）西域人的華化過程 …… 168
二、西域文士：不忽木、廉希憲在大都與文人的交往 …… 171
（一）不忽木與趙孟頫的「文字交」 …… 171
（二）廉園雅集 …… 174
三、小結 …… 185
第二節　南人送別 …… 185
一、儒道中輟：忽必烈後期統治與政治的延續 …… 185
（一）忽必烈晚年重財、任用「奸臣」 …… 185
（二）桑哥敗落後元廷政策的調整與文人眾生相 …… 186
（三）成宗繼位後修《世祖實錄》聚集文人 …… 187
二、大都送別：異質文化的排除 …… 189
（一）吳澄南還 …… 189
（二）送別汪元量 …… 192
（三）謝枋得大都絕食 …… 205
（四）家鉉翁南歸 …… 207
（五）留夢炎南歸 …… 208
三、小結 …… 211
第三節　佛、道人士對大都文壇的推動作用 …… 211
一、佛道並重：宗教文化背景下的大都文壇 …… 211
（一）佛教對前期元代政治的影響 …… 211
（二）道教對前期元代政治的影響 …… 215
二、寺觀雅集：僧人、道士與文人的交流 …… 216
（一）雪堂雅集 …… 216
（二）清香詩會 …… 230
（三）武當道士禱雨送行 …… 233
三、小結 …… 237
第四章　高潮前奏：成宗武宗仁宗時期的大都文壇 …… 239
第一節　虞集初入大都 …… 239

一、儒治中興：元貞至延祐期間的儒學政策……239
（一）統治者的政策……239
（二）董士選賓客……242
（三）北人南下：徐琰、閻復、盧摯、姚燧等北方士人的影響……244
二、嶄露頭角：虞集在大都的文學活動……246
（一）遊長春宮分韻賦詩……246
（二）國子監賞梨花……249
三、小結……254
第二節　下層文人……255
一、世胄高位：元代前期銓選制度及對文人的影響……255
（一）元代前期的銓選制度……255
（二）對文人的影響……262
二、英俊沉淪：王執謙、何失的大都交遊……264
（一）落魄不羈：王執謙及其交友圈……264
（二）詩酒遣興：何失及其交遊圈……268
三、小結……274
第三節　南方詩歌佔據大都——以楊載、范梈爲先導的「四大家」……274
一、人在京城：「四大家」前期大都生活……274
（一）四人仕宦經歷的比較……275
（二）人在京城……276
二、風雅相尚：「元詩四大家」前期詩文活動……282
（一）虞集與范梈……282
（二）范梈與楊載……283
（三）虞集與楊載……284
（四）范梈與揭傒斯……285
三、小結……287
（一）范梈與江西文化圈的發展與傳承……288
（二）楊載與杭州文化圈……289
結　語……291
參考文獻……295
附錄：元大都前期詩文活動年表……307

第六冊　規訓或懲罰：重審公案中的酷刑

作者簡介

蔡娉婷，臺灣新竹人，中央大學中文所博士，現職亞太創意技術學院通識教育中心副教授、曾任開南大學數位華語文學系兼任副教授。研究專長以詩論、中國古典小說、臺灣文學、華語教育爲主，近年發表多篇中國古典小說及現代文學之論文，編有《大學國文選》、《文類紛呈的女世界：台灣當代女作家文選》、《茶文化與生活》等書，專著有《劉辰翁評杜研究》。

提　要

本書以傅柯的權力論述爲基礎，從規訓、懲罰與酷刑之間彼此的辯證關係中，可觀察出權力的運用非常關鍵，權力可使得身體內化爲柔順馴服，身體可作爲一種文化符碼，從身體承受的刑罰，來體現刑罰如何實現，執法者按職權不同而予以細分，如清官、酷吏、衙役、獄卒、劊子手等等，討論其濫用酷刑時，身體與權力／身體與意志的交鋒。藉由相關文本，分析酷刑在不同階段、不同場合呈現的樣貌，並分析酷刑書寫產生的原因，在在受到傳統專制統治的壓抑及扭曲，鑄成獨特的民族性格，以及奇特的酷刑書寫現象。

內容共分六章，敘述研究動機與目的、研究範圍與研究方法，從公案的精神內涵作爲切入的進路，從文化意義的角度剖析公堂空間的權力感知，並爲爲古今中外的酷刑論述考察源流，探討文本中酷刑之名稱，並從歷代法制史中考察法內與法外之刑，以實際文本細讀重審公案，抉發酷刑中有關身體的哀鳴之處，提出榮格的「集體無意識」說明傳統民族性格何以能吸納並接受「異」的現象，隱然有俄國形式主義「陌生化」的寫作策略，藉由激烈的懲戒手法，不但展現執法者的權力，亦藉由酷刑書寫發洩集體意識。從公案文本的酷刑實例中歸納發現酷刑書寫的密碼，以人間亂象、替罪羔羊、看客心態、因果流轉來解讀酷刑書寫現象，闡述執法者運用懲罰或酷刑時，不僅是對受刑者的懲處，也是對圍觀者的一種規訓與借鏡。最後回歸到規訓體系之內，討論中國的獄訟體制走到清代末年，沈家本對於人性的終極關懷所作的努力。

對公案文本的細讀中，不難發現酷刑書寫現象帶有統治者的專制威逼及暴力手法，亦有民族性格自私怯懦的一面，交織成一面複雜的人性與司法網絡，並由此引發一系列與規訓和懲罰相關的政治、法律、權力觀，見證中國傳統社會是如何通過酷刑對身體的瘋狂肆虐，呈現對精神的普遍隱形暴力，而達到規訓人民的目的。

目　次

第一章　緒　論 …… 1

第一節　論題釋名與研究範圍 …… 1

一、論題釋名：規訓、懲罰與酷刑之間的關係 …… 1

（一）傅柯對「懲罰」變遷至「規訓」的思考 …… 2

（二）公案對「懲罰」轉變爲「酷刑」的演示 …… 4

二、研究範圍的取樣說明 …… 6

第二節　研究動機與研究目的 …… 8

一、研究動機 …… 8

（一）正義？暗角？——對公案的省思 …… 8

（二）屈打能否成招？ …… 9

（三）導異爲常的恐怖／暴力美學？ …… 11

二、研究目的 …… 12

第三節　文獻回顧與成果探討 …… 13

一、文獻回顧：多元的研究議題 …… 13

（一）公案在小說史的探討 …… 13

（二）文學研究的法律向度 …… 18

（三）小說研究的宗教觀照 …… 24

二、成果探討：研究現況之評議 …… 26

（一）公案主體性的開展空間 …… 26

（二）跨領域探討的可行性 …… 26

（三）援引西方理論的新取向 …… 27

第四節　問題的提出、章節安排與理論應用說明 …… 28

一、問題的提出 …… 28

二、章節安排與理論應用說明 …… 29

第二章　公案的論述基礎 …… 31

第一節　公案的起源、發展與流變 …… 31

一、公案的起源——初出成型 …… 31

二、公案的發展——蓬勃興盛 …… 35

三、公案的流變——扭曲轉化……38
第二節　公案的精神內涵……40
一、儒法融攝——傳統法制的精神……40
二、德主刑輔——公案以懲罰爲手段……42
三、懲惡揚善——公案文化的「文學正義」使命……46
四、人治社會——公案以清官爲故事中心……49
第三節　公堂的空間權力感知……51
一、形式空間——從人間世到幽冥界……51
（一）人間的公堂……51
（二）冥界的公堂……53
1. 文字描述……53
2. 圖像描繪……54
二、社會文化結構……56
三、異質空間觀念……57
四、場域與權力象徵……58
第四節　本章小結……59
第三章　哀鳴的身體：文本中的酷刑書寫……63
第一節　拷訊問刑……63
一、人間酷刑……66
（一）包公系列故事……66
1. 《包公案》……67
2. 《清風閘》……71
3. 《三俠五義》……73
（二）公案劇……75
1. 包拯之「權」……75
2. 官吏之「貪」……77
3. 竇娥之「冤」……79
（三）志怪故事：《聊齋誌異》……81
（四）官場故事：《活地獄》……84
二、地獄酷刑……92
（一）神仙度化……92

（二）復仇意識……93
（三）果報思想……94
（四）魂訴申冤……96
（五）懲戒警世……97
第二節　其他酷刑……100
一、酷虐施刑……100
二、異聞用刑……108
三、酷刑餘緒……113
第三節　本章小結……129
第四章　壓抑的心理：酷刑書寫分析……133
第一節　導異為常——酷刑書寫的心理基礎……133
一、「異」聞：志怪傳統下的酷刑……134
二、「異」象：時代風氣下的酷刑……136
第二節　酷刑密碼——解讀酷刑書寫現象……139
一、人間亂象：權力與酷刑的展示……139
二、替罪羔羊：罪苦與冤屈的擔負……143
三、看客心態：旁觀與嗜血的人性……146
四、因果流轉：果報與冥判的警惕……151
第三節　溢惡為美——美學與物質的探討……153
一、論美學：恐怖／暴力美學……153
二、論物質：刑具的使用……162
第四節　本章小結……167
第五章　權力與規訓……171
第一節　權力論述——執法者的人生哲學……171
一、清官與酷吏……174
二、衙役、獄吏與劊子手……189
第二節　千年回眸——走向人性的規訓……197
一、前景化的規訓體制……197
二、沈家本的修律與人權思想……199
第三節　本章小結……204
第六章　結　語……209

第一節　研究問題之解決……209
一、酷刑是古代司法的「不必要之惡」……209
二、「屈打成招」無礙公道正義的存在……210
三、公案酷刑書寫呈現心理壓抑下的獨特美學……211
第二節　論文探究之回顧……211
一、「權力」之作用，為規訓、懲罰背後的關鍵……212
二、酷刑書寫的心理因素與解讀密碼……213
三、觀看酷刑的意義……213
四、清官意義的再評價……215
第三節　研究局限及展望……216
參考文獻……217
附　錄……237
附錄一　中國歷代法定執行死刑的方式……237
附錄二　台灣地區近年公案相關之學位論文（1987～2012）……238
附錄三　台灣地區有關「法律、哲學與倫理」議題之學位論文（1984～2012）……240
附錄四　台灣地區與有關「文學與宗教果報」議題之學位論文（1967～2012）……241

第七冊　《紅樓夢》人物性別角色研究

作者簡介

王富鵬，河南省柘城縣人，博士，教授，中國《紅樓夢》學會理事。現供職于廣東省韶關學院文學院。1993 年 8 月至 1996 年 6 月在西北師範大學中文系學習，獲中國古代文學專業的碩士學位。1996 年 7 月起任教於廣東省潮州市韓山師範學院，2000 年 8 月調入韶關學院。2004 年 8 月考入中山大學中文系，師從長江學者特聘教授吳承學先生，2007 年 6 月獲得博士學位。出版專著《嶺南三大家研究》（人民文學出版社，2008 年 7 月版）。

提　要

本書對《紅樓夢》人物形象的研究是從一個全新的角度展開的。《紅樓夢》中很多人物的性別角色符合文化的規定，但不少重要人物，其性別角色卻發生了「錯位」。這種「錯位」，其實就是人物的性別角色與人們刻板的或傳統文化所規定的性別角色發生了一定程度的矛盾。賈寶玉有明顯的女性化氣質，同時又有堅強的理性、原則性、堅定的信念和承擔責任的勇氣等男性品質。兩種具有不同性別特徵的心理素質在寶玉身上同時得到了充分的表現。其性格在整體上呈現出雙性化的特徵。曹雪芹的文化理想是其雙性化性格形成的思想基礎，明清時期新思潮是這種性格形成的現實文化背景，中國傳統文化的陰柔性因素爲這種性格的形成提供了深層的文化基礎。由于多種因素的影響，明清時期，男人和女人的情感形式，發生了有意思的對轉。湘雲既不失年輕女性的嬌柔含蓄，秀美羞澀，同時又具有男性化的豁達和豪爽。「玫瑰花」的綽號最能說明探春性格的兩個方面。總體而言，湘雲和探春等人呈現出雙性化的性格特徵。王熙鳳等人超越了傳統的女性行爲規範，表現出明顯的男性化特徵。孤高癖潔的妙玉、逆來順受的迎春、偏執孤僻的惜春、以及抑鬱悲戚、自卑多疑的黛玉，就其性別角色而言，屬於未分化型，其心理也都一定程度地呈現病態。

目　次

序　喬先之

序　張慶善

緒　論……1

　　一、性別角色研究的歷史和現狀……2

　　二、性別角色研究與國內文學研究的結合……8

上　編　賈寶玉性別角色研究

第一章　賈寶玉的雙性化性格特徵……17

　第一節　賈寶玉女性化性格因素之表現……17

　第二節　賈寶玉男性性格與女性化性格的對立統一……24

　第三節　賈寶玉性別角色的量化分析……26

　第四節　賈寶玉雙性化性格的實質……29

第二章　賈寶玉雙性化性格成因探源（一）……33

　第一節　曹雪芹對中國歷史上正統文化——一種男性文化的否定……33

　第二節　《紅樓夢》中神話世界所體現的對女性文化的肯定……39

第三章　賈寶玉雙性化性格成因探源（二）……45

　第一節　理、欲關係的新見解……45

　第二節　新思潮對女性才智的肯定……50

第三節　新思潮對女性情感的頌揚……52
第四章　賈寶玉雙性化性格成因探源（三）……55
第一節　具有陰柔特色的楚文化之遺存……55
第二節　佛道文化的陰柔品格……60
第三節　儒家文化和專制體制對文人士大夫人格的塑造……63
第五章　賈寶玉雙性化性格的文化意義……67
第一節　中國傳統文化對女性文化的包容……67
第二節　明清時期社會上女性意識的增強……69
第三節　人類未來文化類型的轉變……74
下　編　紅樓女性性別角色研究
第六章　王熙鳳的男性化性格……79
第一節　王熙鳳男性化性格特徵的文本表現……80
第二節　王熙鳳男性化性格特徵的量化分析……86
第三節　王熙鳳男性化性格形成的原因及其實質……87
第七章　尤三姐、司棋和芳官的男性化性格……91
第一節　潑辣強悍、剛烈獨立的尤三姐……91
第二節　敢作敢爲、跋扈剛烈的司棋……99
第三節　驕狂任性、惹事生非的芳官……103
第八章　賈探春的雙性化性格……109
第一節　賈探春性格當中的陽性特質……110
第二節　探春的雙性化性格特徵及其性別角色的量化分析……121
第九章　紅樓女性中的「假小子」史湘雲的雙性化性格……125
第一節　史湘雲性格當中的陽性特質……125
第二節　湘雲的雙性化性格特徵及其性別角色的量化分析……134
第十章　晴雯與鴛鴦的雙性化性格……137
第一節　性直暴躁、恃寵而驕的晴雯……137
第二節　正直公道、心懷惻隱的鴛鴦……144
第十一章　黛玉、妙玉與寶釵、李紈等人的性別角色……149
第一節　黛玉、妙玉與寶釵、李紈等人性別角色類型的量化分析……149
第二節　黛玉、妙玉、迎春、惜春的性別角色類型與其心理健康情況分析……158

第十二章　紅樓女性的男性化或雙性化與女越男界的文化現象……173
第一節　紅樓女性的男性化或雙性化與歷史上走進男人社會的女人……173
第二節　紅樓女性的男性化或雙性化與女人性別角色男性化的文學現象……186
附　錄　賈寶玉初見林黛玉的心理現象分析……191
主要參考書目……201
後　記……205

第八冊　翁敏華曲學論文集

作者簡介

翁敏華，女，1949 年 5 月生於上海，1982 年畢業於上海師範學院元明清曲學專業，獲文學碩士學位，現任上海師範大學謝晉影視藝術學院教授，人文學院博士生導師。曾於 1988 年、1995 年兩度赴日做訪問學者、2002 年任韓國慶山大學客座教師。專著《中日韓戲劇文化因緣研究》2006 年獲得上海市第八屆哲學社會科學優秀成果三等獎。現正從事教育部 2010 年度哲學社會科學研究重大課題攻關項目《中華戲劇通史》分課題《宋雜劇與宋元南戲》研究、2011 年度國家級哲學社會科學項目《中國戲曲與傳統節日文化研究》。

提　要

章師荑蓀曾謂曲學之傳承爲「繼絕學」。在此，筆者擷取三十年之曲學研究論文若干，集結成冊，以示「絕學」承繼之果。

作爲一部論文集，乍看來有些許「蕪雜」之感，所涉歷史範圍，自上古先秦至明清近世。內容則從先秦儺祭、儺戲，到唐宋元戲劇，再到明清昆曲、地方戲，延及傀儡戲、散曲、小曲。研究方法，不拘一格，考據、辦證、綜述、述論，皆有涉及。

具體而言，本書的研究方法以考論爲主，述評爲輔。內容主要分三大類：其一，前戲曲時代的戲劇因緣考論，如《氏族征戰、臣服與戲劇發生發展》、《踏歌考——兼論踏歌與月崇祀、後世戲曲的關係》、《從儺祭到戲劇之一途——以宋代儺事、神鬼表演、南戲爲中心》等。其二，戲曲專題論述，如《論宋元戲劇的蛻變》、《論清代地方戲的崛起對中國戲曲的振興作用》等，這是本書的主體。其三，個案研究，包括散曲、小曲，以及戲曲作家作品研究等，如《〈劉知遠白兔記〉縱橫表裏談》、《重讀關漢卿》、《朱有燉和他的誠齋散曲》等。其中個案研究最能體現筆者的研究特點——從民俗學、比較文化的研究視角，探尋傳統戲劇的深層文化內涵——這是本書的一大特色，如《從元散曲看元代的節日民俗》等。此外，研究還從音樂、文學、音韻、藝人、腳色、曲家、名作、伎藝、崇拜信仰等角度切入，對曲學進行全方位的觀照。

本書所涉雖然紛雜，卻雜而不亂，全書看似零散的結構，卻有其內在的邏輯連，林林總總，以點帶面，勒出一條較爲清晰的戲劇史脈絡。

目　次

說曲與律（代前言）章師荑蓀……1
從四種戲文看南戲的早期發展……5
論襯字……9
試論諸宮調的音樂體制……19
《張協狀元》和中國戲曲藝術形式初創……27
宋元南戲音樂歌唱三題……43
「副末開場」與中國古代戲曲觀的演進……55
朱有燉和他的誠齋散曲……65
中國戲劇起源與形成問題討論綜述……71
論元代雜劇兩「魂旦」兼及其他……77
《踏謠娘》的特色及影響……83
《劉知遠白兔記》縱橫表裏談……91
氏族爭戰、臣服與戲劇發生發展……103
性崇拜及其在戲劇中的面影……113
宋元戲劇伎藝人藝號述論……125
從儺祭到戲劇之一途——以宋代儺事、神鬼表演、南戲為中心……137
從「文戰不勝」到「白馬解圍」——也談崔張形象、兼及《西廂記》對於《會真記》的功與過……147
明清小曲的流變及其他……159
論宋元戲劇的蛻變……165
論清代地方戲的崛起對中國戲曲的振興作用……173
「竹竿子」考……181
踏歌考——兼論踏歌與月崇祀、後世戲曲的關係……193

傀儡戲三辨⋯⋯201
早期南戲和儺⋯⋯209
十八世紀中國昆曲之浮沉⋯⋯221
梁祝哀戀與民間文藝創造⋯⋯235
從元散曲看元代的節日民俗⋯⋯249
中國雜技及其對戲曲的影響滲透⋯⋯265
重讀關漢卿⋯⋯277
附錄一：貴池儺實地學術考察記⋯⋯287
附錄二：關於中文系大學生傳統戲曲素養的調查⋯⋯295
後　記⋯⋯299

第九冊　沈璟現存傳奇研究

作者簡介

余蕙靜，私立東吳大學中國文學系學士、中國文學研究所碩士，私立中國文化大學中國文學博士。現爲國立高雄海洋科技大學基礎教育中心專任副教授，涉獵範圍爲古典戲曲、戲曲文獻學，近五年發表論文有〈論阿英史劇《海國英雄》〉、〈傅芸子戲曲論著初探——以〈東京觀書記〉及〈內閣讀文庫讀曲續記〉爲範圍〉、〈論傅芸子〈釋滾調〉對青陽腔的推論——以日本內閣文庫發現之五曲本爲範圍〉、《論《爭玉板八仙過海》雜劇中的海洋風貌》（99 年度國立高雄海洋科技大學「鼓勵教師從事研究計畫」（99AB014））、《論元明清戲曲中的海神書寫》（100 年度國立高雄海洋科技大學「鼓勵教師從事研究計畫」（100AB022））等等。

提　要

本書是以明代吳江派代表人物沈璟現存六本傳奇爲文本，逐一分析其曲本創作的意義價値。內容共分爲三部分，首章〈作者之生平、著作與曲論〉，乃就沈氏一生經歷，觀察其家庭環境對作者的培養，並追溯沈氏對戲曲投入的淵源。第二及三章爲本書的核心，分別就文學與藝術兩方面，探討六本傳奇在現今的意義價値。「本事」、「主題」、「文詞」及「布局」四點，是第二章切入六本傳奇的文學視角，當中不僅可以看出沈璟曲本增刪前人之軌跡，亦可了解沈氏透過曲本，所要傳達給讀者的訊息及個人觀點；加之以曲文賓白及布局，沈氏一向予人才所不足，爲人詬病，本書將還以沈氏眞正的評價。此外，沈璟論曲主要從「場上之曲」的觀點出發，重視搬演效果，排場運作，自是熟手；唱曲論點更於著作中言之鑿鑿，因此第三章排場音律的探討，對沈璟而言，意義尤大。結論則就各章所述總結，並論證後人評價。沈璟以曲論爲核心，完成其戲曲作品的創作，使之搬演於劇場上，而在與湯顯祖的論爭上，進一步推動了明代戲曲走向更成熟的藝術領域，對後世的貢獻與影響是十分深遠的。

目　次

前　言……1
第一章　作者之生平、著作與曲論……5
　第一節　家世生平……5
　第二節　著　作……12
　第三節　曲　論……20
第二章　沈璟現存傳奇劇本在文學上的成就……31
　第一節　本　事……32
　第二節　主　題……38
　第三節　文　詞……42
　第四節　布　局……59
第三章　沈璟現存傳奇劇本在藝術上的成就……79
　第一節　排　場……79
　第二節　音　律……161
結　論……177
參考書目……179

第十冊　《全明傳奇》夢關目運用研究

作者簡介

林和君（1983～），成功大學中國文學系碩士。2009 年初赴南京大學求學半年，返臺後師事於　高美華教授門下，並加入南臺灣唯一的學生票房成大國劇社學習崑曲，同時鑽研戲曲的案頭與場上。曾參與 2011 年　高美華教授主持「韻雅情深——宋詞古唱在成大」宋詞古唱傳承計畫，親炙　李勉教授考定的古詞雅韻。「戲園者，普天下人之大學堂也。」迄今秉守對戲曲的鍾情，於成功大學中國文學系繼續攻讀博士學位。

提　要

關目一名　自古典戲曲發展之始，便一直受到曲家們的關注與討論，今日的學者們仍然繼續研究關目的內容與義涵。關目一般被視爲「關鍵情節」，但這僅是從劇本的文學性討論；如果從戲曲的表演性討論，關目便涉及了排場的基礎，也就是場上表演因素——情節、腳色，乃至於音樂套式的安排。

本文首先整理歷來曲家、學者所提出的關目理論：由元代鍾嗣成《錄鬼簿》提出「關目」以來，經歷明代李贄、王驥德、馮夢龍等人，以及清代李漁《閒情偶寄》系統性的討論，乃至今日學者們從敘事的審美角度、演出的表演角度探索關目的名義。然而，從種種論述與劇本來看，當以兼顧表演性的「排場基礎」爲其定義。

其次，在前人對於夢戲的研究基礎之上，本文以夢境表演段落爲主題，整理《全明傳奇》當中涉及夢境演出的「夢關目」，釐清夢關目的分類與表現形式，並分別由情節、腳色與套式排場進行分析，進而瞭解夢關目的發展情形。在分析與整理夢關目的過程當中可以發現：隨著關目理論的逐步發展，傳奇的表演手法與內容也愈漸豐富，其運用手法與場面的調配也越來越多，並且發展出相應的表演程式。由夢關目此一主題的研究，可知關目理論和傳奇體製同步發展的重要關聯，而對於以排場基礎爲前提的關目之研究，也就是對傳奇內涵的研究。

目　次

第一章　緒　論……1
　第一節　研究問題：關目理論的成形……1
　第二節　文獻回顧與研究範圍……4
　　一、劇本作品……4
　　二、前人之研究……8
　第三節　研究方法……10
　　一、文本分析與歸納……10
　　二、戲劇與戲曲理論……11
　第四節　研究大綱……15
第二章　關目論的發展與夢關目的定義……17

第一節　關目立論的發展……17
一、諸家關目之說……17
二、關目的定義……38
第二節　夢關目的義涵……41
一、前人研究成果及其釐清……41
二、夢關目的特徵……43
第三節　小結……47
第三章　夢關目分類與分期整理……51
第一節　夢關目在劇本中出現之狀況……51
一、作品分期……51
二、劇作分類……54
第二節　夢關目的分類……55
一、夢關目的運用類型……55
二、夢關目的表現形式……57
第三節　夢關目分期整理與小結……58
第四章　夢關目運用內容類型分析……67
第一節　入夢相會……68
一、使用劇作……68
二、情節作用……73
第二節　夢見兆象……76
一、使用劇作……76
二、情節作用……86
三、淨丑腳色之運用……91
第三節　全境皆夢……96
一、使用劇作……96
二、情節作用……98
三、人物腳色……101
四、入夢與出夢……105
第四節　神靈入夢……108
一、使用劇作……108
二、情節作用……117

三、人物腳色……120
四、相關表演……122
第五節　祈夢……124
一、使用劇作……124
二、情節作用……126
三、內蘊齊備的表演內容……131
第六節　小結……132
第五章　夢關目場面布置分析……135
第一節　分場的涵意……136
一、傳奇排場與分場……136
二、宮調、曲牌與分場……139
第二節　入夢相會關目之分場……144
第三節　夢見兆象關目之分場……151
第四節　神靈入夢關目之分場……164
第五節　祈夢關目之分場……176
第六節　小結……178
第六章　結論：夢關目的發展……183
一、夢關目之萌芽與發展……183
二、新舊關目的調整與創生……185
三、餘論：夢關目與折子戲……186
參考書目……189

第十一、十二冊　《納書楹曲譜》研究——以《四夢全譜》訂譜作法爲核心

作者簡介

林佳儀，國立政治大學中國文學系博士（2009 年 7 月），現任國立新竹教育大學中國語文學系助理教授。研究方向爲曲學、古典戲曲、崑曲、戲曲音樂。曾任國立傳統藝術中心委託之「戲曲曲譜檢索系統建置計畫」協同主持人；國立臺灣戲曲學院兼任講師、助理教授；國立政治大學兼任講師。博士論文《《納書楹曲譜》研究——以《四夢全譜》爲核心》獲「99 學年度汪經昌教授伉儷

紀念基金——研究金」。其他發表之論文如：〈論張紫東家藏崑曲曲本的傳抄意義與文獻價值〉（《臺大中文學報》第 36 期，2012 年 3 月）、〈南、北曲交化下曲牌變遷之考察〉（《戲曲學報》第 4 期，2008 年 12 月）等。

提 要

清乾隆年間蘇州曲家葉堂刊行的《納書楹曲譜》，爲戲曲工尺譜之首，不僅在曲譜的發展脈絡中具有開創意義，且兼具選本性質，又爲崑曲音樂作法集大成之作品，故筆者以其爲研究對象，期對乾隆時期崑曲劇目的內容、訂譜作法的發展，及葉譜承先啓後的重要性，展開翔實且深刻的論述。

葉堂於乾隆 49 年（1784）至 60 年（1795）間陸續刊行的曲譜，包括初刻《西廂記譜》、《納書楹曲譜》（正續外補四集）、《四夢全譜》、重鐫《西廂記全譜》，皆爲帶曲文、板眼及工尺，不帶科白的樂譜，一時風行，號稱「葉譜」，其內容豐富，計收 566 齣／套曲，且訂譜成就向受稱道，影響深遠。筆者於撰述時，首先梳理乾隆時期蘇州的崑曲活動、葉堂之志趣及交遊、葉譜的刊行及影響，以爲全文論述之基礎；繼而開展兩個主要的關注面向：第二章爲葉譜選錄的內容，第三、四章則爲葉堂訂譜的作法；爲集中焦點，乃選擇最具曲樂創作意義之《四夢全譜》爲核心，討論葉堂如何爲馳騁才情、不拘格律的湯顯祖《四夢》曲文訂譜，以見在曲律及曲樂發展上的重要意義。

就葉譜選錄的內容， 筆者歸納其特色有三：（一）「散齣」與「全本」兼收。（二）「劇」與「曲」雙重觀照。（三）「流行」與「追憶」並存。而葉堂訂譜的作法，第三章先論「宛轉相就」之法，討論葉堂如何改調就詞，在譜曲時妥貼適應湯顯祖不盡合律的曲文。葉堂訂譜的特殊之處在於：追求文、律、樂之間的平衡，某些作法甚至遊走於合律邊緣，然若置入清前期曲律及曲樂發展的背景下考察，可見曲律鬆動之趨勢。第四章則比較諸譜《四夢》之曲腔，切入點有二：其一乃葉譜於相同牌調訂腔之比較；其二乃與其他曲譜之比較，凡此可見乾隆時期曲腔活潑變化之情形，並見葉堂集曲樂作法之大成。最後，藉由比較的結果，探討曲樂在「曲文字聲與曲腔旋律」、「曲牌行腔與固定曲調」方面的相關問題。

本文最後以「葉堂之曲樂觀點」、「葉譜之價值」綰結全文。就葉堂的觀點而言，重樂輕律，以盡度曲之妙；雅俗兼備，適度採錄時俗唱法、流傳劇目。就葉譜之價值而言，於刊行曲譜具有開創意義，爲首度刊行之崑曲戲齣唱譜，兼有選本性質；且於曲樂發展具獨特貢獻，藉實際訂譜，彰顯「不合律即不可歌」之謬，並將訂譜的觀照對象，由單隻曲牌，擴展為套內諸曲，其所譜曲腔，促成《四夢》展演流傳，且安腔訂譜之法亦成為典範。

目　次

上　冊

序（李殿魁）

凡　例

緒　論……1

　　一、研究旨趣……1

　　二、文獻回顧……4

　　三、研究取徑……6

第一章　葉堂其人與葉譜刊行……9

　第一節　乾隆時期蘇州的崑曲活動……9

　　一、唱曲、堂名與看戲……10

　　二、戲班與演員……12

　　三、創作與選本……16

　　四、曲論、曲韻與曲譜……22

　第二節　葉堂及其交遊、後學……28

　　一、方志著錄之葉堂……29

　　二、葉堂之交遊……30

　　三、關注俗唱的葉堂……35

　　四、葉派唱口的遞續……37

　第三節　葉譜的刊行及影響……41

　　一、葉譜的刊行……41

　　二、葉譜的編選……47

　　三、葉譜的體例……50

　　四、葉譜的影響……58

第二章　葉譜選錄內容分析……65

　第一節　葉譜取材（上）：選自流傳劇目……66

　　一、崑班演出《南西廂》背景下的《北西廂》全本曲譜……66

　　二、競演折子戲背景下的《四夢》全本曲譜……69

　　三、從晚明戲曲選本論《納書楹曲譜》收錄的元明戲曲散齣……71

第二節　葉譜取材（下）：選自時興作品……82
一、明清之際蘇州作家群作品……82
二、《長生殿》、《桃花扇》及其他……87
三、俗增作品、時劇及散曲……92
四、葉譜的選本特色……97
第三節　選譜分析……101
一、從絃索譜及《九宮大成譜》談起……103
二、從《遏雲閣曲譜》到《崑曲集淨》……106
三、存譜綜論……119
第三章　《四夢全譜》宛轉相就之法……123
第一節　葉譜集曲作法……125
一、摘句相連的集曲……127
二、首尾歸本格的集曲……137
三、多重首尾及未分析摘句的集曲……140
四、集曲音樂的特質……146
第二節　宛轉相就作法綜論……149
一、作法分類……150
二、權衡後的幾處改動……157
三、對俗唱的批評與接受……162
四、重樂甚於重律……167
第三節　宛轉相就作法評議……177
一、葉堂訂譜原則——追求文、律、樂之間的平衡……177
二、鈕譜、馮譜、葉譜、劉譜作法評說……184
三、清前期曲樂的發展及工尺譜刊行……191
下　冊
第四章　《四夢》曲譜之比較研究……201
第一節　《四夢全譜》於相同牌調的曲腔處理……202
一、變化音區之例……203
二、變化節奏之例……210
三、著意作腔變化……215
四、相同曲牌的兩種曲調……226

第二節　諸譜《四夢》曲腔之異同……230
一、曲腔雷同之例……231
二、常見的曲腔變化手法……238
三、曲腔構思不同之例……249
第三節　從《四夢全譜》探討曲樂相關問題……258
一、曲文字聲與曲腔旋律……258
二、曲牌行腔與固定曲調……267
三、《四夢全譜》積累的曲腔譜法……274
結　論……281
一、葉堂之曲樂觀點……282
二、葉譜之價值……284
參考書目……287
附　錄……303
附錄一　曲譜發展脈絡示例……303
附錄二　葉堂初刻《西廂記譜》〈自序〉……305
附錄三　葉譜選錄劇目及齣目一覽表……307
附錄四　《四夢全譜》宛轉相就一覽表……317
附錄五　《南詞新譜》收錄之《四夢》曲牌……330
附錄六　《南詞定律》、《九宮大成譜》收錄之《四夢》曲牌……332
後　記……343
圖片目次
書影
圖 1　《西廂記譜》書名葉……影 1
圖 2　《西廂記譜》卷端……影 1
圖 3　《納書楹曲譜》書名葉……影 1
圖 4　《納書楹曲譜》卷端……影 1
圖 5　《納書楹牡丹亭全譜》書名葉……影 2
圖 6　《納書楹牡丹亭全譜》卷端……影 2
圖 7　《納書楹西廂記全譜》書名葉……影 2
圖 8　《納書楹西廂記全譜》卷端……影 2
圖 9　曲譜發展脈絡圖……2

圖 10 《中原音韻》(曲文) ……304
圖 11 《太和正音譜》(曲文、平仄) ……304
圖 12 《增訂南九宮譜》(曲文、平仄、點板) ……305
圖 13 《南詞定律》(曲文、點板、工尺) ……305
圖 14 《納書楹曲譜》(曲文、板眼、工尺) ……306
圖 15 《遏雲閣曲譜》(曲文、板眼、工尺、唸白) ……307
圖 16 《集成曲譜》(曲文、板眼、工尺、唸白、科介、鑼鼓) ……308
表格目次
表 1 南北曲韻書一覽表……24
表 2 葉譜出版概況表……42
表 3 工尺譜板眼符號表……53
表 4 葉譜選錄之劇目及齣目統計……65
表 5 晚明崑腔系統戲曲散齣選本……72
表 6 《綴白裘》與《納書楹曲譜》收錄蘇州作家群作品……83
表 7 乾隆時期選本中可見的俗增作品……92
表 8 可與葉譜參照之刊行曲譜……102
表 9 【商調・金絡索】段落表—《琵琶記・飢荒》 ……131
表 10 【商調・金落索】集入曲牌之笛色……133
表 11 【商調・金落索】上下句及結音一覽表—《躍鯉記・思母》 ……134
表 12 葉譜【小桃紅】、【下山虎】一覽表……138
表 13 葉譜【山桃紅】一覽表……139
表 14 【南呂・十樣錦】段落與集法—《長生殿・復召》 ……142
表 15 《南詞定律》、《九宮大成譜》收錄《牡丹亭》曲牌調名之差異 ……194
表 16 《四夢》【南呂・紅衲襖】一覽表……204
表 17 《四夢》【黃鐘・滴溜子】一覽表……207
表 18 《四夢》【黃鐘・畫眉序】一覽表……211
表 19 《四夢》【大石・催拍】一覽表……215
表 20 《四夢》【仙呂・皀羅袍】一覽表……218
表 21 《四夢》北【仙呂・寄生草】一覽表……222
表 22 《四夢》【南呂・大迓鼓】一覽表……226

表 23　清康熙至同治年間收錄《四夢》曲腔之譜……230
表 24　字腔「腔格」表（節錄自洛地《詞樂曲唱》）……260
譜例目次
譜 1【滴溜子】—《牡丹亭・圓駕》首三句……7
譜 2【雙聲子】—《牡丹亭・圓駕》首三句……7
譜 3【梁州新郎】首五句—《琵琶記・賞荷》……128
譜 4【梁州新郎】（換頭）首四句—《琵琶記・賞荷》……129
譜 5【賀新郎】合至末（六至八句）—《南柯記・入夢》……129
譜 6【梁州新郎】（換頭）十一至十三句—《琵琶記・賞荷》……129
譜 7【金落索】末三句—《躍鯉記・思母》……136
譜 8【金落索】末三句—《南柯記・粲誘》……136
譜 9【下山虎】與【山桃紅】首二句—《玉簪記・秋江》、《牡丹亭・驚夢》……139
譜 10【桂枝香】第七至九句—《琵琶記・賞荷》……173
譜 11【桂枝香】第七至九句（少第八句）—《紫釵記・觀屏》……173
譜 12【字字錦】第八、九句—《紫釵記・議婚》（葉譜）……176
譜 13【字字錦】第八、九句—《紫釵記・議婚》（《大成》）……176
譜 14【鬥鵪鶉】第一、二句—《邯鄲記・極欲》……180
譜 15【鬥鵪鶉】第五、六句—《邯鄲記・極欲》……180
譜 16【金蓮子】後半—《牡丹亭・幽媾》（葉譜）……187
譜 17【金蓮子】後半—《牡丹亭・幽媾》（劉譜）……188
譜 18【後庭花】增句段落—《牡丹亭・冥判》（馮譜）……189
譜 19【後庭花】增句段落—《牡丹亭・冥判》（葉譜）……189
譜 20【啄木兒】之【前腔】後半—《牡丹亭・冥誓》（馮譜）……190
譜 21【啄木兒】之【前腔】後半—《牡丹亭・冥誓》（葉譜）……190
譜 22【紅衲襖】—《牡丹亭・鬧殤》……205
譜 23【紅衲襖】首四句—《邯鄲記・召還》……206
譜 24【滴溜子】—《南柯記・閨警》……208
譜 25【滴溜子】—《牡丹亭・冥誓》……209
譜 26【滴溜子】首二句—《紫釵記・榮歸》……210
譜 27【畫眉序】—《紫釵記・園盟》……213

譜 28 【畫眉序】首五句—《南柯記・御餞》……214
譜 29 【畫眉序】首五句—《南柯記・繫帥》……214
譜 30 【催拍】—《牡丹亭・婚走》……216
譜 31 【催拍】中段—《邯鄲記・生寤》……217
譜 32 【皂羅袍】—《邯鄲記・招賢》……219
譜 33 【皂羅袍】—《牡丹亭・驚夢》……220
譜 34 北【寄生草】—《南柯記・轉情》……223
譜 35 北【寄生草】—《紫釵記・折柳》……225
譜 36 【大迓鼓】—《邯鄲記・鑿郟》……227
譜 37 【大迓鼓】—《邯鄲記・雜慶》……227
譜 38 【大迓鼓】—《紫釵記・歎釵》……229
譜 39 【醉扶歸】—《牡丹亭・驚夢》(《南詞定律》工尺譜)……232
譜 40 【醉扶歸】—《牡丹亭・驚夢》(《九宮大成譜》工尺譜)……232
譜 41 【醉扶歸】—《牡丹亭・驚夢》(馮譜工尺譜)……233
譜 42 【醉扶歸】—《牡丹亭・驚夢》(葉譜工尺譜)……233
譜 43 【醉扶歸】—《牡丹亭・驚夢》(《遏雲閣曲譜》工尺譜)……233
譜 44 【柳搖金】四至六句—《邯鄲記・行田》(《定律》、《大成》、葉譜)……236
譜 45 【啄木三歌】三至四句—《牡丹亭・回生》(《定律》、《大成》、馮譜、葉譜)……244
譜 46 北【沉醉東風】—《邯鄲記・合仙》(葉譜)……245
譜 47 北【沉醉東風】—《邯鄲記・仙圓》(《遏雲閣曲譜》)……245
譜 48 【榴花好】首三句—《牡丹亭・婚走》(《大成》)……247
譜 49 【榴花泣】首三句—《牡丹亭・婚走》(葉譜)……247
譜 50 【嘉慶子】末三句—《牡丹亭・尋夢》(《大成》)……248
譜 51 【嘉慶子】末三句—《牡丹亭・尋夢》(葉譜)……248
譜 52 【賀新郎】—《邯鄲記・入夢》(《大成》)……249
譜 53 【賀新郎】—《邯鄲記・入夢》(葉譜)……250
譜 54 【黑麻令】—《牡丹亭・魂遊》(《大成》)……251
譜 55 【黑麻令】—《牡丹亭・魂遊》(葉譜)……252
譜 56 【黃龍袞】—《牡丹亭・歡撓》(葉譜)……254

譜 57 【黃龍袞】—《牡丹亭・歡撓》(馮譜) ……254
譜 58 【鮑老催】—《牡丹亭・驚夢》(葉譜) ……256
譜 59 【鮑老催】—《牡丹亭・驚夢》(馮譜) ……256
譜 60 【桂花順南枝】五、六句—《牡丹亭・訣謁》(馮譜) ……269
譜 61 【桂月上南枝】五、六句—《牡丹亭・訣謁》(葉譜) ……270
譜 62 【玉桂枝】末段—《牡丹亭・折寇》(馮譜) ……271
譜 63 【玉桂五枝】末段—《牡丹亭・折寇》(葉譜) ……271
譜 64 【步步嬌】—《牡丹亭・驚夢》 ……275
譜 65 【步步嬌】—《牡丹亭・硬拷》 ……276

第十三冊　浙崑改編戲研究——《十五貫》、《風箏誤》、《西園記》

作者簡介

黃思超，1979 年生，臺灣臺南市人，中央大學中國文學系博士。博士論文《集曲研究——以萬曆至康熙曲譜的集曲爲論述範疇》探討曲譜對集曲的收錄、考訂之觀點與方法。著有〈論沈璟《增定南九宮曲譜》的集曲收錄及其集曲觀〉(《戲曲學報》第六期)、〈沈自晉《南詞新譜》集曲增訂論析——「備於今」的作法與價值〉(《中央大學人文學報》第四十六期)等，並協助洪惟助教授製作《崑曲重要曲譜曲牌資料庫》(檢索光碟)。

提　要

「浙崑」在近現崑劇史上所扮演承先啓後的關鍵地位，不僅在於延續「姑蘇正宗南崑」血脈，從崑劇演出劇目的變遷來看，「浙崑」在傳統劇本整理改編的嘗試對於當代崑劇改編戲有相當重要的影響。

《十五貫》爲浙崑所編演最爲重要的一個劇目，對當代崑劇發展有著重要的影響，被譽爲「一齣戲救活了一個劇種」。《十五貫》開創的改編方式，繼承在《風箏誤》、《西園記》等幾個劇目上，可明顯的看出五個不同的特點：

1. 情節結構的整體性。
2. 衝突安排方式的改變。
3. 人物塑造的不同手法。
4. 表演的創新與突破。

5. 傳統曲牌格範的忽略。

從《十五貫》開始所作的突破是具有關鍵意義的。而如果單純就浙崑的改編戲來看，從劇本結構、演出場次及對其他劇團改編戲的影響三方面來看，《西園記》、《風箏誤》可作爲浙崑改編戲的另外兩個代表，這兩本戲不僅有相當高的演出率，其成功更爲浙崑帶了相當高的成就。

本論文針對改編戲，提出「傳奇劇本爲因應實際演出的需求對劇本甚至整個表演體制進行更動」爲傳奇劇本改編演出的指導概念，從這個概念出發，對浙崑改編戲進行分析研究，探討浙崑改編戲在情節、唱唸及演出三方面的特色及其藝術價值，尤其當代改編戲重點在於情節，不同於傳統劇本較於著重抒情，此點在論文中將被突出討論。本論文研究目的，除了直接探討浙崑改編戲的藝術價值，更重要的目的在於，「改編戲」爲當代各大崑劇團演出的主要形式之一，其背後的發展因素、編劇手法及對傳統傳奇劇本根本性的改變，有待進行全面且深入的研究。本論文針對當代崑劇「改編戲」的一個重要部份進行深入的探討，期許對未來崑劇改編戲的全面研究有所貢獻。

目　次

緒　論……1
一、研究動機……1
二、研究範疇……4
三、研究目的與方法……12
第一章　崑劇「改編戲」發展概述與浙崑改編、新編戲……17
第一節　清末至傳字輩「全本戲」演出概述……17
一、清末至傳字輩以前崑劇演出劇目概況……18
二、傳字輩演出全本戲、小本戲概況……26
第二節　浙崑的改編、新編戲……32
一、一九五六年以後至一九六六年文革前的改編、新編戲……35
二、一九七五年文革後迄今（二〇〇四）的改編、新編戲……40
第二章　《十五貫》改編本析論……51
第一節　原作的主題思想與情節結構……51
一、「尚奇」的追求與主題呈現……52
二、雙線式結構的商榷與分析……55
第二節　《十五貫》改編劇本分析……62

一、主題與人物塑造——主題思想的轉變以及人物的典型化……63
二、結構的完整——由串本「封閉式」到改編本「開放式」……72
第三節 《十五貫》改編本的曲文書寫與曲牌運用……78
一、背離傳統規律的曲牌改寫……79
二、曲牌位置的安排與效果……88
第四節 《十五貫》改編本導演與表演藝術……90
一、表演及導演的構思——史坦尼斯拉夫斯基體系與演員的體悟創造……91
二、演員的表現及人物創造……94
第三章 《風箏誤》改編本析論……99
第一節 《風箏誤》原作情節結構及語言特色……99
一、情節的奇巧與多層次結構……100
二、喜劇語言及其特色……106
第二節 《風箏誤》改編劇本分析……110
一、情節結構的輕重對比——折子戲的完整與其他情節的極度濃縮……111
二、從「情節」到「表演」——編劇手法造成審美角度的微妙改變……114
第三節 《風箏誤》改編本唱唸的設計安排……122
一、沿用與改寫、重新創作的曲牌……122
二、念白的改寫與喜劇語言的運用……127
第四節 《風箏誤》各版本的舞台呈現……132
一、由丑至六旦——浙崑改編本人物行當的設計與改變……134
二、個別演員表現的差異……137
第四章 《西園記》改編本析論……143
第一節 《西園記》原作主題與情節結構……143
一、主題及呈現手法……144
二、情節結構與敘事元素的分佈……147
第二節 《西園記》改編劇本分析……152
一、主題思想的改變……152
二、喜劇情境與情節的經營……158
三、人物的設計安排——錯綜的人物關係及隱藏人物的巧妙運用……163
第三節 《西園記》曲牌與念白的設計……167

一、曲牌的沿用與創新……168
二、念白設計與唱念安排……172
第四節 《西園記》的舞台呈現……179
一、《西園記》舞台呈現的重點——「喜劇」需求影響表演的構思……179
二、行當特色與喜劇效果的表現……181
結 論……185
一、《十五貫》、《風箏誤》、《西園記》的共性與特性——從選材、主題、編劇四方面總結前文……185
二、浙崑改編戲在當代崑劇改編戲表現的開創性意義……193
參考書目……197

第十四冊 蘇軾奏議書牘研究

作者簡介

徐月芳，文化大學中國文學博士，現任台北海洋技術學院副教授。

研究領域涵蓋：中國古典文學、中國現代文學、臺灣文學。

著作：中國古典文學：〈王維〈輞川集〉中的儒、道、釋色彩〉、〈《石頭記》脂評本蘇州方言詞彙綜探〉、〈盛唐飲酒詩中的儒懷、道影、佛心〉、〈《三言·警世通言·蘇知縣羅衫再合》初探〉；中國現代文學：〈魯迅〈故鄉〉的寫作技巧探析〉；臺灣文學：〈賴和小說發出時代「吶喊」〉。

提 要

蘇軾一生仕途坎坷，但其出眾的文學造詣和創作才華，不但締造了北宋文學的高峰，也深遠地影響著後世。他的奏議、書牘處處坦率流露，無不直指眞性。其學術思想，入仕時以儒學思想爲主，以爲憑藉誦說古今、評論是非，坦率眞情就能輔佐政事。不料，因直言極諫惹來災禍，被貶謫時，頓悟「人生似幻化，終當歸空無」，使文內浸染著一層佛學及老、莊思想。雖然如此，但其風骨仍然傲立不屈，在蠻荒生活中仍能盡力撙節，自強不息。如宋·神宗元豐三年（1080）十月〈答秦太虛〉，元豐四年三月〈與王定國〉，元豐六年二月〈與子安兄〉等書牘中，都可看到蘇軾在逆境中安適自得，自力耕食的眞實畫面。

蘇軾在朝時的政績斐然，可從他的奏議中看到力排王安石新制的一面。神宗時，蘇軾慷慨陳言。如宋·神宗熙寧四年（1071）〈上神宗皇帝書〉、〈再上神宗皇帝書〉，極論創制置三司條例之不當，造端宏大，民實驚疑創法新奇，吏皆惶惑。言農田、免役、青苗、均輸諸新法不便民處。〈上韓丞相論災傷手實書〉極言天災人禍之慘重，請祛除新法、罷榷鹽。〈上文侍中論榷鹽書〉應行仁政，〈上文侍中論強盜賞錢書〉直陳應善理盜賊，以紓民困，都是他政見之精髓。

他博古通今，說理透徹鏗鏘有力，斟酌古代的經驗教訓，駕馭今日的實況，誠實的進盡忠言，有積極救世的思想，其上奏君王「有爲而作」的奏議，爲鞏固君主政權之重文抑武政策，借科舉考試合格之文人以領導社會的見識，奠定了士大夫普受社會重視的地位。

蘇軾重視教育，熱心育才致用，認爲「無吏」是宋積弱的原因之一，他於《策略・開功名之門》、《策別・厲法禁》、《策別・專任吏》、《策別・無責難》、《策別・無沮善》中屢言用人。故於〈上神宗皇帝書〉云：「自古用人，必須歷試。……大抵名器爵祿，人所奔趨，必使積勞而後遷，以明持久而難得。則人各安其分，不敢躁求。」蘇軾關心國政尤以用人爲最。

蘇軾的奏議、書牘，包羅萬象，由個人治學、修身養性，以至爲國治民、勉弟、諭子孫、告親友，以及世道人心、朝政吏治、仕務軍情，無所不涉。其豁達灑脫、才情奔放、忠肝義膽、氣節凜然之事跡都躍然於紙上。其以儒學經世濟民的思想修身，以佛老達觀處世的態度，將佛、道的思想做了極圓滿的融合，醞釀出經世致用的積極入世儒學思想，不愧爲唐、宋八大家中最受推崇的文豪之一。

目　次

序　李德超

自　序

第一章　緒　論 …… 1

　第一節　研究動機與目的 …… 1

　第二節　研究範圍與方法 …… 2

第二章　蘇軾生平傳略 …… 5

　第一節　學術思想 …… 5

　　一、儒學思想 …… 5

　　二、佛學思想 …… 7

　　三、道學思想 …… 8

　第二節　生平傳略 …… 9

一、求學、登第……9
二、仕宦、謫居……10
三、風節、成就……25
第三章　蘇軾奏議之研究……31
第一節　奏議之義界……31
第二節　爲政之道……32
一、蘇軾分門別類批評新法……36
二、密州重要治策……40
三、徐州重要治策……41
四、京師重要治策……43
五、杭州重要治策……44
六、揚州重要治策……46
第三節　治兵之道……46
第四章　蘇軾書牘之研究……47
第一節　書牘之義界……47
第二節　交游類……48
一、蘇門六君子……49
二、詩書良友……55
三、方外之交……59
第三節　政治類……69
第四節　治學類……80
一、專經一業、博攻多學……81
二、明瞭爲尚、不求強記……81
第五節　文藝類……82
一、古文……84
二、詩……86
三、詞……90
四、書法……92
五、畫……94
第六節　修養類……96
一、修身之道……96

二、養生之道……103
第五章　結　論……113
附　錄……119
一、蘇軾世系表……119
二、蘇軾仕謫行跡圖……120
三、蘇軾書牘眞蹟……121
四、蘇軾奏議書牘年表……125
參考書目……139

第十五冊　袁宏道與張岱的西湖書寫——從外緣到文本的考察

作者簡介

黃靜瑜，1970 年出生於彰化市，國立中興大學中文系、國立彰化師範大學國文研究所碩士班畢業。現爲高中國文科教師。喜歡閱讀詩歌、散文、歷史、小說；喜歡感受電影、接近自然、旅行體驗人生；喜歡讓孩子們感受文學可以解生命中的每一道題　。平日積極投入國文教學工作，曾指導學生參加全國高中學生演說比賽獲第四名，曾參加台中縣國語文競賽獲中學教師朗讀組第二名。

提　要

晚明由於受到陽明心學、佛老思想影響，使得文人開始思求人生價值與自我圓滿，其作品因而呈現求眞、求趣，獨抒性靈的寫作風格，這類作品即爲晚明小品。由於晚明至南明君臣昏聵、政事廢弛與文人地位日降，致小品作家於書寫時多以從其中尋求解脫、反省、自覺的思維著筆，因而此時期的作品雖較無唐宋經世濟民之筆，卻有深刻夢覺的思想觀。而此期小品名家輩出，其中袁宏道與張岱之作品，最爲人所喜愛且具時代之代表性。

歷來論述其二人之著作不少，多如生平、文學主張、其人思想、小品寫作風格等研究；對於其二人之性靈比較或西湖書寫作品之研究則略少。筆者以袁張二人爲小品名家，且或有遊賞或緬懷西湖之作品，其人於寫作西湖題材時之處世心境有其研究之價値。爲此，本論文著意於袁宏道與張岱之西湖書寫之研究，藉此明袁張二人對文壇之影響淺深。以下針對各章節題目做摘要分述。

本論文探討袁宏道與張岱的西湖書寫，文分六章。第一章首論寫作動機與目的，次及前人研究成果，藉此定位袁張西湖書寫之研究價值；最後說明研究範圍與版本，並敘及研究方法與步驟。第二章分從晚明政治的紛沓亂局與知識份子的生命情調及風起雲湧的性靈風潮三方面，探討明季文人的痛苦和抉擇。第三章分述袁宏道與張岱寫作風格之淵源：由個人生平事略及其人文學態度而言。第四章論述西湖與杭州的發展背景，及探討歷代西湖的書寫意象，並析論袁張二人的創作背景及其西湖書寫意象或對前代之承繼，抑或另闢蹊徑。第五章分別就時代背景與精神依託、獨抒性靈與山水對話，及書寫筆調蘊反省況味三節爲析「西湖雜記」與《西湖夢尋》之作品精神。第六章總論唐宋元明之西湖書寫之別及袁張西湖書寫之價值與影響。

目 次

第一章　緒　論……1
　第一節　論文寫作動機與目的……4
　第二節　前人研究成果……7
　　一、專書論文……7
　　二、期刊論文……13
　第三節　研究範圍方法與步驟……17
　　一、研究範圍……17
　　二、研究方法與步驟……18
第二章　明季文人的痛苦和抉擇……21
　第一節　晚明政治的紛沓亂局……21
　　一、明代三案之亂象……22
　　二、外患內憂的紛擾……28
　　三、政治核心的失序……33
　第二節　知識份子的抉擇痛楚……36
　　一、士大夫用世情懷……36
　　二、生命情調的抉擇……40
　　三、山水園林以寓志……47
　第三節　風起雲湧的性靈風潮……49
　　一、擬古風潮的文壇……50
　　二、歸震川抒情小品……54

三、王學與性靈風潮……58
第三章　袁宏道與張岱的生平背景及文學態度……63
第一節　袁宏道生平背景與仕宦之路……63
一、父祖家世……63
二、舅父啓蒙……64
三、學養恩師……65
四、仕宦之路……66
五、辭官漫遊……67
六、革新運動……68
七、先知辭世……70
第二節　張岱的生平背景與史學世家……70
一、史學世家……70
二、父祖蒙師……72
三、優渥學養……73
四、無聲用世……75
五、無緣舉業……77
六、半生流離……78
七、憂患辭世……80
第三節　袁張二人思想淵源與性靈書寫……81
一、公安及其後風起雲湧……81
二、思想淵源與性靈書寫……83
三、袁張文學觀點的形成……88
第四章　管窺西湖之書寫背景……91
第一節　西湖與杭州……91
一、先秦隋唐……92
二、五代元明……94
第二節　西湖意象……99
一、北宋以前……101
二、南宋以後……106
第三節　袁宏道與張岱西湖書寫的背景……114
一、創作背景……115

二、袁張西湖書寫的意象……117
第五章　「西湖雜記」與《西湖夢尋》之作品精神……125
第一節　時代背景與精神依託……126
一、南柯一夢與現實處境……127
二、仕隱心態與矛盾情結……130
第二節　獨抒性靈與山水對話……133
一、獨抒性靈以標識雅俗……134
二、山水對話與人格代言……138
第三節　書寫筆調蘊反省況味……141
一、儒家情懷抒道德風教……142
二、夢覺此生及西湖滄桑……145
三、鏡視自我以反省人生……152
第六章　結　論……157
參考書目……161

第十六、十七冊　中國民間故事類型研究

作者簡介

陳麗娜，東華大學民間文學研究所博士。著有〈丁蘭刻木事親及其相關故事試探〉、〈「青蛙娶親」故事試探〉、〈台灣客家「年初三送窮鬼」習俗試探〉、〈從 AT 分類看《中日韓三國民間故事選集》中東亞民間故事的共同性〉、〈〈雲南省常見民間故事類型索引〉的型號商榷〉等多篇論文，主要研究領域為民間文學、民間故事、類型研究等。

提　要

中國擁有豐富多樣的民間故事，故事文本是民間文學研究的基礎。科學的分類研究是掌握歸納民間故事的門徑，採取有效且普及性高的檢索方法，對民間故事的整理與研究是重要的。故事類型索引的作用，則在使研究者能按圖索驥，掌握民間故事比較研究的途徑。瞭解中國民間故事類型索引的特色與疏略，進而適切運用，對從事民間故事研究而言是有所裨益，這也是本論文欲著力研析的所在。

論文首先介紹中國民間故事類型分類的源起，再以鍾敬文〈中國民間故事

型式〉、艾伯華《中國民間故事類型》、丁乃通《中國民間故事類型索引》、金榮華《民間故事類型索引》等書爲論述主軸，說明艾氏等人索引的寫作緣由、取材範圍與編排原則，析論其傳承、創新與貢獻。另評析其他中國民間故事類型研究的相關著作，如蔡麗雲《中國民間動物故事類型研究》、袁學駿〈中國民間故事基本類型（提綱）〉、祁連休《中國古代民間故事類型研究》等。也說明類型索引在民間故事的跨國追溯、民間故事的分布和文化意義的作用與價值。

本論文欲藉著瞭解各中國民間故事類型索引的沿革、書寫體例與在國際上的定位，對其疏略與特色有所探討與掌握，從而建立一個索引整合平台。試以AT分類法爲基礎，汲取整合諸家體例之長，擬定中國民間故事類型索引的實行方案，展望未來可應用於編寫各種不同需求與作用的類型索引，提供民間文學工作者更開闊的研究視野。

目　次

上　冊

第壹章　緒　論……1
第一節　民間故事類型索引的價值和研究目的……1
第二節　民間故事的定義與範圍……6
第三節　民間故事類型的定義……9
第四節　研究材料與方法……17
第貳章　中國民間故事類型的源起……21
第一節　《太平廣記》的分類……21
第二節　丹尼斯（N. B. Dennys）的中國民間故事分類……23
一、丹尼斯的〈地區性家庭的故事傳說〉……24
二、丹尼斯〈地區性家庭的故事傳說〉的國際編碼……28
第三節　鍾敬文的〈中國民間故事型式〉……29
一、從事民間文學發軔時期……29
二、〈印歐民間故事型式表〉的翻譯……31
三、〈中國民間故事型式〉的編寫……36
四、〈中國民間故事型式〉的影響與價值……38
第參章　艾伯華的《中國民間故事類型》……43
第一節　艾伯華在中國的民間故事採集……44
一、艾伯華與中國學者的文化交流……44

二、艾伯華與曹松葉的採錄成果……47
第二節　艾伯華《中國民間故事類型》的分類與綱要……48
一、《中國民間故事類型》的取材……49
二、《中國民間故事類型》的體例……50
第三節　艾伯華《中國民間故事類型》的貢獻與侷限……54
一、艾伯華《中國民間故事類型》的貢獻……54
二、艾伯華《中國民間故事類型》的侷限……55
第肆章　丁乃通的《中國民間故事類型索引》……65
第一節　丁乃通在美國的教學與 AT 分類法……66
一、丁乃通在美國的教學……66
二、阿爾奈（Antti Aarne）和湯普遜（Stith Thompson）的 AT 分類法……68
第二節　丁乃通《中國民間故事類型索引》的取材與編排……77
一、《中國民間故事類型索引》的取材……78
二、《中國民間故事類型索引》的編排……81
第三節　丁乃通新增的民間故事類型……90
一、新增的數字型號……90
二、新增的故事類型……92
三、新增故事類型的性質……107
第四節　丁乃通《中國民間故事類型索引》對其他著作的增修……120
一、修正湯普遜《民間故事類型》型號……120
二、增補艾伯華中國民間故事集故事類型……123
三、歸類丹尼斯《中國民間文學》故事類型……124
第五節　丁乃通《中國民間故事類型索引》與其他類型索引的型號對照……126
一、丁乃通與艾伯華《中國民間故事類型》型號對照……126
二、丁乃通與池田弘子《日本民間文學類型和情節單元索引》型號對照……133
第六節　丁乃通《中國民間故事類型索引》的貢獻與侷限……136
一、丁乃通《中國民間故事類型索引》的貢獻……136
二、丁乃通《中國民間故事類型索引》的侷限……141

第伍章　金榮華的《民間故事類型索引》……143
第一節　中國民間故事普查與《中國民間故事集成》……148
一、1984 年之前民間故事的搜集與調查……148
二、1984 年中國民間故事普查與《中國民間故事集成》……151
第二節　金榮華《民間故事類型索引》的取材與編排……154
一、《民間故事類型索引》的取材……155
二、《民間故事類型索引》的編排……158
第三節　金榮華新增的民間故事類型與調整的型號……164
一、新增的民間故事類型與性質……164
二、調整的民間故事類型型號……181
第四節　金榮華《民間故事類型索引》的傳承與貢獻……213
一、金榮華《民間故事類型索引》對丁書的繼承與修訂……213
二、第一本將中外民間故事依類型並列的索引……218
第陸章　中國民間故事類型研究的其他著作……221
第一節　蔡麗雲《中國民間動物故事類型研究》……221
第二節　袁學駿〈中國民間故事基本類型（提綱）〉……225
一、〈中國民間故事基本類型（提綱）〉體例……225
二、對〈中國民間故事基本類型（提綱）〉的商榷……227
第三節　祁連休《中國古代民間故事類型研究》……230
一、《中國古代民間故事類型研究》的取材……231
二、《中國古代民間故事類型研究》的編排……232
下　冊
第柒章　中國 AT 民間故事類型與世界民間故事研究……237
第一節　民間故事的跨國追溯……238
一、民間故事類型的性質……239
二、民間故事的源頭……240
第二節　民間故事的分布和文化意義……245
一、東亞中日韓三國民間故事的共同性……247
二、民間故事的流布與文化意涵……256
第捌章　結　論……261
參考文獻……273

附　錄

附錄一：印歐民間故事型式表……283
附錄二：阿爾奈與湯普遜引用中國民間故事型號表……294
附錄三：鍾敬文與艾伯華故事類型對照表……297
附錄四：艾伯華《中國民間故事類型》類目簡表……306
附錄五：丁乃通引用格雷海姆故事型號表……310
附錄六：蔡麗雲《中國民間動物故事類型研究》類目簡表……313
附錄七：袁學駿〈中國民間故事基本類型〉類目簡表……316
附錄八：祁連休《中國古代民間故事類型》類目簡表……322
附錄九：湯普遜、鍾敬文、艾伯華、丁乃通、金榮華故事類型分列表…328

附　表

附表一：丁乃通索引無類型名稱、故事提要編碼分列表……106
附表二：湯普遜、丁乃通、金榮華類目名稱對照表……188
附表三：金榮華調整湯普遜書故事類型對照表……197
附表四：金榮華調整丁乃通書故事類型對照表……206

第十八冊　丁乃通先生及其民間故事研究

作者簡介

張瑞文，中國文化大學中國文學研究所博士班畢業。現任中國文化大學中文系、僑光科技大學通識中心兼任助理教授。

提　要

丁乃通先生對中國民間文學的發展至為重要，他在國際普遍對中國故事有誤解的氣氛下，引進 AT 分類法，並以此撰寫《中國民間故事類型索引》，企圖扭轉西方研究者對中國故事的印象。又多次訪問中國，將西方重要典籍、學說引入中國學界。因此研究中國民間文學、理解中國民間文學史，丁先生均是不可略去的環節，但學界卻未曾全面性的對丁先生進行研究。本文以此切入，討論重點可分兩方面，第一方面旨在討論丁先生的生平、講學及交遊（第二、六、七章）。第二部分則討論丁先生的著作及研究工作（第三、四、五章）。透過本論文的研討，當可全面掌握丁氏生平、著作活動，並對丁先生最重要的著作《中國民間故事類型索引》，乃至於 AT 分類法，都有更深刻的認識。

目 次

出版前言
第一章 緒 論……1
第一節 研究動機與目的……1
第二節 研究範圍與方法……4
第三節 相關研究成果……7
第二章 丁乃通先生之生平與著述……15
第一節 民國時期……15
第二節 旅美時期……16
第三節 回訪中國時期……19
第四節 丁乃通先生與許麗霞女士……26
第五節 著述概況……28
第三章 丁乃通先生《中國民間故事類型索引》之編纂……37
第一節 編纂動機與過程……37
第二節 材料來源……42
第三節 全書體例……53
第四節 故事類型之統計與解釋……61
第四章 丁乃通先生《中國民間故事類型索引》之漢譯……73
第一節 漢譯過程與版本……73
第二節 漢譯本間之比較……78
第三節 漢譯本與英文本之比較……86
第四節 專題索引之漢譯……92
第五章 丁乃通先生研究民間文學之方法……97
第一節 相關著述敘錄……97
第二節 探討故事源流的原則與步驟……108
第三節 故事類型與情節單元在民間文學研究中的作用……117
第六章 中外對丁乃通先生之評價……125
第一節 國際學界之評價……126
第二節 大陸學界之評價……135
第三節 臺灣學界之評價與對丁書的增訂……140
第七章 丁乃通先生在民間文學研究中的貢獻與影響……147

第一節　成就與貢獻……147
第二節　對台灣民間文學界的影響……149
第三節　對大陸民間文學界的啓迪……154
第八章　結　論……163
引用文獻……169
附　錄
附錄一　丁乃通先生生平與著作年表（1915～1989）……177
附錄二　丁書、母本、池田弘子本、海達・杰遜本、羅伯斯本類型號碼比較表……181
附錄三　丁書引用古籍型號索引……211
附錄四　《中國民間故事類型索引》中、英文本正文校對表……267
附錄五　《中國民間故事類型索引》中、英文本參考書目校記……297
附錄六　臺灣博碩士論文對「故事類型」與「情節單元」概念應用情況一覽表……303

文心睟論

李逸津　著

作者簡介

李逸津，男，祖籍廣東東莞，1948 年 10 月 9 日出生於天津市 。1969 年高中畢業赴黑龍江引龍河農場勞動鍛煉。1972 年入天津師範學院（今天津師範大學）中文系進修班學習。1973 年畢業留校，任文藝理論教研室教師至今。其間於 1979-1981 年在本系讀研究生，主修中國文學批評史。曾於 1988-1989 年、1999-2000 年兩度受國家教育部派遣，赴俄羅斯國立赫爾岑師範大學、國立聖彼得堡大學訪學。回國後參與「中國古典文學在世界」、「20 世紀國外中國文學研究」兩個國家級社科規劃項目的研究工作。獨立主持和完成天津市「十五」社科規劃項目「20 世紀俄羅斯漢學 文學研究」。出版個人專著：《文心拾穗——中國古代文論的當代解讀》（天津社會科學院出版社 2001 年出版）、《兩大鄰邦的心靈溝通——中俄文學交流百年回顧》（黑龍江人民出版社 2010 年出版）；合作專著：《國外中國古典文論研究》（江蘇教育出版社 1998 年出版）、《20 世紀國外中國文學研究》（天津人民出版社 2000 年出版）等；主編教材：《中國古代文論》（天津社會科學院出版社 2003 年出版）、《美學導論》（中國文史出版社 2011 年出版）。另有中國古代文論、中俄文學關係等方面研究論文 30 餘篇。曾任天津師範大學文學院文藝理論教研室主任、國際中國文學研究中心副主任，2011 年 9 月退休。

提　要

本書係作者自 1981 年以來 30 年間所撰中國古典文論方面研究論文的合集。除對中國古代「詩言志」說歷史成因的探討，以及介紹、評論俄羅斯中國古代文論研究的論文之外，主要集中在對中國古代文學批評黃金時代魏晉南朝文論經典，如曹丕《典論・論文》、陸機《文賦》、劉勰《文心雕龍》的研究。作者本著訓詁、考據與現代闡釋相結合的原則，立足於中國歷史文化的實際語境，在確切解讀和深刻把握中國古代文論原著思想內涵的基礎上，合理抽繹出其中具有中國特色和現代意義的理論命題，並對它們在當代有中國特色文藝理論建設中的現實價值，作了一定程度的探索。文集中多數文章均曾在國內外學術刊物上公開發表，或在國際學術討論會上宣讀。有些文章受到過學術獎勵和學界好評。其中對中國古代文論一系列經典概念或命題，諸如「文之為德」、「神思」、「杼軸獻功」、「風骨」、「氣」、「通變」、「情采」、「入興貴閑」等等，做了比較翔實的考證和梳理，提出了有一定獨創性的個人見解。文集所收文章大多選題貼近當代實際，行文深入淺出，雖內容古奧但讀來並不乏味，可供有志於中國古代文論研究的學子及社會上中國傳統學術的愛好者閱讀參考。

自　序

憶上世紀六十年代，余在中學，讀李六如長篇小說《六十年的變遷》。是時余年十五，六十年在余心中既遠且長，以爲遙遙無期矣。今余年適六十，方知六十年不過彈指一揮間！中國古曆以六十年爲一個週期，天干地支排列組合於此經一輪回，一切從頭開始，重新再來。但人生乃是一往無前、不可逆轉的過程，絕無從頭再來的可能。於是人們寫自傳、出專集、著回憶錄，把自己的人生經驗總結下來，留給後人，雖不能使自己重生，但給後來者提供借鑒，也不失爲個人生命的一種延續。吾非名人，亦非大學問、大政治家，既無轟轟烈烈、驚心動魄事蹟可記，亦無洋洋灑灑、振聾發聵之文可存。但出於生命體自我呵護、自我珍惜的本能，或出於文人「孤芳自賞」、「敝帚自珍」的自戀情結，總想在歷史長河中留一點個人痕跡。於是也隨俗湊趣，把自己寫過的文章歸攏起來，加以篩選，出此《文心晬論》。主要目的是饋送家人親友、弟子門生，留個紀念。但倘於無意間流入社會，遇一二知音，能從中發現些許有用之言，能受到些許或正或反的啓發，那將會使余視爲意外收穫，而喜不自勝了。

書名中「文心」二字，一則取陸平原「余每觀才士之所作，竊有以得其用心」之意，表明自己以本身愚鈍之心去揣度、領悟古聖先賢睿智之心的初衷；二則也是因爲自己多年來在古代文論教學與研究方面，主攻範圍在《文心雕龍》，故用之焉。「晬論」係效清沈德潛著《說詩晬語》，「晬」者，嬰兒周歲之意也。余天資本不聰穎，後天又欠勤奮，所寫文章大多如咿呀學語的嬰兒，出語皆爲幼稚之見，但又確實發自內心，絕無假意虛情，所謂「童言無忌」，但童心又難能可貴也，此亦似可作爲其存世的一點理由。文中粗陋淺薄之處，還望前輩同好撥冗指正，倘得賜教，余將歡然內懌，不勝感激之至。

文集中除余歷年撰寫的古代文論研究論文之外，另附介紹評論俄蘇漢學家中國古代文論研究的文章 4 篇，乃余忝受國家公派，兩度赴俄羅斯訪學獲取的成果。雖亦係走馬觀花、皮毛零碎之談，但似可聊供國內學界瞭解域外學術動向作一點參考，故一併錄入書中，以期爲中外「文心」之溝通，做一點貢獻。

余素以爲學問之事，在探索人類未知領域。人類未知之事，有些涉及實用，有些則與現實相距甚遠。故有些學問一經研發解決，立即引起社會回應，世人趨之若鶩，成爲顯學。但也有些並無眼前實效，故只能束之高閣，而研究者也只能甘坐冷板。余多年所做工作，大多屬於後者。但眼前無用者未必終生無用，無物質效益者未必無精神價值。只要是人類未知的領域，認識和破解終究是一種貢獻，是人生價值的一種實現，研究者亦可從中獲得一點精神的快感。余多年埋頭故紙、枯坐書齋，一直以此爲自我安慰，也願以此與一切固守人文精神象牙之塔的文友們共勉。

是爲序。

西元 2011 年 12 月 1 日於天津仁愛濠景莊園書齋

目次

自　序
「詩言志」綱領歷史成因探論 1
曹丕《典論・論文》的產生背景及理論貢獻 11
陸機《文賦》「夸目尚奢」四句辨義 17
《周易》哲學與《文心雕龍》理論體系的建構 23
《文心雕龍》「樞紐」論探義 33
關於《文心雕龍》下編前五篇的篇次、理論主旨及其他
——兼與郭晉稀先生商榷 39
劉勰「神思」論的產生條件及理論貢獻 45
《文心雕龍・神思》篇「杼軸獻功」說辨正 49
試談劉勰的「風骨」論及其在今天的意義 53
略談《文心雕龍》中「氣」字的用法 61
「通變」三說 69
《文心雕龍・情采》篇析論 77
從《情采》看駢體文寫作特點兼及《文心雕龍》
的解讀 81
「入興貴閑」——《文心雕龍》文藝心理學思想
舉隅 85
從《文心雕龍》的理論主旨看中華傳統文化的核
心精神 87
《文心雕龍》美育思想探論 97
破譯東方詩學的文化密碼——評俄羅斯漢學家
李謝維奇對中國古代文論術語的譯解 105
俄羅斯漢學家對《文賦》的接受與闡釋 115
俄羅斯翻譯闡釋《文心雕龍》的成績與不足 127
俄羅斯現代新漢學的奠基作——論 B・M・阿列
克謝耶夫的司空圖《詩品》研究 141

「詩言志」綱領歷史成因探論

「詩言志」說，語出《尚書・堯典》。「尚書」意即「上古之書」，是春秋以前歷代史官收藏的政府重要文件和政治論文的選編，也稱「書」或「書經」。相傳原有百篇，但經秦火與戰亂，到漢初只剩二十八篇，用漢代通行的隸書抄寫，是為《今文尚書》。《堯典》即其中的一篇，記述堯和舜的事蹟。後來又出現了所謂孔安國讀的《古文尚書》，將《堯典》後半部分獨立成篇，並增加二十八字，題為《舜典》。關於《堯典》的寫作年代，學術界尚有不同看法。〔註1〕大致可認為它最早不早於殷末周初，最晚不晚於秦漢。其中有對歷史事實的眞實記錄，如堯舜「禪讓」故事〔註2〕等，也有後人在編纂整理時添加進去的後世才有的觀念。其中記錄了舜與其樂官夔的一段談話：

> 帝曰：夔，命女典樂，教冑子，直而溫，寬而栗，剛而無虐，簡而無傲。詩言志，歌永言，聲依永，律和聲。八音克諧，無相奪倫，神人以和。夔曰：於，予擊石拊石，百獸率舞。

這裏所謂「冑子」，《史記・五帝本紀》引作「教穉子」，「穉」即「稚」。清代學者王引之認為「冑子」即稚子。東漢學者鄭玄釋「冑子」為國子，認為是指太子及公卿大夫的子弟。但舜時尚屬氏族社會，鄭說不合史實。故應釋「冑

〔註1〕如郭沫若認為《堯典》是戰國時代的東西，作於子思之徒（見《十批判書》第2頁）；范文瀾認為「大概是周朝史官掇拾傳聞，組成有系統的記錄。」（《中國通史簡編》修訂本第一編，第93頁）；顧頡剛則認為《堯典》是秦漢時的作品（見張西堂《尚書引論》第174頁引）。

〔註2〕范文瀾說：「其中『禪讓』帝位的故事，在傳子制度實行已久的周朝，不容有人無端發此奇想，其為遠古遺留下來的史實，大致可信。」（《中國通史簡編》第一編，人民出版社1964年版，第93頁）

子」為「本部族青年人」為好。這段話從其詩樂並提，特別是夔答曰：「予擊石拊石，百獸率舞」看，當是反映了上古時代詩、樂、舞三位一體，氏族成員模擬百獸形狀、歌舞娛樂的眞實情況。但從其把詩樂當作教化的工具，強調道德的訓育、禮法的約束、秩序的養成（「直而溫，寬而栗，剛而無虐，簡而無傲」、「八音克諧，無相奪倫」）來看，又反映了後世《尚書》作者們對詩的認識。朱自清先生指出：「『詩』這個字不見於甲骨文、金文，《易經》中也沒有。《今文尚書》中只見了兩次。……《堯典》晚出，這個字大概是周代才有的。……獻詩陳志的事，……大概也是周代才有的。」〔註 3〕所以，「詩言志」觀念的提出，儘管表面上看是堯舜時代的故事，實際上卻反映了西周時人對詩的特徵和社會作用的認識。

「詩言志」在《堯典》中的本意，如朱自清先生所言，乃是「用詩的綱領」，而非作詩的綱領。班固《漢書・藝文志》曰：「故古有采詩之官，王者所以觀風俗、知得失，自考正也。」在「詩言志」說提出的時代，統治者採集來自民間的詩歌，用以作為觀風知政的窗口，同時作為教育本部族青年的教材。所以，「詩言志」最初的意思，乃是「借詩言志」，借用他人現成的詩歌來委婉地抒發自己的胸懷。至於自作詩來抒發己志，如漢代《詩大序》所云：「在心為志，發言為詩。情動於中而形於言……」，當是後起之事。然而，無論是借詩言志也罷、聽詩觀志也罷、作詩抒志也罷，一個橫亙在中國人心頭的「詩言志」觀念，都把詩與人的主觀情志緊密聯繫在一起。在古代中國人的心目中，無論是作詩還是讀詩，其注意的中心都不在表層形象的描述或感知，而在從作詩角度而言的，對內在意蘊的發掘與內心情志的傳達；和從讀詩角度來說的，對象外之象、景外之景、韻外之致、味外之旨的感悟與領會。故作詩講究「興寄」，讀詩則要「以意逆志」。整個中國古代的文學藝術理論，都以其鮮明的表意性，顯示出與西方文論迥然不同的理論特色。而古老的「詩言志」命題，則成為這一理論體系的邏輯原點，用朱自清先生的話來說，就是中國古代詩學「開山的綱領」。

那麼，促使「詩言志」說成為中國古代詩學「開山的綱領」的歷史必然性又在哪裡呢？

馬克思說過：「被曲解了的形式正好是普遍的形式，並且在社會的一定發展

〔註 3〕《詩言志辨》，《朱自清古典文學論文集》上冊，上海：上海古籍出版社 1980 年版，第 201-202 頁。

階段上是適於普遍應用的形式。」「路易十四時期的法國劇作家從理論上構想的那種三一律，……正是依照他們自己藝術的需要來理解希臘人的……」〔註4〕。西周時人採擷上古文獻傳說而最終形成爲理論形態的「詩言志」說，不能不說是對初民文學傳統的一種有意識的「曲解」。因此，研究「詩言志」說何以成爲中國古代詩論「開山的綱領」，必須同西周「社會的一定發展階段」、同西周時人「自己藝術的需要」聯繫起來進行考察。

一

當我們回溯到歷史的源頭，置身於悠悠古風的歷史氛圍中去觀察和思考的時候，不難發現，「詩言志」說的形成及其成爲雄踞中華詩壇數千年的綱領性命題，有著民族心理的、政治—道德觀念的，以及民族生存的自然和經濟條件的等等多方面的原因。所有這些精神的和物質的因素的交叉作用，以及它們在歷史進程中的延續和積澱，就使得「詩言志」說成爲我們民族直到今天仍在發揮作用的、有著鮮明民族特色的文學觀念。

首先，從心理因素看，「詩言志」說體現了中華民族先民們的「深邃意識」。那就是不滿足於對事物外在形態的感知、玩賞和模擬，而是總要力求拓深一層，對事物的本質意義作出揭示、判斷和評價。即或這種揭示和評價有時是偏頗甚至謬誤的，但「拓深一層」的努力、把握本質的追求，和對社會人生的廣泛而深刻的聯想，卻使我們的先人享受到理智力量充分發揮的喜悅。

馬克思說過：「有粗野的兒童，有早熟的兒童，古代民族中有許多是屬於這一類的。希臘人是正常的兒童。」〔註5〕作爲西方文論源頭的古希臘「摹仿說」，正表現出一個正常的兒童渴求認識、瞭解周圍世界的童心稚趣。亞理斯多德《詩學·第四章》說，摹仿之所以使人產生快感，「就因爲我們一面在看，一面在求知，斷定每一事物是某一事物。」〔註6〕而我們的先人，卻在大千世界的環抱之中，以「天地之心」自居，時時不忘表現自己的靈性和睿智，這正是「早熟兒童」特有的心態。唐孔穎達《周易正義》釋《易·繫辭上》「聖人有以見天下之賾，而擬諸其形容，象其物宜」句云：「聖人有以見天下之賾

〔註4〕《馬克思致斐·拉薩爾（1861年7月22日）》，《馬克思恩格斯全集》第30卷，北京：人民出版社，1975年版，第608頁。

〔註5〕《政治經濟學批判·導言》，《馬克思恩格斯論藝術》第一卷，北京：中國社會科學出版社，1982年版，第150頁。

〔註6〕《西方文論選》上卷，伍蠡甫主編，上海：上海譯文出版社1979年版，第53頁。

者，賾謂幽深難見，聖人有其神妙以能見天下深賾之至理也。而擬諸其形容者，以此深賾之理擬度諸物形容也。……象其物宜者，聖人又法象其物之所宜，若象陽物，宜於剛也；若象陰物，宜於柔也。是各象其物之所宜。」「各象其物之所宜」這句話，恰恰說出了中國古代類似於西方摹仿說的「象物」論與古希臘「摹仿說」之間的原則區別。中國「象物」論所要模仿的，不是事物的外在形態，而是其「所宜」，即事物的內在本質。它要求面對紛繁萬物而致力於探微索隱，於聲色形骸之外力求把握事物的深刻底蘊和內涵，然後用選擇來的或製造出來的某種形象，把這一「幽深難見」的內蘊顯示出來。惟其注意的中心在那「深賾之至理」，故可以「離形得似」，可以「超以象外，得其環中」。這種早熟兒童的「深邃意識」，不僅是中國詩學，也是整個中華文化思想的精妙所在。

其二，從社會道德及價値觀念的因素看，「詩言志」說體現了以血緣關係爲紐帶的宗法制社會的親族精神。如果說，古代希臘羅馬國家的建立是以氏族社會的滅亡爲代價的，那麼，氏族宗法制度的保存與延續，則是中國社會歷史發展的一大特色。范文瀾先生指出：「宗法制度的基本精神是以宗子爲中心，按血統關係的遠近來區別親疏貴賤，從而規定出無可改變的等級制度。」「……不論是統治階級或被統治階級，祖宗崇拜在意識形態裏占唯一重要的位置，公認孝道是最高的道德，任何宗教所崇拜的神和教義都不能代替祖宗崇拜和孝道，這是歷史上漢民族的特徵之一。」〔註7〕周初大封建，就是按宗法關係來進行的，所以西周統治階級成員之間彼此都有血統的聯繫。《儀禮．覲禮》曰：「同姓大國，則曰伯父；其異姓，則曰伯舅。同姓小邦，則曰叔父；其異姓小邦，則曰叔舅。」諸侯卿大夫在自己的領地內進一步分封，其異姓分封者，也多爲甥舅關係。這樣，宗族親屬關係便由社會的頂層一級級、一脈脈地蕃衍下去，直至一鄉一邑、一室一家。

由於宗法制度的存在，人與人之間除了政治上的隸屬關係，經濟上的依附關係，還有一層與生俱來的、斬不斷解不脫的親屬關係。這就形成了中華民族「血濃於水」的傳統感情。與西方古希臘羅馬公民社會形成的公開競爭、優勝劣汰的人際觀念不同，中華民族的親情意識則更講究和衷共濟、患難與共，注重人與人在情感上的交流與協調。《周禮．天官．大宰》記載天子治國

〔註7〕范文瀾：《中國通史簡編》第一編，北京：人民出版社，1964年版，第38、39頁。

的八條原則「八統」，第一條就是「親親」。《左傳・僖公二十四年》載富辰曰：「大上以德撫民，其次親親以相及也。」要「親親」，就文學藝術來說，顯然不能以炫耀技藝、賣弄才華爲宗旨，而必須以傳達感情、交流思想爲目的。從先秦典籍所載春秋列國朝會宴享、外交應對，以及士大夫們日常交際誦詩用樂的情況來看，都不是單純爲了娛樂，更不是較量技藝的比賽，而主要是爲了傳達、交流彼此的感情，這也就是孔子所說的「興、觀、群、怨」。這樣，「賦詩言志」、「獻詩陳志」、「教詩明志」、「聽詩觀志」一類的提法，便規定出了後世中國文學的基本走向，詩學中的摹仿論也就必然讓位給言志論了。

其三，從社會政治因素看，「詩言志」觀念在詩學領域的確立並成爲統治階級的官方思想，還與西周統治者的政治命運和由此形成的社會心理有關。

近代學者王國維評論商周之際的社會文化變革說：「商周間大變革，……是舊制度廢而新制度興，舊文化廢而新文化興。」〔註8〕在西周之前，殷商的統治思想是天命鬼神觀念。殷商統治者把自己視爲天命嫡傳，有恃無恐。《史記・殷本紀》載紂臣祖伊見周有圖王之志，諫紂嚴加防範，紂曰：「我生不有命在天乎！」驕縱之志，溢於言表。但周以西鄙小國，卻能一揮戈而天下應，一舉推翻原爲華夏宗主的殷商王朝。這一事變不僅給殷商統治集團以強烈的震撼，就是西周統治者自己，也不能不加以認眞的思考。《尚書・君奭》篇記載周公旦對召公說：「弗吊，天降喪於殷，殷既墜厥命，我有周既受，我不敢知曰厥基永孚於休」。又說：「天不可信，我道惟寧王德延，天不庸釋於文王受命。」意思是說，由於不善，天便降下喪亡之禍於殷商，殷已經失去了上天所賜的大命。我們周朝雖然接受了這個天命，但我不敢說，我們的基業能永遠沿著美好的前程發展下去。上天是不能相信的，我們的道路只有努力發揚文王的德政，上天才不會拋棄文王所受的大命。可見，殷亡之鑒給了周初統治者以深刻的教訓，使他們認識到，天命不可靠，修德是根本。只有立身修德，敬天保民，才能保證國祚的長久興隆。殷周政治造成的這種「憂患意識」，反映到文藝思想上，自然是要重修身養性而輕縱情聲色，重內在意蘊而輕外在物象，重言志而輕摹仿了。値得注意的是，「詩言志」說最初正是作爲教育本部族子弟的一門功課提出來的。它表明當時的統治者希望通過詩樂的陶冶教化作用，使自己的接班人「直而溫，寬而栗，剛而無虐，簡而無傲」，具有健全的人格和良好的品性。在這裏我們看到的是對「人事」的重視而非

〔註8〕王國維：《觀堂集林》，北京：中華書局，1959年版，第453頁。

對天命、血統的依賴，是對詩的教化作用的強調和對其娛樂功能的有意忽略。這種觀念的形成是與殷周之際政治形勢所造成的社會思潮分不開的。

二

馬克思主義的歷史唯物主義告訴我們，無論是心理因素也罷、政治思潮也罷，其背後都深藏著「物質的，可以用自然科學的精確性指明的」（馬克思語）客觀原因。因此，探討「詩言志」說何以成爲中國古代文論「開山的綱領」，還必須進一步研究西周社會的經濟基礎和自然條件對詩學觀念的影響。

首先必須注意的是農業經濟的特點。考古發掘表明，農業很早就在中華民族先民的生活中佔有重要的地位。周人尊自己的祖先棄爲農神，號「后稷」，可見農業在西周經濟中的重要。農耕生活與狩獵、經商、海外掠奪等生活方式不同，它比較穩定，雖難暴發但總有可靠的收穫。只要順天時、應地利，掌握自然規律，辛勤勞作，就能得到大地母親慷慨的報償。這種生活方式使我們的祖先更相信人的力量，更崇拜掌握規律的「智者」，更充滿「早熟兒童」的自信。中國古代天文、曆法、農業技術和水利建設的發達，是舉世公認的事實。人爲萬物之靈，「人定勝天」，這種中國古典的人本主義思想，是與上古時代高度發達的農業經濟分不開的。范文瀾先生曾經指出：「許多古老民族都說遠古曾有一次洪水，是不可抵抗的大天災，獨在黃炎族神話裏是說洪水被禹治得『地平天成』了。這種克服困難、人定勝天的偉大精神，是禹治洪水神話的眞實意義。」〔註 9〕上文所謂「詩言志」說所體現的「深邃意識」，以及它注重人的道德修養與人際交流的人本主義精神，似乎都可以從這種經濟生活的特點中找到某種必然的聯繫。

農耕生活的相對穩定性，必然使其文藝較少摹仿的興趣，而趨向於內心世界的表達。與狩獵生活的驚險、海外冒險的新奇不同，農業民族世世代代生活在同一塊土地上，「日出而作，日入而息，鑿井而飲，掘土而食」，朝朝暮暮，周而復始。在這種近乎凝固的生活環境中，唯一新鮮多樣、複雜多變的就是人的生活、人的心靈與情感。所謂「年年月月花相似，歲歲年年人不同」。《文心雕龍・物色》篇曰：「春秋代序，陰陽慘舒，物色之動，心亦搖焉。……歲有其物，物有其容；情以物遷，辭以情發。」在情與物之間，中

〔註 9〕范文瀾：《中國通史簡編》第一編，北京：人民出版社，1964 年版，第 94 頁。

國詩人們選擇了表現前者。因爲山川風物，年年如此；草木魚蟲，人人習見；唯有覽物之情，則人各有別。所以最值得描寫和抒發的乃是人們內心豐富而又複雜的情感，是一顆顆活生生的心靈在外物感召下發出的各不相同的回聲。朱光潛先生早年說過：「情感是生生不息的，意象也是生生不息的，換一種情感就是換一種意象，換一種意象就是換一種境界，即景可以生情，因情也可以生景，所以詩是做不盡的。」〔註 10〕中國詩學趨向於「言志」的奧秘在這裏，中國「言志」論詩學的合理性與獨特魅力也在這裏。

不過，單純說由於農耕經濟就造成了中國詩學的上述特點，總還是有嫌武斷的。須知世界上還有許多古老民族也較早進入了農業社會，如希臘克里特島上的農業村落就可以上溯到紀元前兩千多年以前，但他們的詩學觀念，卻沒有走上「言志」的道路。馬克思主義的歷史唯物主義告訴我們，生產方式決定社會的性質、面貌和發展進程。在生產方式中，生產力決定生產關係，對社會生活起著最終的決定作用。但是，生產力並不直接決定社會的政治制度、意識形態的性質，對社會制度、意識形態起直接決定作用的是生產關係。因此，探討造成「詩言志」觀念的經濟根源，還必須注意西周社會生產關係的特點。

關於西周社會生產關係的性質，目前史學界尚有爭論。這裏只想指出，無論屬於什麼性質的生產關係，都不可忽視它與宗法制度的聯繫。也就是說，在這樣的生產關係中，人與人之間一方面是經濟的聯繫，一方面又有親族關係。這種關係爲人與人之間的經濟聯繫蒙上了一層親情的面紗。這就使這種生產關係當其已成爲阻礙生產力發展的反動力量時，具有頗難摧垮的頑固性，因此在近代革命中必須激烈地反對宗法觀念；而在歷史發展的某些階段，如封建關係初興之時，宗法關係的籠罩又使它具有極易贏得人心的魅力。被儒家學者大大美化了的西周「仁政」，主要就是指其生產關係所具有的這個特點。

在西周社會生產關係裏，勞動者不是單純的創造財富的工具，不是任人隨意宰割的牛馬，而是多少有了一點作人的權利。他們是統治者的剝削對象，又是他們的「子民」。統治者在對他們進行剝削壓榨的同時，也多少給一點哪怕是極爲微薄和虛僞的撫慰。《詩・周頌・載芟》：「千耦其耘，徂隰徂畛，侯主侯伯，侯亞侯旅，侯彊侯以，有嗿其饁。」《傳》曰：「主，家長。伯，長

〔註 10〕朱光潛：《談美》，《朱光潛美學文集》第一卷，上海：上海文藝出版社，1982 年版，第 509 頁。

子。亞，仲叔也。旅，子弟也。」家族上下齊上陣，有飯大家一起吃，這就反映了以血緣關係爲紐帶組織起來的社會生產的面貌。《豳風·七月》描寫農民辛苦勞動了一年之後，到年終「躋彼公堂，稱彼兕觥，萬壽無疆！」統治者賞一頓酒飯以示犒勞，農民們則感恩戴德，向其祝福。可見這種家族式經濟使親族觀念不僅分別存在於統治者和被統治者內部，甚至也存在於統治者與被統治者之間。《大雅·泂酌》曰：「豈弟君子，民之父母。」社會群體的家族性質，一方面使被統治者感到有必要而且有可能向在上的統治者抒發心志、述說哀怨，因而創作出大量的「言志」之作；另一方面，也使統治者感到需要瞭解子民們的思想動態，因而設官采詩，通過詩歌來「觀志」、「觀風」。中國古代社會生產關係的宗法性質，是中國詩學舍「摹仿」而取「言志」的潛在制約因素。

最後，研究「詩言志」觀念成爲中國古代詩學綱領的原因，還應看到這一觀念同中華民族生存的自然條件的內在聯繫。馬克思主義並不諱言地理自然條件對一個民族的歷史進程和文化心理的巨大影響。在法譯本《資本論》中馬克思就曾指出：「『資本的故鄉』，不是在酷熱的氣候下，在繁茂的植物中，而是在溫帶。……由於周圍條件的易於變化，它推動人去增加自己的需要和力量、勞動的手段和方法。」〔註 11〕我們民族生存的自然條件對「詩言志」觀念形成的潛在影響，似乎可歸納爲以下兩個方面：

第一，由於環境艱苦、謀生不易，自然災害尤其是水患的頻繁發生，使中國人民必須緊密地團結起來，共禦艱難。同時，「多難興邦」，艱苦的自然條件又磨礪了中國人奮發有爲的自強精神和不斷探索自然奧秘的「深邃意識」。

馬克思在《資本論》的一處注釋中提到：「在印度，布置水利是中央政權對於各自孤立的細小村社生產組織的統治的物質基礎之一。」〔註 12〕在中國，水的問題更爲重大。《史記·河渠書》曰：「然河菑衍溢，害中國也尤甚，唯是爲務。」爲後世儒家所盛稱的堯舜「禪讓」故事，實際上也與治水有關。中華民族世世代代與自然天災的鬥爭，鍛煉了我們民族的凝聚力，也磨練了我們民族的深邃性格。人的價值、人的力量、人與人之間「風雨同舟」的親和精神，在這一鬥爭中高度發揮，並終於使「言志」成爲中華詩學永恆的主題。

〔註 11〕《馬克思恩格斯論藝術》第一卷，北京：中國社會科學出版社，1982 年版，第 108 頁。
〔註 12〕同上，第 109 頁。

其二，由於中華民族生存地域的相對閉鎖，三面高山大漠，一面浩瀚汪洋，不利於世界範圍的民族交流與融合。同時，又由於中華國土的相對遼闊，足以容納炎黃子孫的生殖繁衍，毋須向海外移民擴張。這就使中華民族基本上由同源、同種、同文化的近親部族組成，並使中華文化始終保持其獨特的本體性。中國宗法制度的長久延續、親族精神的代代相傳，都可以從這種地理自然條件上找到原因。正是這種生存的自然條件給了中國人的詩學觀念以深刻的影響，從而使「詩言志」成爲中國古代詩學不朽的綱領。

不難看出，「詩言志」說成爲中國古代詩論「開山的綱領」，有著深刻的民族心理與社會歷史條件的必然性。儘管今天的中華民族比之遠古先民已經大大地發展、前進了，今天的社會制度、政治經濟關係更發生了根本性的變革，但我們民族的歷史文化傳統、精神心理素質卻有著相當穩固的歷史延續性。只要中華大地仍在、中華民族尚存，「詩言志」傳統就必然在中國人的精神文化生活中頑強地表現出來。當年毛澤東曾給《詩刊》雜誌題詞「詩言志」，他認爲寫詩就要寫出詩人的胸懷和情操，讀者也要從詩中體味出詩人的胸懷和情操。在 1964 年 8 月同哲學工作者的一次談話中，毛澤東肯定了司馬遷對《詩經》的評價，認爲詩皆「發憤之所爲作」，指出：「心裏沒有氣，他寫詩？」〔註 13〕毛澤東是一位偉大的政治家，也是一位深得祖國文化血脈滋養的詩人。他對「詩言志」說的肯定，說明了這一古老觀念在今天仍有其旺盛的生命力。認眞研究這一觀念的產生和發展過程，科學總結其合理內涵，使之在建設有中國特色的社會主義文藝學中繼續發揮作用，是擺在古代文論研究工作者面前的光榮任務。

（最初發表於天津市河西區職工大學學報《職業教育》1997 年第 3-4 期合刊，題爲《「詩言志」何以成爲中國古代詩論「開山的綱領」？》，收入本書有修改。）

〔註 13〕陳晉：《「心裏沒有氣，他寫詩？」——毛澤東的詩歌觀念》，《瞭望》雜誌 1991 年第 36 期。

曹丕《典論・論文》的產生背景及理論貢獻

昔孟子云：「頌其詩，讀其書，不知其人可乎？是以論其世也，是尚友也。」《典論・論文》作爲中國文學批評史上一篇開風氣的作品，它的篇幅不長，但所論皆爲中古文學批評中的關鍵性問題，並對此後的文學批評產生了重大影響。要瞭解其理論建樹成功的原因，正確評價它在中國文學批評史上的地位和價值，就必須聯繫它所由產生的時代背景來加以考察。

其一，《典論・論文》的出現，是受到當時社會上品評人物風氣的影響。人物品評之風始於漢末清議。由於漢末政治黑暗，士人紛紛「激揚名聲，互相題拂，品核公卿，裁量執政」（《後漢書・黨錮列傳序》），以發洩義憤。同時東漢選拔官吏實行察舉徵辟制，士人要想進入仕途，必須在社會上造成名聲，所以特別注重人倫的品鑒。而評人勢必聯繫到評文。王充《論衡》就說過：「文辭善惡，足以觀才」。更何況在當時文學地位提高的情況下，上至帝王將相，下至一般士人，都認爲文學是「經國之大業，不朽之盛事」。因此在他們生活交往的圈子，自然會經常進行關於作者和文章優劣的議論。曹植在《與楊德祖書》中稱：「劉季緒才不能逮於作者，而好詆呵文章，掎摭利病。」可以看作是品評風氣在文學界的反映。所以，《典論・論文》以批評論爲主題，以對具體作家作品的評論佔據大半篇幅，這完全是由中國文論與人物品評的血緣關係所決定的。

其二，《典論・論文》的出現與當時文學地位的提高有著密切的聯繫。文學在儒家傳統觀念中，地位雖然不低，但也不是很高。孔子在先秦思想家中是比較重視文的一個，但他說：「行有餘力，則以學文」；又說：「誦《詩》三百，授之以政，不達；使於四方，不能專對；雖多，亦奚以爲？」可見在孔子的心目中，文學只是推行政治教化的工具，擺不到首要的位置。漢代文學、特別是具有獨立審美意義的美文學，在封建大一統帝國的優容扶助下，有了很大的發展。但這時一方面由於獨尊儒術的結果，德行爲本、文章爲末的思想仍禁錮著人們的頭腦；另一方面則由於統治者對辭賦作家「俳優畜之」，使文學創作走進形式主義的死胡同。因此，連許多作家本人也自稱「爲賦乃俳」（《漢書・枚乘傳》），是「壯夫不爲」的「雕蟲小技」（《法言・吾子》）了。

只是到了漢末魏晉，人們對文學地位的認識，才發生了根本的變化。這方面的思想先驅，當首推東漢傑出的唯物主義哲學家王充。王充《論衡》重視「精思著文，連結篇章」的態度，代表了從漢到魏晉社會思潮的變化。而推究漢魏之際文學地位提高的社會歷史原因，主要有三：一是傳統儒學崩潰，引起學術風氣的轉變；二是政治狀況和統治者的政治措施，引起文人新的追求；三是文人士大夫追求不朽的社會心理動因。漢魏之際社會動亂，天災人禍使大批士人避難不暇。傳統的利祿之途被打斷了，皓首窮經已沒有出路，文人自然要改弦更張另求適應。當時各路豪強爲爭奪天下，紛紛以各種手段延攬人才。而文學之士要表現自己的才學，「善屬文」是重要的一途。這就必然使學風發生改變，由傳統的經學轉向致力於寫作華美好看的文章。同時，社會動盪所帶來的個人生死沉浮的不可捉摸，又促成了文人士大夫對自己生命意義和價值的重新發現、思索與追求。曹丕在《與吳質書》中說：「昔年疾疫，親故多罹其災。徐、陳、應、劉，一時俱逝，痛可言邪！」在死神面前，連曹丕這樣的最高統治者也感到了由衷的恐懼和悵惘。而要克服這一亙古遺憾，只有或建功立業，或著書立說，使「聲名自傳於後」。故其《與王朗書》云：「生有七尺之形，死惟一棺之土，惟立德揚名，可以不朽；其次莫如著篇籍。」可見追求不朽，正是魏晉時代文學地位提高的潛在心理動因。瞭解了這一背景，我們對曹丕「以副君之重」何以要如此認眞地「論文」？何以會發出「文章經國之大業，不朽之盛事」這樣的極力讚美之辭，就會有較爲圓滿的解答了。

其三，曹丕《典論・論文》的出現及其所論重點問題，還與當時文學觀念的演變有關。當然，上述文學地位的提高，也屬於文學觀念演變之一例。但除此之外，曹丕時代的文學觀與傳統的儒家文學觀相比，還有以下幾方面的變化：

一是從文章學術不分到文體辨析的日趨明析。孔子時代所謂「文學」是指文章博學。到了兩漢，文化逐漸提高，文學作品也逐漸增多，一般人對文學的認識也比過去清楚了一些，於是把文章與博學兩種意義分別開來。但漢代是把辭賦、史傳文和奏議文等等都稱爲「文章」。到了曹丕的時代，人們對過去統稱爲「文章」的各類體裁的認識有了新的飛躍，於是出現了曹丕《典論・論文》中的四科八體之分。曹丕在這方面的論述，正是當時文學觀念演進的結果。

二是從注重文學的社會作用轉爲研究創作文學作品的人。朱自清先生曾經指出，從先秦的「詩言志」說到漢代提出的「詩教」，這「兩個綱領都在告訴人如何理解詩、如何受用詩。」他說：「詩樂不分家的時代只看重聽歌的人；只有詩，無詩人……。詩樂分家以後，教詩明志，詩以讀爲主，以義爲用；論詩的才漸漸意識到作詩人的存在。」〔註1〕總之，從把文學視爲政治道德的教科書，到認識到文學是作者內心情感的表現；從出於政治教化的目的去理解詩、運用詩，到從人與人之間感情交流的角度去體會詩、玩味詩；人們逐漸認識到在一篇篇詩文背後，有活生生的作者個人的存在。而曹丕時代的建安文學更是十分大膽地在作品中盡情抒發作者自我。這就啓發人們去研究文學作品同作者個性的關係。曹丕在《典論・論文》中高談「文以氣爲主」，正是在這一背景下提出的。

三是從注重內容的表達到追求形式的華美。由於文章學術不分、由於把文學視爲道德教化的工具，所以儒家傳統的文學觀是崇實、尚用，注重義理內容的表達而忽視形式技巧的作用的。漢代文人認識到「文」與「學」有本質上的區別，於是在寫「文」時轉而繼承楚辭驚采絕豔的傳統，使文學走上形式主義的道路。而曹丕時代的建安作家是深受漢代辭賦文學薰染的。正如劉勰所說：「魏之篇制，顧慕漢風。」儘管他們由於身處亂世，接觸到怵目驚心的現實生活，使作品有深刻的思想內容和眞摯的情感，從而造成在文學史上熠熠閃光的「建安風骨」。但他們在形式上又保存了漢賦鋪采摛文的傳統，偏重藻采、注重聲律，開後世駢儷風氣。故沈約評價建安文學是「以情緯物，以文披質」(《宋書・謝靈運傳論》)。魯迅先生指出：「漢文慢慢壯大起來，是時代使然，非專靠曹操父子之功的。但華麗好看，卻是曹丕提倡的

〔註1〕朱自清：《詩言志辨》,《朱自清古典文學論文集》上冊，上海：上海古籍出版社，1981年版，第190頁。

功勞。」〔註 2〕而曹丕在《典論・論文》中提出「詩賦欲麗」的主張，正是建立在他當時人們對文學藝術特徵有了進一步認識的基礎上的。這種認識，雖然有引起後世文學進一步向形式主義發展的可能，但放到當時的歷史條件下，特別是對照傳統儒家文論重道德教訓、輕藝術特徵的傾向來看，它又有幫助人們全面認識文學本質特徵的意義，是不應籠統否定的。

總之，曹丕正是在他當時的社會風氣、文學發展以及文學觀念更新等多方面因素的總和作用下，寫出《典論・論文》這篇劃時代的文學專論的。

《典論・論文》的理論貢獻主要表現在以下四個方面：

首先是關於文學批評的態度。曹丕在文中批評了兩種錯誤的文學批評態度：一是「文人相輕」、「各以所長，相輕所短」、「闇於自見，謂己爲賢」；二是「貴遠賤近，向聲背實」。對「貴遠賤近」，亦即厚古薄今觀點的批判，並不是曹丕的創見，故文中僅一帶而過，未作詳細論述。至於對「文人相輕」的指斥，則是作者的新論，所以文中有較多的闡發。曹丕根據對不同的文氣和文體的認識，指出作家個性不同，文體各異，所以必然是各有所長，也各有所短。如果「闇於自見」，「各以所長，相輕所短」，就不可能產生正確的文學批評。他認爲正確的批評態度應是「審己以度人」，進行公正的實事求是的評論。這個意見是十分中肯的。

其次是作家個性氣質與作品風格的關係。曹丕在論述這個問題時，提出了著名的「文以氣爲主」說。這裏的「氣」，在作者方面是指他的氣質才性，形諸作品，便成爲作品的風格。曹丕認爲作品風格的形成主要決定於作家的氣質才性，並且是天然生成、不可改變的。這裏忽略了作家生活實踐和學習鍛煉等所起的重大作用，顯然是片面的。但是他提出這一觀點的主旨，是在論證文章成就不同、風格各異的客觀依據，進而反對「文人相輕」的陋習，又有一定的合理性。

根據辯證唯物論的反映論和現代心理學的觀點，創作活動是以作家大腦爲主導的精神主體對外界的一種反射活動，它不僅受制於外部刺激的強度和力量，以及由原先的外部刺激形成的內在個性，而且還受制於作家高級神經活動自身的素質和類型。從這個角度看，則曹丕的「文以氣爲主」說可以被看作是他對造成文學風格多樣性的主體方面原因的理論說明，有其理論價值

〔註 2〕 魯迅：《魏晉風度及文章與藥及酒之關係》，《魯迅全集》第三卷，北京：人民文學出版社，2005 年版，第 528 頁。

和啓發意義。

第三是論文體分類與文體風格問題。在《典論·論文》中，曹丕提出了本同末異、四科八體之說。「本同」，是指一切文章的共同性，因爲這是當時文學之士人人皆知的問題，所以曹丕在文中對此沒作進一步具體說明。「末異」，是指各類文章的體裁和表現手法，同時涉及到風格問題。曹丕把文章分爲「奏議」、「書論」、「銘誄」、「詩賦」四科，每科二體，共八體。他爲四科文章總結出「雅」、「理」、「實」、「麗」四種不同的特點，這也就是他所說的「末異」。自然這種歸納是相當籠統的，並且所說各種文體的特點，也未見得完全正確。但在文體分類和風格分析的歷史發展中，曹丕卻是首開風氣之先的第一人。後世桓範的《世要論》、陸機的《文賦》、摯虞的《文章流別論》、李充的《翰林論》，以及劉勰《文心雕龍》中關於文體的論述，都是對《典論·論文》的進一步發展。

第四是論文章的地位和價值。曹丕在文章末尾處大聲疾呼：「蓋文章，經國之大業，不朽之盛事」。這個提法雖然仍沒超出儒家思想的範圍，但他把文章提到與事功並列的地位，比之《左傳》的「三不朽」論中「立言」僅處於第三的位置，不能不說是重大的發展。不過曹丕在這裏並沒有就「經國之大業」再作發揮，他對文學價值的著眼點，更重在「不朽之盛事」上。故下文反覆申說的是「年壽有時而盡，榮樂止乎其身，二者必至之常期，未若文章之無窮」。這可以說是曹丕當時貴族士大夫普遍的社會心理給傳統儒家理論染上的時代色彩。曹丕教育作家認識到只有文學才能使自己名垂千古，從而更積極、更自覺地從事文學創作，這對魏晉以後文學的發展，起了積極的推動作用。

作爲一篇中國文學剛剛發展到自覺時代的理論總結，作爲一篇出自貴族上層統治者之手的文學專論，《典論·論文》的侷限性和不足之處也是很明顯的。首先，由於中國文學發展的自覺階段是從人們對文學的藝術特徵的認識開始的，因此，這一時期的文論就特別容易偏重於形式風格等方面，《典論·論文》就表現出一定的形式主義傾向。其次，曹丕本人作爲一個上層貴族統治者，他的階級地位決定了他只把文學看作是娛樂升平的玩物，是使個人聲名不朽的工具。因此在講文學的價值的時候，他閉口不談文學對社會生活的反映，不講「興、觀、群、怨」。在談作家個性與作品風格的關係的時候，他只注重作家天賦氣質對作品風格的影響，而不講文學風格同作家社會實踐、藝術修養的關係。曹丕這種脫離社會、背對現實的文學主張，是一個上層貴族文人囿於狹小生活天地的必然產物。

（最初發表於作者論文集《文心拾穗——中國古代文學思想的當代解讀》，天津社會科學院出版社 2001 年出版。）

陸機《文賦》「夸目尚奢」四句辨義

陸機《文賦》中有「故夫夸目者尚奢，愜心者貴當，言窮者無隘，論達者唯曠」四句，歷代解說頗有分歧。今略陳一孔之見，以就教於前輩方家。

此四句最早的解釋，爲唐李善《文選注》，其說云：「其事既殊，爲文亦異。故欲夸目者，爲文尚奢；欲快心者，爲文貴當。愜，猶快也。」又釋後二句云：「言其窮賤者，立說無非湫隘；其論通達者，發言唯存放曠。」稍後《文選》「五臣注」劉良釋前二句云：「夸目，謂相夸眩也。尚奢，謂浮豔之詞。貴當者在於合理，故愜心也。」張銑釋後二句曰：「言窮事者，無隘狹；論通達者，唯尚放曠。此作者之用思也。」

應該說，唐人對這四句的解釋，基本上是一致的〔註 1〕。其意無非是說：欲誇耀其目之所見，則言辭崇尚奢華；要恰切地表達心思，則文辭貴在確當；談論窮愁之事，則文辭未免局促窘迫；議論通達之事，則詞句暢達放曠。

最早對前二句提出異議的是清初校勘家何焯（義門），他說：「二句語意相承，（善）注謬」〔註 2〕。當代學者錢鍾書先生在《管錐編》中對此四句的解釋，即是對何說的進一步發揮。

〔註 1〕張少康先生《文賦集釋》引明末瞿式耜云：「銑云言窮者無隘狹，此說勝善注」，認爲：「可見五臣注與李善注已不同」。但細審張銑原文是「言窮事」，而非「言窮」。儘管「言窮事」可以理解爲「言辭窮盡事理」，但若聯繫下文「論通達」，「窮事」與「通達」對舉，似乎只應理解爲「窮愁之事」。且張銑注明言：「此作者之用思也。」用思，即構思，可知「言窮事」與「論通達」均屬文之立意，五臣注與李善注基本上是一致的。

〔註 2〕轉引自張少康《文賦集釋》，上海：上海古籍出版社 1984 年版。以下引前人注釋凡未另注出處者皆出此書。

至於對後二句，明人張鳳翼《文選纂注》仍承唐人，曰：「所謂辭以情遷也。」其後，閔其華《文選瀹注》始對此說提出不同意見。他認爲：「按言窮論達，指作文也，非指事理也。言窮無隘，謂言將窮盡之時無迫隘也。論達唯曠，謂議論暢達，由於曠蕩不拘束也。原注謂言其窮賤者立說無非湫隘，似未明。」此後，不少論家從文詞角度釋後二句。如清人梁章鉅《文選旁證》引孫鑛曰：「言窮無隘者，言有盡而意有餘也。論達唯曠者，論之達由於識之曠。善注未明。」

上述種種意見，雖然具體解說不盡相同，但均不外乎文意與文詞兩途。至於將此四句理解爲講作文者主觀愛好與文詞風格之關係，並將其與《文心雕龍》中的有關論述聯繫起來，則首見於鄭石君《文賦義證》。鄭氏引《文心雕龍》證此四句云：「《文心・知音》：『夫篇章雜沓，質文交加，知多偏好，人莫圓該。慷慨者逆聲而擊節，醞藉者見密而高蹈，浮慧者觀綺而躍心，愛奇者聞詭而驚聽。』《定勢》：『桓譚稱：文家各有所慕，或好浮華而不知實覈，或美眾多而不見要約。陳思亦云：世之作者，或好煩文博采，深沉其旨者；或好離言辨白，分毫析釐者。所習不同，所務各異。言勢殊也。』《章表》：『懇惻者辭爲心使，浮侈者情爲文屈。必使繁約得正，華實相勝，脣吻不滯，則中律矣。』《哀弔》：『隱心而結文則事愜，觀文而屬心則體奢。奢體爲辭，則雖麗不哀。必使情往會悲，文來引泣，乃其貴耳。』」（許文雨《文論講疏》引）

縱觀新中國建國以來各類文論選、批評史或專門研究《文賦》的著作，對此四句的解釋大致可歸納爲四種意見：

一曰四句指作者個性與文章風格之關係。

如北京大學中國文學史教研室選注之《魏晉南北朝文學史參考資料》釋此四句曰：

> 此四句說好眩耀的人崇尚華豔，要稱心的人著重恰當，愛說窮愁的人說來無可再窘，喜歡通達的人一味開闊。意謂文章因人而異，各極其致。〔註3〕

復旦大學中文系古典文學教研組編《中國文學批評史》釋此四句及下文「詩緣情而綺靡」一段曰：

> 一方面，作者的個性不同，文學作品的風格固然很不相同；另一方面，文章的體裁不同，風格特點也不一致。〔註4〕

〔註 3〕北京：中華書局 1962 年版，上冊，第 261 頁。
〔註 4〕上海：上海古籍出版社 1979 年版，上冊，第 102 頁。

郭紹虞、王文生主編之《中國歷代文論選》注此四句曰：

> 此數句言作者個性不同，則文的風格也不同，仍申物無一量之義，但已轉折到「體有萬殊」方面。〔註5〕

二曰前二句指作家個性愛好與文詞風格的關係，後二句指所描寫的內容。如夏傳才《中國古代文學理論名篇今譯》說：

> 好誇張炫耀的人，作品崇尚浮華；求描述恰切的人，作品重視貼切；談窮愁的人，作品內容狹窄；論通達的人，作品廣闊開朗。〔註6〕

李壯鷹主編《中華古文論選注》以李善注釋前二句，未作進一步說明；其釋後二句則曰：

> 二句意謂，描寫窮愁之作品，辭氣狹隘；談論通達之作品，發言放曠。〔註7〕

三曰四句皆指文詞。

此說可以錢鍾書先生爲代表，其《管錐編·全上古三代秦漢三國六朝文·一三八》云：

> 善注四句皆謬，何（焯）所指摘未盡，其謂「夸目」、「愜心」二句合言一事，則是也。「故夫」緊接「期窮形而盡相」而來，語脈貫承，皎然可識。〔註8〕

又說：

> 「窮形盡相」，詞易鋪張繁縟，即「奢」也；然「奢」其詞乃所以求「當」於事，否則徒炫目而不能饜心。

他釋「言窮」、「論達」二句爲「均指文詞之充沛，無關情志之鬱悒或高朗」，認爲「『唯曠』與『無隘』同義，均申說『奢』」。其結論爲：

> 機才多意廣，自作詞藻豐贍，故「不隘」、「唯曠」均着於文眼之繁者；文之簡而能當、寡詞約言而「窮形盡相」者，非所思存。〔註9〕

四曰前二句指作家個人愛好與作品風格之關係，後二句則指文詞之充沛。張少康《文賦集釋》即持此說，他釋前二句云：

> 陸機在這裏正是申說作者愛好不同，其「窮形盡相」的方法、角度

〔註5〕上海：上海古籍出版社 1979 年版，第一冊，第 179 頁。
〔註6〕天津：南開大學出版社 1985 年版，第一冊，第 180 頁。
〔註7〕天津：百花文藝出版社 1991 年版，上冊，第 51 頁。
〔註8〕北京：中華書局 1979 年版，第 3 冊，第 1194 頁。
〔註9〕同上，第 1195 頁。

也不同，揭示了文學創作的風格與作家個人愛好之間的關係。〔註 10〕

對於後二句，他也認爲：「李善注此兩句是錯誤的」，表示贊同錢鍾書的說法：

「言窮」之「窮」是「窮形」之「窮」，非「窮民無告」之「窮」，「論達」之「達」是「達詁」之「達」，非「達人知命」之「達」；均指文詞之充沛，無關情志之鬱悒或高朗。

但同時又指出：「錢鍾書謂：『唯曠』與『無隘』同義，均申說『奢』。則可商榷。」〔註 11〕

以上四種意見，以第一種影響最大。像霍松林主編之《古代文論名篇詳注》、張懷瑾著《文賦譯注》、周佛民著《文賦注釋》，都持此說。

我認爲，對於《文賦》中這四句話，首先應該聯繫其上下文來加以考察，根據整段文章所表達的意思來判斷這四句話的論旨。其次還應輔以陸機自己的創作來作爲旁證。因爲像陸機這樣有着豐富創作經驗的作家兼理論家，其理論往往是其創作經驗的總結。或者反過來說，其創作往往是其理論主張的實際體現。唯其如此，我們才能跳出單純字句索解的誤區，準確把握其理論主張的本來意義。

從「夸目者尚奢」四句在文中的上下文關係來看，這四句及其以下的「詩緣情而綺靡」等十句，是承本段開頭「體有萬殊，物無一量」兩句而來。從「體有萬殊」至「無取乎冗長」這一大段的論旨，無非是說各種文體的要求千差萬別，文章表現的對象（「物」）無一定之規，因此在寫作時就沒有固定的法則，作者應隨機應變，甚至不惜「離方遁圓」，打破常規，總之要達到「窮形盡相」的目的。這裏，「詩緣情而綺靡」等十句是對「體有萬殊」的具體說明；而「誇目者尚奢」四句，則是對「物無一量」的闡發。結合本段論旨來看，應該說這四句的意思是說：當作者要誇張其目之所見，也就是面對需要描述的對象時，文辭必須鋪張華美，非如此，不能窮盡對象的外貌形態；而當他要恰切地表達自己的心思，即表現抒情題材時，則言詞應該準確恰當，因爲此時若賣弄文藻，誇誇其談，只會給人造成虛情假意、言不由衷的印象；當作者談及窮愁之事時，言詞應該局促窘迫；而當他議論通達得意之事時，文詞應該開朗放達。《文心雕龍》有云：「談歡則字與笑並，論戚則聲共泣偕」，恰可以看作後二者的注腳。再證之以陸機在《遂志賦序》中所言：「崔

〔註 10〕上海：上海古籍出版社 1984 年版，第 76 頁。
〔註 11〕同上，第 77 頁。

（篆）、蔡（邕）沖虛溫敏，雅人之屬也。（馮）衍抑揚頓挫，怨之徒也。豈非窮達異事，而聲爲情變乎。」也說明他所謂「窮」、「達」是人事的窮達，而文章內容表現的這種「窮」或「達」就會影響到文詞風格。

應該說，「夸目者尚奢」四句是在申說「物無一量」，此意前人已經指出。清人方廷珪《昭明文選大成》即云：「以上十二句（指從「紛紜揮霍」至「論達者唯曠」——）承『物無一量』來。」但他接下去筆鋒一轉，說：「言人材質雖優拙不同，要當其作文時，無不苦心構思，求愜其命意所在，不肯尺寸讓人也。」前引郭紹虞、王文生《中國歷代文論選》也承認此四句「仍申物無一量之義」，但同樣也把它們歸結爲「言作者個性不同」。他們指出「夸目者尚奢」四句承「物無一量」而來，是正確的；但把「物無一量」解釋成「人材質優拙不同」、「作者個性不同」，則又值得商榷。因爲，在中國古代文論術語中，「物」從來是指相對於創作主體而存在的客觀外物，把它與創作主體混爲一談，是說不通的。

這樣看來，「夸目者尚奢」四句的主旨是很明顯的，用現代文藝理論的講法來說，它們實際上講的是作品題材與文章風格的關係。唐人的解說基本上是不錯的，對他們的意見，似乎不應輕易推翻。

最後，讓我們再舉一些陸機本人的作品爲證。先看他意在「夸目」、敘述其目之所見的詠物賦，如《瓜賦》：

> 若乃紛敷雜錯，鬱悅婆娑，發彼適此，迭相經過，熙朗日以熠耀，扇和風其如波，有葛累之覃及，相椒聊之眾多，發金榮於秀翹，結玉實於柔柯，蔽翠景以自育，綴修莖而星羅。

形容瓜之狀貌，言詞華美，極盡鋪陳之能事，可謂「夸目者尚奢」。

再看其言志抒情之賦作，如《懷土賦》：

> 悼孤生之已晏，恨親沒之何速。排虛房而永念，想遺塵其如玉。眇綿邈而莫覯，徒佇立其焉屬。感亡景於存沒，惋瞻年於拱木。悲顧盼而有餘，思俯仰而自足。

賦中爲充分表達作者思念家鄉的思想感情，精心選擇恰切表現心理活動的語詞，綿綿情意，躍然紙上，此之爲「愜心者貴當。」

至於說到「言窮」、「論達」的作品，陸機寫給成都王司馬穎的《謝平原內史表》，可以作爲絕好的例證。且看他敘述自己遭齊王冏誣陷事時說：

> 臣之微誠，不負天地，倉卒之際，慮有逼迫，……思所以獲免，陰

蒙避回，崎嶇自列，片言隻字，不關其間，事蹤筆跡，皆可推校。而一朝翻然，更以爲罪。蕞爾之生，尚不足吝，區區本懷，實有可悲。畏逼天威，即罪惟謹，鉗口結舌，不敢上訴所天。

詞句窘迫蹇澀，活現出一副蒙冤受屈、戰戰兢兢的可憐相，這就是「言窮者無（語詞，同「唯」，從郭紹虞說——筆者）隘。」

而當表文說到蒙司馬穎救護之恩時，語氣翻然一振，詞句激昂慷慨，大有朗聲高唱之勢。其詞云：

重蒙陛下愷悌之宥，回霜收電，使不隕越，復得扶老攜幼，生出獄户，懷金拖紫，退就散輩。感恩惟咎，五情震悼，跼天蹐地，若無所容。不悟日月之明，遂垂曲照，雲雨之澤，播及朽瘁。

又說到謝司馬穎授其平原內史之職曰：

猥辱大命，顯授符虎，使春枯之條，更與秋蘭垂芳，陸沉之羽，復與翔鴻撫翼。

這裏的語氣是何等開朗明快，此堪稱「論達者唯曠」。

參之陸機本人的創作，我想，應該能對《文賦》中「夸目者尚奢」四句，有一個準確的解釋了吧。

（最初發表於《天津師大學報》1995 年第 3 期）

《周易》哲學與《文心雕龍》理論體系的建構

《周易》，包括「經」與「傳」兩部分，是中華民族古代智慧的結晶，也是魏晉玄學尊奉的經典「三玄」（《周易》、《老》、《莊》）之一。中國南北朝時代傑出的文學理論家劉勰，雖大半生躋身佛門，在當時以「爲文長於佛理」〔註 1〕名世，但其出身世族〔註 2〕，家學淵源，必受儒家經典之深厚薰染。其自言「齒在逾立，……夜夢執丹漆之禮器，隨仲尼而南行」，以及《文心》書中比比皆是的尊孔崇經之語，即可爲證。況齊梁時代雖玄風已衰，但社會思潮的轉換，必有一漸進的過程，玄學經典，仍在士林中佔據著一定的話語霸權。劉勰立志以論文的著作來「敷贊」孔孟儒學之「聖旨」，同時批評前人論文著作是「各照隅隙，鮮觀衢路」，而以「振葉尋根」、「觀瀾索源」，「述先哲之誥」、「益後生之慮」自許。清代學者紀曉嵐曾評《文心・原道》篇曰：「文以載道，明其當然；文原於道，明其本然。識其本乃不逐其末。首揭文體之尊，所以截斷眾流。」〔註 3〕我們說，此話也可用於評論《文心》全書。劉勰文論超出其前輩及同時代人之處，正在於他把文學理論建立在了一定的哲學基礎之上，依《周易》哲學之本構建起《文心雕龍》宏大周密的文學理論體系。

今檢《文心》全書，直接徵引或套用《周易》原文的，共約 80 處。《周易》不僅是劉勰談論文學理論問題時的話語武庫，更是其構建自己理論體系的哲學基礎。《原道》篇說「幽贊神明，易象惟先」。《宗經》篇云：「《易》惟談天，入神致用。故《繫》稱旨遠辭文，言中事隱；韋編三絕，固哲人之驪

〔註 1〕《梁書・劉勰傳》。

〔註 2〕對此中國學術界有不同意見，筆者取劉勰出身世族說。

〔註 3〕轉引自范文瀾《文心雕龍注》，北京：人民文學出版社 1978 年版，第 4 頁。

淵也。」可見劉勰是把《周易》看作闡發精微義理的思想淵藪，是他進行哲理思辨的理論根基。劉勰依《周易》哲理構建《文心雕龍》理論體系，表現在以下三個方面：

一、依《周易》之宇宙構成論建立起「文本乎道」的文學本體論

中國傳統詩論講「詩言志」(《尚書・堯典》)，詩是思想感情的表現。所謂「在心爲志，發言爲詩」(《毛詩大序》)，「詩可以興，可以觀，可以群，可以怨。邇之事父，遠之事君，多識於鳥獸草木之名」(《論語・陽貨》)，「哀樂之心感，而歌詠之聲發」(《漢書・藝文志》)，「男女有所怨恨，相從而歌。饑者歌其食，勞者歌其事」(《春秋公羊傳・宣公十五年解詁》)。如此等等，都是說的詩的功能、作用，屬於「用」的範疇。而宇宙間何以會產生「文學」這種事物，人類爲什麼需要「文學」？也就是文學的本體是什麼？對這一深層次哲理性問題的解答，就只有到玄學思潮大盛的魏晉之後，提到理論家們的日程上來了。

俄羅斯當代女漢學家基拉・伊凡諾夫娜・戈雷金娜在其 1995 年出版的《太極——1-13 世紀中國文學與文化中的世界模式》一書中指出，古代中國的「本體論觀念造成了一致的、包羅萬象的、使世上的一切全都聯繫起來的系統。與這個系統相協調的首先是藝術活動和實踐活動。」而「表現爲語言藝術與宇宙的聯繫的包羅萬象的著作就是劉勰的論著《文心雕龍》。」〔註 4〕論者從本體論角度解讀劉勰的文學理論，看到了劉勰文學理論超越前人的根本原因，是頗有見地的。

《易・上繫辭》曰：「是故易有太極，是生兩儀，兩儀生四象，四象生八卦，八卦生吉凶，吉凶生大業。是故法象莫大乎天地，變通莫大乎四時，懸象著明莫大乎日月，崇高莫大乎富貴。備物致用、立成器以爲天下利，莫大乎聖人。」這是《易傳》的宇宙本體論，它講世間萬事萬物都本於冥冥之中的宇宙法則，即「太極」。「文」或曰「文學」也不例外。「文」的神聖性、天然合理性，就在於它是宇宙法則的具體體現，用劉勰的話來說，就是「本乎道」，亦即「原道」。《原道》篇開頭說：

文之爲德也大矣，與天地並生者何哉？夫玄黃色雜，方圓體分，日

〔註 4〕К·И·戈雷金娜：《太極——13 世紀中國文學與文化中的世界模式》，莫斯科：東方文學出版公司，1995 年版，第 147 頁。

> 月迭璧，以垂麗天之象；山川煥綺，以鋪理地之形：此蓋道之文也。仰觀吐曜，俯察含章，高卑定位，故兩儀既生矣。惟人參之，性靈所鍾，是謂三才；爲五行之秀，實天地之心。心生而言立，言立而文明，自然之道也。

這裏的「文」是指廣義的文采，它廣泛地表現在自然界的各個方面。故云「文之爲德也大矣」。《原道》以「道」名篇，爲什麼一上來卻不談「道」而言「德」？這是因爲在中國道家學派的觀念中，「道」是居於冥冥之中 ，「寂兮寥兮」，無可形狀、無以言傳的東西。當它通過具體事物體現出來時，就不能再叫做「道」，而只能稱爲「德」。「德」是指物德，也就是某物之所以得成爲某物的本質屬性。莊子曰：「物得以生謂之德」（《莊子・天地》）；《管子》曰：「德者，道之舍，物得以生生。」又說：「故德者，得也；得也者，其謂所得以然也。」（《管子・心術上》）所以，劉勰所謂「文之爲德也大矣」，意思就是說：文作爲事物一種合規律的本質屬性它是無所不在的。正因爲有了文，日月山川才成其爲日月山川，龍鳳虎豹才成其爲龍鳳虎豹。而作爲「有心之器」的人，也必然是「心生而言立，言立而文明」，有自己的文采，即「人文」。所有這些「文」，都是不假外飾、自然生成的。而「文」的價值，就在於它是「道之文」。劉勰這段帶有玄學神秘主義色彩的論述，雖然某些具體說法是不科學的（如把作爲意識形態的「人文」與自然事物混爲一談——筆者），但他的本意是把「文」的合理性、必然性，以及文應自然流美、不假雕飾，並以「道」爲內容形式之旨歸，提高到一種自然法則的高度來認識。他是在借助「道」的神聖光環來增強自己的權威性和說服力，並以此來同當時「日競雕華」、人爲矯飾、「離本彌甚，將遂訛濫」的文風作鬥爭。這正是劉勰「原道」論矯正時弊意義之所在。

劉勰在《文心・序志》篇中曾說：「夫文心者，言爲文之用心也。」這句話，過去一般解作「寫作文章所運用的心思」，因此把《文心雕龍》看作是文章寫作學或創作構思論。但如果聯繫《原道》篇來看劉勰所謂「爲文之用心」，是否可以取漢語「用心」一詞所具有的「存心」這一意項，將其解作「爲文」的目的、意義呢？我們看《序志》篇中云：「唯文章之用，實經典枝條，……詳其本源，莫非經典。」又說：「而去聖久遠，文體解散，辭人愛奇，言貴浮詭，……離本彌甚，將遂訛濫。……於是搦筆和墨，乃始論文。」這段話講文章的源頭是經典，它的作用實際上是配合經典，是經典的枝條。而劉勰自稱其寫作《文心》的動機，是因爲當時文章「離本彌甚」，而他要「宜體於要」，所以才來論文。可見劉勰所謂「爲文之用心」，不僅僅是指做文章運用的心思，還包括作文的目的、意義和法則。整部《文心雕龍》，實際上是要爲文章寫作確立規範。這樣來解釋「爲文之用心」，我們認爲才是符合劉勰本意的。

我們認爲，劉勰從宇宙本體論角度對文學本質所做的闡釋，起碼有三個方面的理論貢獻。首先，將「文」與「宇宙之道」相聯繫，就指出了中國藝術所普遍具有的先驗的象徵意蘊性質。在中國的詩歌、繪畫中，自然景物、生活事件，往往具有固定的意蘊，這就是現代文論常講的原型意象和抒情母題。諸如「春風春鳥」、「秋月秋蟬」、「寒江釣雪」、「孤雁離群」、「遊子懷鄉」、「怨婦思夫」等等，其意蘊旨歸，往往是先驗地存在於創作者與接受者共同的文化心理建構之中。故雙方能迅速達成默契、產生共鳴。其二，劉勰的文道關係論，突破了傳統儒家文論政教中心的文學觀，而爲文學開闢了更爲廣闊的表現空間。誠然，從我們多年來習慣接受的現實主義文學觀念來看，不要求文學表現現實民生疾苦，而去表現什麼「宇宙之道」，抒發對人生眞諦、宇宙哲理的終極玄想，實在有違文學正道，故而在我們的文學史教科書上，對這種文學潮流多年來一直在口誅筆伐，大加批判。但今天推翻成見，平心而論，表現對宇宙人生的終極關懷，也應該是文學表現的合理內容。處於玄學餘續仍在的齊梁時期，劉勰要求文學表現宇宙之道，以此抵制單純堆砌辭藻、追求聲色之娛的文字遊戲式的文學觀，是有矯正時弊的積極意義的。其三，《文心雕龍》宇宙本體論文學觀的建立，還有助於從理論上確立文學形式因素的價值及合法性。正因爲一切形式的「花紋」，都與「道」相聯繫，都是宇宙之道的體現，所以這些「花紋」本身就具有了獨立的意義，有了被認眞探討的資格。故《文心雕龍》要用那麼多的篇幅討論聲律、駢偶、修辭、造句等形式問題。以往我們從文學研究的社會歷史視角出發，總把魏晉南朝形式主義文風的出現歸咎於士族地主階級的腐朽沒落。或者從文學和語言發展的角度，認爲是人們對文學語言特徵認識發展的必經階段。現在加上哲學本體論視角的切入，看到對文學形式因素的刻意追求與雕琢加工，是當時社會普遍文學觀念的合理產物，可以說對這一現象又多了一層合理的解釋。

二、依《周易》之象數系統建立起析理論證的思維模式

馮友蘭先生在其《中國哲學史新編》中曾經指出：「《周易》筮占的原則是靠『數』的演算。它認爲『數』是神秘的，可以從其演算中預測人事的凶

吉。當然，這還是一種宿命論。神秘的數同上帝歸根到底還是一類的東西。但在人的認識從宗教迷信到唯物主義思想的過程中，對於數的這種看法，也有一定的積極的意義。」〔註5〕

《周易》是用一套神秘的「數」建立起來的哲理預言和預測體系，《易·上繫辭》云：「大衍之數五十，其用四十有九，分而爲二以象兩，掛一以象三，揲之以四以象四時，歸奇於扐以象閏；五歲再閏，故再扐而後卦。」「是故易有太極，是生兩儀，兩儀生四象，四象生八卦，八卦生吉凶，吉凶生大業。」《下繫辭》曰：「易之爲書也，廣大悉備，有天道焉，有人道焉，有地道焉。兼三才而兩之，故六。六者非它也，三才之道也。」《周易》的這套象數系統，被劉勰完全吸收到自己的著作中，成爲他析理論證的思維模式。

首先，《文心雕龍》全書五十篇，除去《序志》篇爲全書序言，實際談文學理論問題的是四十九篇，恰用「大衍之數」。全書又進一步分成上下兩篇（編），所謂「上篇以上，綱領明矣」；「下篇以下，毛目顯矣」。也是依《周易》「分而爲二以象兩」。

至於「兩儀生四象，四象生八卦」、「兼三才而兩之，故六」。「三」、「四」、「六」、「八」這些神秘數，成爲劉勰闡說理論問題時慣用的項數模式。如「三」，《情采》篇云：「立文之道，其理有三：一曰形文，五色是也；二曰聲文，五音是也；三曰情文，五性是也。」《鎔裁》篇曰：「是以草創鴻筆，先標三準：履端於始，則設情以位體；舉正於中，則酌事以取類；歸餘於終，則撮辭以舉要。」除了明用「三」字之外，暗合「三」之數的更是比比皆是。如《徵聖》篇稱聖人「政化貴文」、「事蹟貴文」、「修身貴文」；《風骨》篇明言「風骨」，但文中所論，又於「風骨」之外，加上一個「采」，故而以「鷙」、「雉」、「鳳」三種鳥爲例，講了文章風格的三種境界。《通變》篇講「文辭氣力，通變則久」，但在「文辭」與「氣力」這兩極之外，又加上「詩賦書記，名理相因」這一「有常之體」，構成三維的論理模式。〔註6〕《知音》篇列舉「貴古賤今」、「崇己抑人」、「信僞迷眞」三種錯誤的批評態度，也是以「三」爲思考的維度。

再看「四」。《文心雕龍》以「四」爲論理條目的地方更多。像《序志》

〔註5〕馮友蘭：《中國哲學史新編》第一冊，北京：人民出版社1982年版，第76頁。
〔註6〕對此，筆者在發表於《天津師大學報》1983年第二期上的《「通變」三說》一文中有過闡述。見本書第73頁。

篇講文章的作用：「五禮資之以成，六典因之致用，君臣所以炳煥，軍國所以昭明」；論其文體論的寫作原則：「原始以表末，釋名以章義，選文以定篇，敷理以舉統」；《知音》篇談讀者個性對鑒賞的影響：「慷慨者逆聲而擊節，醞藉者見密而高蹈，浮慧者觀綺而躍心，愛奇者聞詭而驚聽」等等，都是以四條成組、四項成論的明顯例證。

劉勰在《宗經》篇中提出的「體有六義」說、《知音》篇中提出的「六觀」說與《體性》篇提出的「數窮八體」說，則是吸收《周易》神秘的「六」、「八」數字的產物。《易・下繫辭》云：「易之爲書也，廣大悉備，有天道焉，有人道焉，有地道焉。兼三材而兩之，故六。六者非它也，三材之道也。」《易》之卦象有六爻，「六爻之動，三極之道也」。《周易》的作者們相信六爻之陰陽的位置變化已將宇宙之「道」演繹殆盡，六爻之德可適應於天地與人事，因爲它本身就是三材之道的統一。劉勰依六爻之理而形成其「六義」說，表明了他心目中的文體與《周易》之宇宙的同構同序關係。《周易》之宇宙以「天地人」三極之運動構成「兼三材而兩之」的「六爻之動」，而文章這個小宇宙則由於「情、理、文」三個方面的辯證關係，構成「六義」。在劉勰看來，能宗經之文是最理想之文，這種理想之文在「情理文」三方面都達到最高標準：情感既要深摯又要純一，事理既要眞實又要合宜，負載情理之文辭則既要精約又要華麗，所以寫一篇文章一定要全方位地思考，讀一篇文章一定要全面地考察，做到「圓鑒區域，大判條例」，方能「控引情源，制勝文苑」（《總術》篇語）。

將《體性》篇中的「八體」說與《周易》八卦相聯繫，中國當代著名文學理論家童慶炳先生主編的高等學校文科教材《文學理論教程》中已經做過闡述。該書根據劉勰對於八體的論述，畫出這樣一個風格八卦圖：

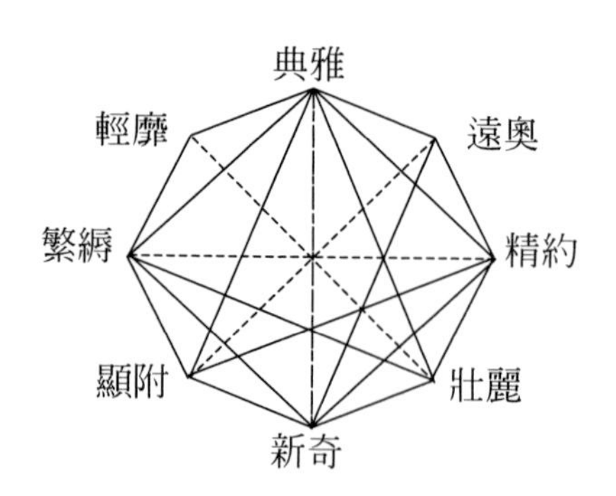

作者指出:「劉勰顯然受《易經》八卦圖影響，所以他的風格分類能用八卦圖表示出來。在上圖中，虛線相連的風格是對立的，不能相兼，但實線相連的風格則可以相兼，這樣一來，劉勰雖然只列出八種基本的風格，如若加以變化就可包括多種多樣的風格，即所謂『八途包萬變』。」〔註7〕

總結上述，不難看出《周易》之象數系統是劉勰構建其理論體系的數字模式淵源。

三、以《周易》話語構建起《文心雕龍》文學理論的話語系統

德國哲學家E·卡西爾（Ernst. Cassirer）指出，人的一切活動「都在努力追求某些原則，追求確定的範疇，以圖借助這種原則和範疇把宗教現象、藝術現象、語言現象納入到一個系統的秩序中去。要是沒有這種由諸科學本身早已從事的綜合工作，哲學就會沒有出發點。然而另一方面，哲學不能就此止步·它必須努力獲得一種更大的凝聚力和向心力。在神話想像、宗教信條、語言形式、藝術作品的無限複雜化和多樣化現象之中，哲學思維揭示出所有這些創造物據以聯結在一起的一種普遍功能的統一性。神話、宗教、藝術、語言，甚至科學，現在都被看成是同一主旋律的眾多變奏，而哲學的任務正是要使這種主旋律成爲聽得出的和聽得懂的。」〔註8〕每一個時代的思想家都在關注他那個時代繼承以往人類社會發展的思想和經驗所取得的一切進步，以及由此建立起來的觀察和描述世界的用語方式。對於劉勰來說，他所能借鑒和運用的話語武庫，就是《周易》哲學的一整套話語體系。通過這套久受崇敬的強勢話語，建立起自己《文心雕龍》的理論威權。

《文心雕龍》引《周易》陳言立論，當以號稱全書「樞紐」的《原道》、《徵聖》、《宗經》三篇爲最，共計29處，而其中尤以《原道》一篇引用最多，基本上是以《周易》話語構成其理論表述的文本。茲列表展示如下：

〔註7〕童慶炳主編：《文學理論教程》，北京：高等教育出版社，1998年修訂版，第256頁。

〔註8〕卡西爾著：《人論》，甘陽譯，上海：上海譯文出版社，1985年版，第90-91頁。

《文心雕龍・原道》篇原文	引用或套用《周易》經傳話語
夫玄黃色雜，	《易・坤卦・上六》:「龍戰於野，其血玄黃。」《坤・文言》:「夫玄黃者，天地之雜也，天玄而地黃。」
日月迭璧，以垂麗天之象；	《易・離卦・彖辭》:「離，麗也。日月麗乎天，百穀草木麗乎土。」
山川煥綺，以鋪理地之形；	《易・繫辭上》:「在天成象，在地成形，變化見矣。」
仰觀吐曜，俯察含章，	《易・繫辭上》:「仰以觀於天文，俯以察於地理。」
	《易・坤・六三》:「含章可貞。」《坤・文言》:「含萬物而化光。」
高卑定位，故兩儀既生矣	《易・繫辭上》:「天尊地卑，乾坤定矣。卑高以陳，貴賤位矣。」《易・繫辭上》:「是故易有太極，是生兩儀。」
龍鳳以藻繪呈瑞，虎豹以炳蔚凝姿；	《易・革卦・象辭》:「大人虎變，其文炳也；君子豹變，其文蔚也。」
幽贊神明，《易象》惟先。	《易・說卦》:「昔者聖人之作《易》也，幽贊於神明而生蓍。」
庖犧畫其始，仲尼翼其終。	《易・繫辭下》:「古者庖犧氏之王天下也，仰則觀象於天，俯則觀法於地，觀鳥獸之文，與地之宜，近取諸身，遠取諸物，於是始作八卦，以通神明之德，以類萬物之情。」
若乃河圖孕乎八卦，洛書韞乎九疇，	《易・繫辭上》:「河出圖，洛出書，聖人則之。」
觀天文以極變，察人文以成化；	《易・賁卦・彖辭》:「觀乎天文以察時變，觀乎人文以化成天下。」
「鼓天下之動者存乎辭。」	《易・繫辭上》:「鼓天下之動者存乎辭。」

《文心雕龍》書中論述具體文學理論問題，許多理論命題的提出，以及對這些命題的闡發，也都是以《周易》爲依據。比如在劉勰創作論中佔有獨特地位的「神思」論，這一思想就來自《易・上繫辭》:「陰陽不測之謂神。」《下繫辭》:「精義入神，以致用也。」以及《說卦》:「神也者，妙萬物而爲言者也。」該篇末尾「贊曰」:「神用象通，情變所孕」，係語出《易・上繫辭》:「聖人立象以盡意，設卦以盡情僞，繫辭焉以盡其言，變而通之以盡利，鼓之舞之以盡神。」我們在前邊說過，《體性》篇提出的「八體」，是受《周

易》八卦的影響。而《風骨》篇中講到如何獲得「風骨」，提出「綴慮裁篇，務盈守氣，剛健既實，輝光乃新」，則是採用《易・大畜卦》「彖」曰：「大畜剛健篤實，輝光日新其德。」

至於《通變》篇主旨思想的由來，筆者在1983年寫的《「通變」三說》（載《天津師大學報》1983年第2期）一文中已經指出，它是取自《易・上繫辭》：「聖人有以見天下之動，而觀其會通。」此外如《鎔裁》篇所謂「情理設位，文采行乎其中。」係來自《易・上繫辭》：「天地設位，而易行乎其中矣。」文中「剛柔以立本，變通以趨時」一語，是來自 《易・下繫辭》：「剛柔者，立本者也。變通者，趣時者也。」《聲律》篇曰：「言語者，文章神明樞機」，係語出《易・上繫辭》：「言行，君子之樞機。樞機之發，榮辱之主也。」《章句》篇說：「雖觸思利貞，曷若折之中和，庶保無咎」乃套用《易・乾卦》：「乾，元亨利貞」，以及《乾・九三》：「君子終日乾乾，夕惕若，厲無咎」之意。《麗辭》篇闡發駢儷的合理性，則完全以《周易》爲例證：「《易》之《文》《繫》，聖人之妙思也。序《乾》四德，則八句相銜；龍虎類感，則字字相儷；乾坤易簡，則宛轉相承；日月往來，則隔行懸合；雖句字或殊，而偶意一也。」其《比興》篇提出：「興之託諭，婉而成章，稱名也小，取類也大」的原則，也是來自《易・下繫辭》：「其稱名也小，其取類也大。」

再如《夸飾》篇開頭說：「夫形而上者謂之道，形而下者謂之器。」係語出《易・上繫辭》：「是故形而上者謂之道，形而下者謂之器。」《附會》篇闡釋「何謂附會？謂總文理，統首尾，定與奪，合涯際，彌綸一篇，使雜而不越者也。」語出《易・下繫辭》：「其稱名也，雜而不越。」其提出「附辭會義」的原則：「務總綱領，驅萬塗於同歸，貞百慮於一致」，乃出自《下繫辭》：「天下同歸而殊塗，一致而百慮。」篇末「贊曰」提出：「原始要終」的思想，是來自《易・下繫辭》：「易之爲書也，原始要終以爲質也。」《物色》篇說：「古來辭人，異代接武，莫不參伍以相變」，語出《易・上繫辭》：「參伍以變，錯綜其數。」《序志》篇慨歎「言不盡意，聖人所難」，則來自《易・上繫辭》：「子曰：『書不盡言，言不盡意』。」

通過以上分析，我們有理由得出這樣的結論：劉勰是以《周易》哲學的理論框架、思維模式和話語工具，構建起自己的文學理論體系。這就使他的理論超越「各照隅隙，鮮觀衢路」的前代中國文論，而成爲「體大思精」、「籠罩群言」，有明確的理論軸心和嚴密的論述邏輯的著作。這也是《周易》這部中華民族的哲學思想寶典光照千秋，給予後世中國文化以不可磨滅的深遠影響的有力證明。

（最初發表於《溫故知新集——天津師範大學文學院建院五十週年紀念文集》，南開大學出版社2008年出版，收入本書略有修改）

《文心雕龍》「樞紐」論探義

劉勰《文心雕龍・序志》篇有云：「蓋文心之作也，本乎道，師乎聖，體乎經，酌乎緯，變乎騷，文之樞紐，亦云極矣。」「樞」本是門上的轉軸，「紐」是器物上用以提攜的紐絆。二者聯綴成詞，用以比喻統攝事物全局的中心環節。要瞭解劉勰的文學思想體系，必須準確把握其「樞紐」論的內涵。但在以往的《文心雕龍》研究中，對「樞紐」論部分的許多問題爭議頗多，涉及對劉勰基本文學思想的理解。今略陳管見，以就教於前輩和同好。

一、關於《原道》、《徵聖》和《宗經》

原道、徵聖、宗經的思想，本是我國封建時代儒家文論的傳統觀念。劉勰處在新的歷史時代，出於矯正時弊的目的，一方面接過這面久受崇敬的旗幟，另一方面又在這面旗幟下加進許多符合他當時時代精神的新內容。具體來說，就是他把原本重點在「道」的「原道、徵聖、宗經」說，改造成了重點在「文」的新的理論主張。他所強調的「本乎道」，重點不是要求文章去闡揚儒家的義理，而是要求文章遵循萬物自然有文、文須自然流美的法則；他所說的「師乎聖」、「體乎經」，固然包含著以聖人和儒家經典爲文章內容規範的意義，但更主要的卻是在文章的風格與寫法上以聖人和經書爲千古文章的宗師和楷模。他要用「原道、徵聖、宗經」去矯正他當時的浮靡文風，這是他在當時所能找到的最好的思想武器。

劉勰在《原道》篇中首先指出文是道的具體表現，道是世間一切文所依據和遵循的準則：

文之爲德也大矣，與天地並生者何哉？夫玄黃色雜，方圓體分，日

> 月疊壁，以垂麗天之象；山川煥綺，以鋪理地之形。此蓋道之文也。仰觀吐曜，俯察含章；高卑定位，故兩儀既生矣。惟人參之，性靈所鍾，是謂三才。爲五行之秀，實天地之心。心生而言立，言立而文明，自然之道也。

《原道》以「道」名篇，爲什麼一上來卻說「文之爲德也大矣」，不談「道」而言「德」？這是因爲在中國道家學派的觀念中，「道」是居於冥冥之中，無可形狀、無以言傳的東西。《老子・二十五章》云：「有物混成，先天地生，寂兮寥兮，……吾不知其名，字之曰道」。當它通過具體事物體現出來時，就不能再叫做「道」，所謂「道可道，非常道。名可名，非常名」（《老子・一章》），而只能稱爲「德」。「德」是指物德，也就是某物之所以得成爲某物的本質屬性。莊子曰：「物得以生謂之德」（《莊子・天地》）；《管子》曰：「德者，道之舍，物得以生生，」又說：「故德者，得也；得也者，其謂所得以然也。」（《管子・心術上》）明確了這一層，就可以知道劉勰所謂「文之爲德也大矣」，並不像有些人解釋的那樣，是講「文」的起源或「文」的意義與作用等問題的。它的眞正意思其實是說：文作爲事物一種合規律的本質屬性是無所不在的。這裏的「文」是指廣義的文采，「大」也不能訓爲「大小」之「大」或「偉大」之「大」，而應解作深廣、長遠。《老子・二十五章》：「強爲之名曰大，大曰逝，逝曰遠，遠曰反。」今人高亨先生《老子正詁》認爲此四句當作：「強爲之容曰大，曰逝，曰遠，曰反。」〔註1〕就是說勉強把「道」形容爲是大的、運行的、永遠運行和回環運行的。王弼《老子指略》云：「大也者，取乎彌綸而不可極也。」《周易・乾卦》：「大哉，乾元！」孔穎達《正義》曰：「乾體廣遠。」萬物自然有文，是宇宙的法則，是事物的普遍屬性。正因爲有了文，日月山川才成其爲日月山川，龍鳳虎豹才成其爲龍鳳虎豹。而作爲「有心之器」的人，也必然是「心生而言立，言立而文明」，有自己的文采，即「人文」。而所有這些「文」，都是不假外飾、自然生成的。劉勰這段帶有道家神秘主義色彩的論述，雖然某些具體說法是不科學的（如把作爲意識形態的「人文」與自然事物混爲一談），但他的本意則是把「文」的合理性、必然性，以及文應自然流美、不假雕飾，提高到一種自然法則的高度來認識。當年孔子說：「《詩三百》，一言以蔽之曰：『思無邪』」；王充說：「《論衡》篇以十數，亦一言也，曰：疾虛妄；」劉勰的《原道》篇則也可以「一言以蔽之」曰：「自然美」。

〔註1〕高亨：《老子注譯》，鄭州：河南人民出版社，1980年版，第63頁。

他的「自然美」觀，一方面順應了當時的時代潮流，肯定了文章之美的合理性和必然性；另一方面又具有同當時「日競雕華」、人爲矯飾的文風作鬥爭的意義。從這個角度來看，劉勰的「原道」論是有其積極意義的。

由自然之道轉化爲人類之文，劉勰認爲這中間經過了聖人的中介，《原道》篇說人類的文明和文化，起源於上古的太極時代。是伏羲、孔子這些古代聖人「原道心以敷章，研神理而設教」，而創造出體現道的精神的「道之文」。因此，道、聖、文三者的關係，就是「道沿聖以垂文，聖因文而明道」。這樣，講文原於道也就必然合理地推衍到「徵聖」和「宗經」。

在《徵聖》篇裏，劉勰首先指出古代聖賢是十分重視文，並積極地寫作文的。所謂「先王聖化，布在方冊；夫子風采，溢於格言」。他們無論在教化、政事還是個人修身方面，都很注重發揮文的作用，即「政化貴文」、「事蹟貴文」、「修身貴文」。而他們的文章，則「文成規矩，思合符契」，成爲後世效法的楷模。聖人文章的優點，具體說來就是「或簡言以達旨，或博文以該情，或明理以立體，或隱義以藏用」。總之，是「抑引隨時，變通會適」。因此，他們理所當然應成爲後世文章的宗師，所謂「徵之周孔，則文有師矣。」（《徵聖》）

聖人的文章即經書，所以徵聖就必須宗經。劉勰認爲聖人製作的經書是後世各體文章的淵源。《宗經》篇說：

> 故論說辭序，則《易》統其首；詔策章奏，則《書》發其源；賦頌歌讚，則《詩》立其本；銘誄箴祝，則《禮》統其端；紀傳銘檄，則《春秋》爲根。並窮高以樹表，極遠以啓疆，所以百家騰躍，終入環內者也。

劉勰在這裏主要是從形式方面著眼，論證了各種文體都源於經書，很明顯是受了荀子、揚雄等人的影響。劉勰認爲後世文章無論怎樣變化，都是「百家騰躍，終入環內」，最終不能越出經書劃定的範圍，表現出復古保守的文學發展觀。

劉勰不僅認爲經書是後世各體文章的淵源，而且還認爲它們爲文學作品樹立了思想和藝術的標準。《宗經》 篇說六經文章儘管風格各不相同，但都具有「根柢槃深，枝葉峻茂，辭約而旨豐，事近而喻遠」的共同特色。他說後人作文如能學習六經，就能表現出六個方面的優點：

> 故文能宗經，體有六義：一則情深而不詭，二則風清而不雜，三則事信而不誕，四則義直而不回，五則體約而不蕪，六則文麗而不淫。

劉勰所歸納的儒家經書這六方面優點，明顯帶有誇張溢美的成分，不一定符合每一部經書的實際情況。但如果換一個角度來看問題，則也可以說這是劉勰打着宗經的旗號在宣揚他本人對文章內容與形式的主張。「六義」兼顧文章內容和形式兩方面，是劉勰對文章寫作的理想，也是他評論文章的標準，其基本精神還是不錯的。

二、關於《正緯》和《辨騷》

儘管劉勰對儒家的經書作了許多誇張和溢美，但用簡古樸拙的經書指導和規範他那個時代已經大大發展了的、「以雕縟成體」的文學，畢竟有嫌難以盡如人意，於是劉勰要從其他方面尋找文學發展的營養，這就是「正緯」和「辨騷」。

緯是指讖緯。《四庫全書總目提要・易類六》云：「讖者，詭爲隱語，予決凶吉。緯者，經之支流，衍及旁義。」這類書中大多荒誕不經之辭，但也保存了許多古代的神話傳說。劉勰寫作《正緯》篇，並非如某些教材所說：「沒有重要意義」〔註 2〕，而在他的「樞紐」論中起着承上啓下的作用。因爲上文講要「宗經」，而緯書是標榜配經的。要宗經，就必須把眞正的「經」與旁門左道的「緯」區別開來，所以要「正」，也就是要辨正緯書的眞僞與得失。另一方面，緯書雖「其僞有四」，與經書不可同日而語，但它們「事豐奇偉，辭富膏腴，無益經典，而有助文章」，對於作文來說，還是有可取之處的。這個精神也就引出了下文「乃雅頌之博徒，而詞賦之英傑」的楚辭。

《辨騷》的「騷」是指《楚辭》中的《離騷》以及其他的屈原、宋玉作品。在中國文學發展史上，由屈原開創的楚辭具有非常重要的歷史地位。尤其在漢魏六朝時代，它是廣大士人學習和模仿的對象，與《詩經》一起被奉爲韻文寫作的經典。正如沈約在《宋書・謝靈運傳論》中論述漢魏至南朝詩賦的發展時所說：「源其飆流所始，莫不同祖風騷」。劉勰對屈賦的重要價值和歷史地位也是有充分認識的，《辨騷》篇一開始就以詩一般的語調讚美屈原作品道：

> 自風雅寢聲，莫或抽緒，奇文鬱起，其《離騷》哉！固已軒翥詩人之後，奮飛辭家之前，豈去聖之未遠，而楚人之多才乎！

〔註 2〕復旦大學中文系古典文學教研組：《中國文學批評史》上冊，上海：上海古籍出版社，1979 年版，第 153 頁。

曾經有人把《辨騷》歸入《文心雕龍》的文體論，但目前學界同仁大多否定了這種看法。劉勰本人在《序志》篇中明確把《辨騷》列入「文之樞紐」，這是不爭的事實。而他之所以這樣做，有其深藏的良苦用心，值得深入探討。

首先，把《辨騷》歸入「文之樞紐」而不屬於後面的文體論，是因爲產生於戰國時代的楚辭，不僅年代較早，而且它「衣披詞人，非一代也」，對後世劉勰所看到的兩漢魏晉以至宋齊時代的文學，發生了實際的影響。講後世中國文學，不能不追溯到楚辭這一《詩經》之外的又一源頭。這表明劉勰對楚辭在中國文學發展史上的地位和價值，有比較明確的認識。

其次，把《辨騷》列入「文之樞紐」，還與劉勰潛意識中的「戀美情結」有關。在《序志》篇裏，劉勰曾提到他做過兩個夢：「予生七齡，乃夢彩雲若錦，則攀而採之」；「齒在逾立，則嘗夜夢執丹漆之禮器，隨仲尼而南行。」童年的夢，發自童心，昭示了劉勰在潛意識中的審美追求；中年的夢，則顯示了劉勰在社會教育薰陶下形成的人生理想。劉勰的「文之樞紐」論高揚「宗經」的旗幟，又以「辨騷」作結，明顯表現出他深刻的內心衝突。

前面說過，劉勰所原之「道」不乏「道家神秘主義色彩」。《原道》篇將「日月迭璧」、「山川煥綺」、「雲霞雕色」、「草木賁華」等訴諸感性的自然之美，稱爲「道之文」，體現了劉勰對感性美的追求與嚮往。但在現實生活中，劉勰追求的卻是「名逾金石之堅」、「君子處世，樹德建言」的人生理想。令他感到最大滿足的是「摛文必在緯軍國，負重必在任棟樑」。這就使劉勰的文學觀，存在着「尚質」與「尚麗」的矛盾。他論文，一方面以「徵聖」、「宗經」爲本，斥「文繡鞶帨」爲「離本彌甚」；另一方面又稱「古來文章，以雕縟成體」，用大量篇幅來討論駢詞儷句問題。其《文心雕龍》本身，就是駢儷文章的範本。劉勰在其寫作實踐中對美的追求，化解了他的文學思想中對儒家「尚質」文學觀的恪守，也使他的「文之樞紐」論以「辨騷」爲思辨的最終指歸。

劉勰在他的「文之樞紐」論中要求繼承與發揚的是《詩》、《騷》兩大傳統，而且更把其著重點放在《騷》的新變之上。《辨騷》篇前半部分列舉了漢代劉安、漢宣帝、揚雄、班固、王逸五家對屈賦的不同評價，認爲他們大多「褒貶任聲，抑揚過實」，立論都有偏頗。接着他把屈賦同儒家經典相比較，指出它在「典誥之體」、「規諷之旨」、「比興之義」、「忠怨之辭」四個方面同於風雅；而其「詭異之辭」、「譎怪之談」、「狷狹之志」、「荒淫之意」又異於經典，因此是「雅頌之博徒，詞賦之英傑」。劉勰的這些分析，比之漢代人對屈賦的評論，要具體細緻得多。但他在這樣說的時候，還沒有完全擺脫漢儒依經立論的框套，所以對屈賦眞正的思想價值，特別是屈原創作的浪漫主義精神，還不能得出正確的認識。這是劉勰的宗經思想對其戀美情結的壓制。

但在《辨騷》的後半篇，劉勰卻以抑制不住的熱情，對《楚辭》的成就作了由衷的讚美：

> 觀其骨鯁所樹，肌膚所附，雖取熔經意，亦自鑄偉辭。……故能氣往轢古，辭來切今，驚采絕豔，難與並能矣。

好一個「氣往轢古」，不知劉勰在講此話的時候，把他前面說過的「徵聖」、「宗經」放在了什麼地位？這段話實際反映了劉勰內心深處「宗經」與「戀美」思想的矛盾，反映了劉勰文學思想的最終傾向，是他埋藏的心底的潛意識的自發流露。劉勰是要矯正他當時的不良文風的，但他處在文學趨向華美的時代大潮中，他並無意於根本否定這一文學發展的趨勢。在他的心目中，「古來文章，以雕縟成體」，文章之美是合理的、必然的。所以他儘管標榜以聖人和經書爲文章宗師，但又對屈原的作品作了大力讚美和崇高評價。其對屈原作品藝術特色和感染力量的分析之精、評價之高，在楚辭研究史上是空前的。

劉勰指出，楚辭最顯著的藝術特色是「驚采絕豔」，是「奇」與「華」。它雖然存在着「異乎經典」之處，但卻又「取熔經意，自鑄偉辭」。它「體憲於三代，而風雜於戰國」，是保存著經典精神而又摻入了新的時代特徵的經典文風之「變」，因此它能和經書一起成爲後代文學學習與效法的對象。這樣，通過「宗經」與「辨騷」，劉勰就建立起了宗「經」以糾偏、效「騷」以創新的文學發展總綱。《文心雕龍》文學理論的全部龐大體系，就是以這個總綱爲邏輯起點建立起來的。

研究劉勰《文心雕龍》文學理論體系的各個部分與其在「樞紐」論中提出的文學發展總綱的關係，顯然不是本文的篇幅所能容納的。故筆者僅在此提出這一問題，還望引起更多同志的興趣，共同參加探討。

（最初發表於《文化・傳播・教育——天津師範大學中文系論文集》，天津教育出版社 1999 年出版）

關於《文心雕龍》下編前五篇的篇次、理論主旨及其他——兼與郭晉稀先生商榷

《文心雕龍》「體大而慮周」（章學誠語），本身有著嚴密的理論體系，這已爲研究者所公認。但這個體系的框架在劉勰那裏究竟是如何構建的？卻又是目前學術界尚未解決的一個問題。我們看到不少研究《文心雕龍》的著作，在談到全書理論體系時，往往同《文心雕龍》通行版本上的篇次發生矛盾。這就使人們產生了兩個疑問，即一：我們對《文心雕龍》全書理論體系的歸納，是否符合劉勰的原意？二：現在通行的《文心雕龍》版本上的篇次，是否有傳抄過程中的錯簡和謬排？《甘肅師大學報（哲社版）》1979 年第一期上發表的郭晉稀先生的論文《〈文心雕龍〉的卷數和篇次》，以及郭先生 1982 年出版的專著《文心雕龍注釋》在「前言」中對這一問題的論述，就是從第二個方面來解決問題的。

郭先生本著「結合《序志》來讀全書」的精神，參考劉勰本人在《序志》篇中的表述，對《文心雕龍》的卷數和篇次作了詳細的考訂，提出了不少令人欽佩的創見。筆者對《文心雕龍》涉獵未深，不敢冒然討論這麼大的問題。這裏，僅擬就郭先生涉及《文心雕龍》現行版本下編前五篇，即《神思》、《體性》、《風骨》、《通變》、《定勢》的一些論點，談一些不同意見，以期就教於郭先生和諸同道。

郭先生認爲，根據《序志》篇「剖情析采」的說法，下編各篇的總次序應該是「剖情」在前，「析采」在後。而現行版本第四十二篇的《養氣》，是「以情理神氣四者貫注全文」，屬於「剖情」，因此應該提到前面。同時，根

據范文瀾的說法：「《文心》各篇，前後相銜，必於前篇之末預告後篇所將論者。」而《風骨》篇屢言文氣，因此郭先生說：「可知《風骨》之後，本來是接以《養氣》。」此其論點一。《序志》篇說：「苞會通」。郭先生認為，這裏的「會」是指《附會》。又因《養氣》篇有「會文之直理哉」之句，郭先生認為《附會》篇之「附辭會義」、「會詞切理」、「節文自會」等語，正是呼應《養氣》篇之「會文」二字，因此《附會》篇應位於《養氣》之後，《通變》之前。此其論點二。郭先生又認為《事類》篇也應屬於「剖情」論部分。他說：「《風骨》是兼論風與骨的，風是風情，骨是事義。以下各篇，《養氣》屬於風情一邊，《附會》屬於事義一面；《通變》屬於風情一邊，《事類》又屬於事義一面；兩兩對舉，以承風、骨。故《事類》應列在《通變》之後。《定勢》的勢，指的語調辭氣，決定語調辭氣的是風情，語調辭氣所表達的內容是事義，故以《定勢》列在剖情之末。」（上引郭先生語，均見《甘肅師大學報（哲社版）》1979 年第一期所載論文）此其論點三。

這樣，根據郭先生的意見，在《文心雕龍》現行版本中同歸一卷的《神思》、《體性》、《風骨》、《通變》、《定勢》這五篇就不再是前後相銜的一組。它們被拆開了，並且夾進了《養氣》、《附會》、《事類》三篇。這似乎很難說就是劉勰的原意。

筆者完全贊同按照劉勰自己在《序志》篇中的表述來確定《文心雕龍》篇次的意見。劉勰在《序志》篇中說：「摛神性，圖風勢，苞會通，閱聲字」，這就很明確他是把《神思》、《體性》、《風骨》、《通變》、《定勢》看作一組的。其中「苞會通」，許多人認為「會」是指《附會》，郭先生也這樣理解。但我認為，所謂「會通」僅是指《通變》一篇。推究「通變」這個概念，乃出之於《易・繫辭上》所謂：「聖人有以見天下之動，而觀其會通。」高亨《周易大傳今注》曰：「此言聖人有以見天下事物之運動變化，而觀察其會合貫通之處。」〔註 1〕這個意思，恰恰說出了劉勰「通變」論的精髓。「通變」也就是「會通」之變。正因為如此，所以劉勰有時又把「通變」說成「會通」。比如《物色》篇說：「古來辭人，異代接武，莫不參伍以相變，因革以為功，物色盡而情有餘者，曉會通也。」從上下文來看，這裏的「會通」其實就是「通變」。因此，「摛神性，圖風勢，苞會通」的意思就是說：鋪敘「神思」和「體性」，描述「風骨」和「定勢」，中間包括著「通變」（「苞」同「包」）。這和

〔註 1〕濟南：齊魯書社 1979 年版，第 518 頁。

《文心雕龍》現行版本上的次序，恰恰是相合的。

郭先生把《養氣》篇列入《風骨》篇之後，這就又違背了他自己要以劉勰在《序志》篇中的表述爲確定篇次依據的初衷。爲了自圓其說，於是郭先生提出：「《序志》云『圖風勢』，本來應該是『圖風氣』，……因爲《文心》的篇次錯亂了，《養氣》列入析采，所以後人改氣爲勢。」這種解釋只能說是郭先生的主觀推測，並無確鑿的根據。而我們卻可以從《文心雕龍》中找出許多例子來說明劉勰是很習慣於把「風勢」二字連用的。比如《詮賦》篇說：「枚馬同其風，王揚騁其勢」；「子雲甘泉，構深瑋之風；延壽靈光，含風動之勢」；《論說》篇云：「並順風以託勢」；《附會》篇曰：「若首唱榮華，而媵句憔悴，則遺勢鬱湮，餘風不暢」。這說明從劉勰的語言習慣來看，講「圖風勢」是很自然的。

郭先生曾經引用了范文瀾先生關於「《文心》各篇，前後相銜」的說法，這個意見是對的。但我認爲，《神思》、《體性》、《風骨》、《通變》、《定勢》這五篇，已經體現了這個特點。比如《神思》篇說：「情數詭雜，體變遷貿」，於是下篇接以《體性》；《體性》篇說：「風趣剛柔，寧或改其氣」，於是下篇接以《風骨》。這是前人早已指出過的。我們再看《風骨》篇末段曰：「若夫鎔鑄經典之範，翔集子史之術，洞曉情變，曲昭文體，然後孚甲新意，雕畫奇辭。昭體故意新而不亂，曉變故辭奇而不黷。」於是《通變》篇首段稱：「名理有常，體必資於故實；通變無方，數必酌於新聲。」《通變》篇末段說：「憑情以會通，負氣以適變。」所以《定勢》篇一開頭就說：「夫情致異區，文變殊術，莫不因情立體，即體成勢也。」至於《定勢》篇篇末「贊曰」：「因利騁節，情采自凝。」更明確指出它的下一篇是《情采》。由此可見，這幾篇的次序，本來就應該是這樣銜接的。

再從《神思》至《定勢》五篇所論的實際內容來看，應該說五篇內容是一個嚴密的整體，構成了一個完整的理論單元。郭先生把它們都列爲「剖情」論，是正確的。但我們進一步就應該探討一下，劉勰在寫作這五篇的時候，他的思維邏輯是怎樣的？正是這種思維邏輯，使這五篇成爲不可拆開的一組。這就有必要考察一下劉勰在寫作《文心雕龍》這部理論巨著時所運用的思辨模式和論證方法。劉永濟先生在其《文心雕龍校釋》中分析《文心雕龍》總論部分五篇（即《原道》、《徵聖》、《宗經》、《正緯》、《辨騷》）的理論結構時，曾經指出：「五篇之中，前三篇揭示論文要旨，於義屬正；後二篇抉擇眞僞同異，於義屬負。負者箴砭時俗，是曰破他；正者建立自說，是曰立己。」〔註2〕我認爲，劉先生所揭示的劉勰的這種論證模式也適用於下編前五篇。日本學者青木正兒在其所著《中國文學思想史》一書中指出：「自《神思》至《定勢》凡五篇，論作文之基礎。」〔註3〕何謂「作文之基礎」？我以爲，就是作家的主觀修養。過去許多研究者往往把它們分別加以研究，因而很少指出它們在理論上的聯繫。比如認爲《神思》篇是講創作的構思與想像；《體性》篇講作家個性與作品風格的關係；《風骨》講理想風格的構成因素等等。這樣就使不少論者在劃分《文心雕龍》的理論體系時，把這五篇分別歸入不同的理論單元。如把《神思》列入創作論；《體性》、《風骨》、《定勢》列入風格論；《通變》歸入文學史觀等等。當然，爲了今人理解的方便，這樣的劃分亦無不可。但這畢竟只能說是我們今人對各篇主題的理解，卻不一定符合劉勰的本意。我認爲，劉勰《神思》篇的重點不是在「思」而是在「神」上，他雖然詳細描繪了創作時構思想像的種種情狀，但其中心意思，卻是要說明爲了使這種上天入地的想像活動得以順利進行，作家應該怎樣使居於胸臆的「神」清和健旺，不發生「遁心」。因此他才提出「虛靜」說，指出要「積學」、「酌理」、「研閱」、「馴致」。《體性》篇雖然講了「八體」的區分，但劉勰的興趣卻主要不是在研究風格的多樣化，而是歸結到「吐納英華，莫非情性」上來。因此才要說「才有天資，學愼始習」，要求作家「摹體以定習，因性以練才」。《風骨》篇雖然在「風骨」的涵義上引來後人那麼多的爭論，但劉勰的本意卻是把重點放在作家主觀之「氣」的涵養上面的。所以他說「綴慮裁篇，務盈守氣」。所以他才要在《風骨》篇中夾進一大段曹丕等人關於「氣」的論述。這樣，《神思》、《體性》、《風骨》三篇講的就是作家主觀的「神、性、氣」問題。而「氣」與「風」是相通的，《莊子・齊物論》曰：「大塊噫氣，其名爲風。」所以劉勰在《序志》篇中將這三篇連同《定勢》一起概括爲「摛神性，圖風勢」。這三篇從正面講作家的主觀修養，「於義屬正」。後兩篇，《通變》是針對當時作家「近附遠疏」的「新變」，而指出作家要「望今制奇，參古定法」；《定勢》則批評了當時作家「厭黷舊式，故穿鑿取新」的「訛勢所變」，而提出要「即體成勢」，即遵循各種文體的客觀規律來形成一定的風格。這些都是從針砭時俗的角度來立論的，「於義屬負」。當然，《神思》等五篇論述的內容十分豐富，它們所

〔註2〕北京：中華書局1962年版，第10頁。
〔註3〕臺北：臺灣開明書店，1977年版，第54頁。

涉及的問題遠不止上述這些。後人從另外一些角度來研究這五篇，也是允許的。我們這裏所說的，只是劉勰心目中的貫穿這五篇的一條主線。我覺得，只要我們細細品味，這條主線還是很容易看出來的。

從《神思》到《定勢》這五篇的次序確定了，那麼，被郭先生提到前面來的《養氣》、《附會》、《事類》三篇，該把它們放到哪個位置上去爲好呢？這對於本文來說，已經是題外的話了，因此只能簡略地談一談。我認爲，首先，《附會》和《事類》這兩篇，還是應該把它們歸於「析采」的部分。劉勰自己說過：「何謂附會？謂總文理，統首尾，定與奪，合涯際，彌綸一篇，使雜而不越者也。」又說：「事類者，蓋文章之外，據事以類義，援古以證今者也。」這就分明指出「附會」、「事類」乃結構篇章、造句用典之事，實應屬於「析采」一類。至於《養氣》篇，郭先生把它接於《風骨》之後，我認爲也是不妥的。其不妥的原因，首先在於郭先生誤將《風骨》篇之「氣」與《養氣》篇之「氣」混爲一談了。昔黃侃先生曾經指出：「養氣謂愛精自保，與《風骨》篇所云諸氣字不同。此篇之作，所以補《神思》篇之未備，而求文思常利之術也。」〔註4〕《風骨》篇所說的「氣」，是「意氣駿爽」的「氣」，是屬於人們心理方面的衝動的情感。而《養氣》篇所說的「氣」，則是推動人的生命機體運行的「精氣」或云「血氣」，是屬於生理方面東西。誠然，人的心理活動同生理狀態有著密切的聯繫，但二者畢竟不是同一的。如果硬要把《養氣》提到前面的話，那也只能說它是和《神思》篇的「疏瀹五臟，澡雪精神」以及「無務苦慮」等說法相聯繫，只能附在《神思》篇之後。

不過，無論怎樣說，《養氣》篇屬於「剖情」則是無疑的了。那麼，現行版本把它放在《指瑕》和《附會》之間是不是錯了呢？這就又涉及到我們對《養氣》篇以及它前後的《指瑕》、《附會》、《物色》、《總術》這五篇的理論主旨的認識。我認爲，這五篇又是一個獨立的理論單元。今本《物色》是第四十六篇，排在《時序》篇之下。范文瀾《文心雕龍注》認爲此篇「當移在《附會》篇之下，《總術》篇之上。」這個意見是對的。但他緊接著說：「蓋物色猶言聲色，即《聲律》篇以下諸篇之總名。」我覺得卻似乎沒有抓住《物色》篇的主旨。誠然，《物色》篇中確實讚美了《詩經》「一言窮理」、「兩字窮形」的高度的語言技巧，似乎應把它列入修辭論。但是，從全篇來看，談修辭技巧不過只占了區區一段。而全篇大部分內容，卻是談自然景物與作家

〔註4〕黃侃：《文心雕龍劄記》，北京：中華書局1962年版，第204頁。

創作之間的關係的。他指出作家「情以物遷，辭以情發」，要求作家在觀察和描寫自然景物的時候，做到「入興貴閑」、「析辭尚簡」。一般說來，《文心雕龍》各篇的「贊」都是對全篇內容的概括和總結。我們看《物色》篇的「贊」，竟沒有一句涉及修辭之事，而只是講作家在自然景物的感召下，「情往似贈，興來如答」。這也證明不應把《物色》篇列入修辭論，而應該把它看作是剖析作家主觀的「情」與客觀的「物」的關係的，應屬於「剖情」論。這樣來看從《指瑕》到《總術》這五篇，我認爲這一組文章在《文心雕龍》下編「剖情析采」論裏的作用，大約相當於劉勰在《熔裁》篇裏用過的一個曆法上的術語——「歸餘於終」，即把「剖情析采」各篇沒有講到或講得不充分的問題，在這裏作一番補充說明。《指瑕》是講「辭」，《養氣》是講「情」；《附會》是講「辭」，《物色》又是講「情」；最後由《總術》統一起來。這樣一辭一情，以補上面諸篇之未備，而使「剖情析采」二十篇凝爲一體。從這裏我們也可以看出劉勰條理綿密的思想方法。因此我說，現行版本把《養氣》篇放在後面，也是有道理的，似乎不應輕易地改動。

（最初發表於作者論文集《文心拾穗——中國古代文學思想的當代解讀》，天津社會科學院出版社 2001 年出版。）

劉勰「神思」論的產生條件及理論貢獻

《神思》篇是《文心雕龍》創作論之總綱。劉勰在本篇概述了文學創作的全過程，分析了文學創作中物與情、情與言、物與言這三要素的三種基本關係。創作論以下諸篇，都是按照這一綱領生發開去的。

「神思」一詞，有人認爲始於劉勰。其實早在劉勰之前，晉宋之際的畫僧宗炳在其《畫山水序》中已說過：「聖賢映於絕代，萬趣融其神思。」更早一些，東晉作家孫綽在他的《遊天台山賦》中，也有「余所以馳神運思」的說法。他們所說的「神思」或「馳神運思」，都是指藝術創作所特有的思維狀態。

儘管「神思」一語非劉勰首出，但神思論確是他在中國文學批評史上的一大貢獻。清代學者章學誠指出：「古人論文，惟論文辭而已矣，劉勰氏出，本陸機氏說，而昌論《文心》，……可謂愈推而愈精矣。」（《文史通義・文德篇》）爲什麼會出現這種理論上的「愈推愈精」？除了劉勰以及陸機本人確實有超越前人的傑出之處以外，還應該看到時代社會和文學發展給他們提供的條件。

首先是審美意義上文學的發展。文學與歷史、哲學的分家，使人們逐漸看到文學創作有其特殊的規律性。西漢時的司馬相如就說過：「賦家之心，苞括宇宙，總覽人物，斯乃得之於內，不可得而傳。」（葛洪《西京雜記》引）另一方面，由於中國專門化的文學批評在初始階段與魏晉人物品評有著緊密的聯繫，它是由論作者發展到論一般的文學原理。人乃「有心之器」，論人勢必要探其「心」。因此這個時期的文學批評家大談「文心」，也就毫不奇怪了。

魏晉南朝又是思想解放的時代。雖然，這個解放後來走上了消極的道路，但它最初打破漢代繁瑣經學的功績，還是不容抹殺的。玄學的興起和佛教思想的湧入，雖然給學術文化帶來許多消極的影響，但在當時的歷史條件下，它們也對學術研究起了諸如拓展領域、變換視角、深化思維、更新方法等等積極的作用。劉勰《文心雕龍》能在許多問題上取得超越前人的巨大成就，應該說也得益於對外來思想的吸納和學術新思潮的推動。過去一般認爲《文心雕龍》是嚴格遵循儒家思想寫成的，但也有學者認爲其中摻入了佛教思想，對此有必要作深入的研究和探討。

馬克思主義認爲：「統治階級的思想在每一時代都是占統治地位的思想。」〔註 1〕劉勰當時社會的統治思想，表現爲玄學與佛教思想的合流。《梁高僧傳・慧遠傳》載，東晉高僧慧遠在給佛徒講經時，由於佛經難懂，便引用《莊子》來加以說明，使聽眾得以明白。這種作法雖有違佛旨，但卻促進了佛教在東土的流傳，因此「安公（釋道安）特聽慧遠不廢俗書。」這種玄學與佛學合流的社會思潮必然影響到當時積極入世的劉勰。拿他的「神思」論來說，就可以看出玄學與佛學的共同影響。東晉道士葛洪在《抱朴子・尚博》篇中說過：「用思有限者，不能得其神也。」這是道家的說法。劉宋僧人宗炳在《明佛論》中說：「夫精神四達，並流無極，上際於天，下盤於地。」這是佛家的言論。兩家看法基本相同。又比如「虛靜」說，也是來源於老莊，而又爲當時佛徒所大力提倡。東晉高僧慧遠在《念佛三昧詩集序》中說：「夫稱三昧者何？專思寂想之謂也。思專，則志一不分；想寂，則氣虛神朗。其虛，則神恬其照；神朗，則無幽不徹。」另一位高僧僧肇在《般若無知論第三》中說：「是以智彌昧，照逾明；神彌靜，應逾動。」都把「虛靜」看作是達到認識的高級境界的必要條件。對於在佛寺中長大，隨僧人求得學問的劉勰來說，這些思想很可能對他形成自己的理論發生影響。所以似乎不必硬性地把劉勰劃爲哲學上的哪一家，而應看到他當時各種社會思潮對他的綜合影響。

劉勰所謂「神思」，根據他在篇首引用莊子的話所作的解釋，就是一種不受身觀侷限、身在此而心在彼的思維活動，相當於現代所謂「想像」。這裏的「神」兼有「神奇」與「精神」的雙重意思。《易・繫辭上》曰：「陰陽不測之謂神。」《說卦》曰：「神也者，妙萬物而爲言也。」是劉勰用語之所本。黃侃《文心雕龍劄記・神思篇》云：「『文之思也，其神遠矣』。此言思心之用，不限於身觀，或感物而造端，或憑心而構象，無有幽深遠近，皆思理之所行也。」所以「神思」就是講創作時精神活動的神奇奧妙。

〔註 1〕馬克思、恩格斯：《費爾巴哈》，《馬克思恩格斯選集》第一卷，北京：人民出版社 1972 年版，第 52 頁。

劉勰在《神思》篇中對作家創作時的構思活動做了頗爲細緻和精彩的描述。他指出，作家的構思活動能「思接千載」、「視通萬里」，不受時空限制，並且具有不脫離外物，主觀精神與客觀外物一起遨遊的特點。但作家的這種「神思」活動能力又並非天然生成、長盛不衰的。它要受其「志氣」，即思想感情及生命機體狀況的統轄，以及「辭令」，即言詞表達是否通暢的制約。爲此，作家必須在心神、思想、學識、語言等方面進行修養。劉勰要求作家在構思時必須保持內心的清虛寧靜，使身心調暢，精神淨化。平時則應注意積累學識來充實心中的寶庫，明辨事理來豐富自己的才學，通過深入觀察來達到對事物透徹的認識，順著思路來引出美好的文辭。這些意見都是相當中肯的。

劉勰在文中還例舉了歷史上許多作家進行創作構思時的不同情況的例子，說明神思活動能力在不同人身上表現出不同特點。他指出文思的或遲或速固然與所寫作品的長短難易有關，但主要取決於作家的個性心理特徵。劉勰進一步指出，無論作者屬於何種心理類型，都可以通過後天的學習和鍛煉，重塑自己的個性，提高「神思」活動的能力。他說：「難易雖殊，並資博練」，並提出「博見」、「貫一」爲補助心力的藥方。「博練」、「博見」的原則，體現了劉勰「神思」論的唯物主義傾向。

《神思》篇正文末段說明可以通過進一步的想像構思來對文章進行修改加工，以及構思之妙有難以言傳之處。一般認爲劉勰的後一說法有神秘主義之嫌，但我們說文章有些妙處確實是「文章作法」一類的東西所講不清楚的，非得作者親身實踐不可。自古沒有靠讀「文章作法」成名的作家。許多優美的意境、深厚的韻味，都是作者一時靈感的產物。沒有身臨其境的實感，沒有刻骨銘心的眞情，靠幾條作文法則是模仿不來的。照這樣看，劉勰說他「言所不追，筆固知止」，還是很明智的。

《文心雕龍》中還有一篇《養氣》，論作家的生理和精神狀態對創作思維活動的重大影響，可與《神思》篇互相發明。文中說：

> 率志委和，則理融而情暢；鑽礪過分，則神疲而氣衰：此性情之數也。……是以吐納文藝，務在節宣。清和其心，調暢其氣；煩而即捨，勿使壅滯。意得則舒懷以命筆，理伏則投筆以卷懷。逍遙以針勞，談笑以藥倦。常弄閑於才鋒，賈餘於文勇，使刃發如新，腠理無滯，雖非胎息之邁術，亦衛氣之一方也。

這些論述，從現代生理—心理學的角度來看，也是很有道理的。

儘管劉勰並非探討「爲文之用心」的第一人，他不過是「本陸機氏說」而步其後塵。但劉勰的創作構思論比之陸機確實是大大前進了一步。這突出表現在劉勰把陸機對創作構思的直感的神秘化的描述，變成了理性化的可操作的方法。許多在陸機那裏模糊不清、不可捉摸的東西，在劉勰的理論中都變得有規律可循、有掌握和駕馭的可能。像上面說的「虛靜」、「積學」、「酌理」、及「養氣」等等，都是在給陸機所慨歎的「吾未識夫開塞之所由也」的文思通塞問題，指出具體解決的途徑。此外《神思》篇還提出「稟心養術，無務苦慮」，說明文章構思是有方法即「術」可循的。這些都是劉勰對中國古代創作構思論的重大貢獻。當然，他講創作構思和作家修養，沒有注意到社會生活這更爲重要的一面，是他這一理論的嚴重缺陷。

（最初發表於作者論文集《文心拾穗——中國古代文學思想的當代解讀》，天津社會科學院出版社 2001 年出版。）

《文心雕龍·神思》篇「杼軸獻功」說辨正

《文心雕龍·神思》篇中，有「拙辭或孕於巧義，庸事或萌於新意，視布於麻，雖云未貴，杼軸獻功，煥然乃珍」這樣一段話。過去一般認爲是講的文章寫成後要修改潤色。如黃侃《文心雕龍箚記》曰：「此言文貴修飾潤色，拙辭孕巧義，修飾則巧義顯；庸事萌新意，潤色則新意出。」〔註1〕王元化的《文心雕龍創作論》和作爲部定教材的郭紹虞、王文生主編的《中國歷代文論選》，對此說提出了新的見解。王元化指責黃侃舊說云：

> 如果內容本身是「庸事」，那麼光在形式上進行修飾潤色，也不能使它萌生「新意」。如果內容本身就已孕有「巧義」，那麼也用不著以詭麗的華詞去代替樸訥的「拙辭」。總之，使庸事可以萌新意，使拙辭可以孕巧義，決不是在形式方面進行修飾所能收功奏效的，其中一定還有另外的原因。這另外的原因我以爲就是想像活動所起的作用。

王元化認爲：「劉勰提出了一個耐人尋味的比喻，這就是用『布』和『麻』的關係來揭示想像和現實的關係。」他說：

> 作家並不需要把看來樸訥的「拙辭」變成花言巧語，並不需要把大家熟悉的「庸事」變成怪談奇聞。作家在作品中所寫的仍舊是生活中常有的「拙辭」，仍舊是生活中常見的「庸事」。他只是憑藉想像作用去揭示其中爲人所忽略的「巧義」，爲人所未見的「新意」罷了。〔註2〕

〔註1〕黃侃：《文心雕龍箚記》，北京：中華書局，1962年版，第93頁。

〔註2〕王元化：《文心雕龍創作論》，上海：上海古籍出版社1979年版，第97、98頁。

郭紹虞、王文生的《中國歷代文論選》也說：

> 「視布於麻，雖云未貴，杼軸獻功，煥然乃珍」，這裏以麻、布爲喻，形象地說明了想像活動就是作家對現實生活素材進行藝術加工。〔註3〕

上述新見解，確實令人耳目一新。然而，深思之後，卻覺得有些細節無法解釋，因而不敢苟同。特提出自己的看法，以就教於各位前輩方家。

我認爲，在劉勰的原話中，有一個字很值得我們注意，那就是「拙辭或孕於巧義，庸事或萌於新意」的「於」字。從黃侃以至王元化，許多注家論者在引述這段話時，都把這個字漏去了，而這個字恰恰是理解劉勰原意的關鍵。如果照黃侃的說法：「拙辭孕巧義，修飾則巧義顯；庸事萌新意，潤色則新意出」，那麼王元化的解釋就是正確的：形式上的修飾潤色並不能使「庸事」萌生「新意」；包孕著「巧義」的「拙辭」，也沒有必要非得修改成詭麗的華詞。然而，一個「於」字，就恰恰可以動搖王元化先生的全部立論。「於」訓「在」，介詞。由於它的存在，「拙辭」與「巧義」、「庸事」與「新意」之間的關係，就與王元化以及黃侃的說法全然翻了個個兒。不是「在拙辭中孕育著巧義」、「在庸事中萌生出新意」，恰恰相反，是「拙辭孕育在巧義之中」，「庸事萌生在新意之中」。也就是說，作家有時構思的意義很「巧」，卻選用了「拙辭」來表達；意思很「新」，卻採用了「庸事」來說明。

語言是思想的直接現實，人們的思維要借助於語言來進行，因此，一般來說，一個思維正常的人要表達自己的思想是能夠找到合適的語言工具的。但是，思想和語言之間的關係，又不是完全對稱的。列寧在《黑格爾〈哲學史講演錄〉一書摘要》中摘引過黑格爾的一段話說：「語言實質上只表達普遍的東西；但人們所想的卻是特殊的東西、個別的東西。因此，不能用語言表達人們所想的東西。」列寧在這段話旁邊批道：「在語言中只有一般的東西。」〔註4〕因此，雖然語言本質上是同思想直接聯繫的，但就每一個單獨的人來說，卻並不一定能將他所想的全部訴諸語言，語言的表達和思想之間是存在著距離的。劉勰在《神思》篇中說：「意翻空而易奇，言徵實而難巧。是以意授於思，言授於意，密則無際，疏則千里。」《序志》篇說：「言不盡意，聖人所難。」可見他是認識到語言和思想之間的距離的。在劉勰的時代，玄學論辨尚餘波未息，而

〔註3〕郭紹虞、王文生：《中國歷代文論選》第一冊，上海：上海古籍出版社 1979 年版，第 239 頁。

〔註4〕《列寧全集》第 38 卷，北京：人民出版社，1959 年版，第 306 頁。

言意之辯正是著名的玄學「三理」之一。劉勰在自己的著作中吸收「言不盡意」論的觀點，是毫不奇怪的。

通過以上的分析，不難看出，劉勰所謂「麻」，正是指有「巧義」卻選用了「拙辭」來表達，有「新意」卻採用了「庸事」來說明的初創草成的文章；而他所謂「布」，則是通過「杼軸獻功」的加工製作工夫，翦除了這些「拙辭」、「庸事」，使文章內容與形式完美統一的「煥然乃珍」的最後定稿。這樣看來，黃侃說「杼軸獻功」是講文章修改，還是不錯的。只不過他在引用原文時，忽略了一個「於」字，因而招來後人的誤解和指責。

需要指出的是，許多《文心雕龍》注譯者在翻譯這段原文時，都忽略了這個「於」字，如周振甫的《文心雕龍選譯》說：「拙劣的文辭中有時含有巧妙的意義，平庸的事例中有時透露出新穎的意見。」（中華書局 1980 年版，第 135 頁）陸侃如、牟世金的《劉勰論創作》說：「粗糙的文辭中會蘊藏著巧妙的道理；平凡的敘事中也可能產生新穎的意思。」（安徽人民出版社 1982 年版，第 124 頁）大同小異，都沒有把「於」字譯出來。然而，「失之毫釐，謬之千里」。一字之差，哪怕是一個小小的虛字，也會導致截然不同的理解。王元化和《文論選》的「新」見解，正是在前人錯誤引用的基礎上引申出來的，這就不能不使我們感到字斟句酌地譯準原著的重要。

總之，我認爲，《神思》篇的「杼軸獻功」說講的是修改文章。理由就在於對「拙辭或孕於巧義，庸事或萌於新意」這句話的理解。這句話直譯應該是：「拙劣的文辭有時產生於巧妙的義理之中，平庸的事典有時萌生在新穎的意思之上。」爲了便於今天讀者的理解，可以譯作：「有時有巧妙的義理卻用了拙劣的文辭來表達，有時有新穎的意思卻用了平庸的事典來說明」。這樣就不至於發生誤解了。

（最初發表於黑龍江大學《求是學刊》1983 年第 5 期）

試談劉勰的「風骨」論及其在今天的意義

「風骨」（以及與之同義的「風力」、「氣骨」、「氣力」等）是中國古代文學批評中的一個傳統概念。但對這一概念的確切含義，學術界多年來一直存在著爭論。至於它對於我們今天建設有中國特色的馬克思主義文學理論還有哪些意義，更需要進行深入的研究。這裏就對上述兩方面問題作一初步探討。

中國古代文論中的「風骨」概念源出於漢末魏晉的人物品評。在這類品評中，「風骨」一詞大體有兩種含義：一是指人物的「風神骨相」，這是一個中性詞，它的前後須附加一些修飾語，以顯示人物不同的氣度風貌。如《世說新語》引《晉安帝紀》：「（王）羲之風骨清舉也」；《宋書・武帝紀》：「（劉裕）風骨不恒，蓋人傑也。」另一種用法是專指人物清俊疏朗的精神風貌和輕盈瘦削的身形體態。這裏的「風」和「骨」本身即有特定含義，毋須再加修飾。如《世說新語》注引《續晉陽秋》：「（褚爽）俊邁有風氣」；《世說新語・輕詆》：「舊目韓康伯將肘無風骨。」

劉勰是把人物品評中的「風骨」概念引入文學批評的第一人。明代學者楊慎評《文心雕龍・風骨》篇曰：「此論發自劉子，前無古人。」由於把詩文當做人來品評，因此人物品評中「風骨」一詞的兩種含義，也被分別運用的文學批評中來。第一種用法，「風骨」係一般地指文章的精神和骨體，也就是一篇文章所具有的情感氣勢和它所賴以構成的事理內容和言辭結構。這也是一個中性詞，須附加修飾語來說明。比如劉勰在《文心雕龍・風骨》篇中所說的「風清骨峻」，就是取「風骨」的這種含義。第二種用法，則是專指文章精神的俊爽和骨體的勁健，也就是文章洋溢着鮮明的情感氣勢，事理內容充實，語言簡潔有力，結構謹嚴，飽含邏輯力量。《文心雕龍・風骨》篇所論，就大部分是這個意思。這後一種「風骨」含義，在《文心雕龍》中是主要的、常用的，也是最有爭論的。這裏就以《風骨》篇爲據，談談對這一概念應如何理解。

《風骨》篇中論及「風骨」含義的地方有如下四處：

①結言端直，則文骨成焉；意氣駿爽，則文風生（一作清）焉。

②故練於骨者，析辭必精；深乎風者，述情必顯。

③捶字堅而難移，結響凝而不滯，此風骨之力也。

④若瘠義肥辭，繁雜失統，則無骨之徵也；思不環周，牽課（從王利器校改）乏氣，則無風之驗也。

這裏①②③三句是從正面說明，怎樣的文章算有「風骨」；第④句是從反面說明，怎樣的文章是無「風骨」。根據這些論述，可知劉勰所謂「風」和「骨」都既有對內容的要求，也有對形式的要求。且看劉勰論「風」說：「意氣駿爽，則文風生焉。」「思不環周，牽課乏氣，則無風之驗也。」「意氣駿爽」是說作者的思想感情鮮明爽朗，「思不環周」則是說作者所要表達的思想還沒有在頭腦中考慮成熟，還沒有達到情不可遏、脫口欲出的境地。這都是講的對文章內容的要求。然而，內容必須依附一定的形式而存在。無論作者內心的「意氣」是如何「駿爽」，不訴諸一定的語言形式，也不可能形成文章中撲面而來的動人之「風」。所以「風」也同時提出了對文章形式的要求。劉勰說：「深乎風者，述情必顯」。「述」是要通過語言來進行的，這不正是對文章形式方面的要求嗎？再看他把「牽課乏氣」與「思不環周」並提，共同作爲「無風之驗」的兩個標誌。「思不環周」是講文章思想內容方面的問題，而「牽課乏氣」則是講文章語言表達上的缺點。「課」是「課學」，《才略》篇有「多役才而不課學」語。「牽課」就是拘牽於前人書本上的陳言而缺乏自己的創造，也就是我們今天說的八股氣、講套話。古羅馬文論家郎加納斯說過：「恰當的驚人的措辭會對於聽者有巨大的威力，迷人的魅力；……美妙的措辭就是思想特有的光輝。」〔註1〕因此，要想使文章有「風」，做到述情顯豁，作者還必須錘煉生動的語言。正如《夸飾》篇所說：「談歡則字與笑並，論戚則聲共泣偕。」作者駕馭語言的能力只有達到了這樣的水準，才能「述情顯」，才能使作品「風力遒」。所以郭紹虞先生指出：「『骨』在說得精，『風』在說得暢。」〔註2〕他

〔註 1〕郎加納斯：《論崇高》，《西方文論選》上卷，伍蠡甫主編，上海：上海譯文出版社 1979 年版，第 129 頁。

〔註 2〕郭紹虞：《中國文學批評史》，上海：上海古籍出版社 1979 年版，第 78 頁。

是看到了「風」也包括對文章形式主要是語言方面的要求的。

這裏需要插述一個問題，即劉勰所說的「風」對內容的要求，是否如有些論者所理解的那樣，是指文章思想內容純正、具有教化作用呢？可以肯定地說，不是。因爲劉勰講「意氣駿爽，則文風生焉」，「駿爽」只不過是「意氣」之外在表現的修飾語，並不涉及「意氣」的內部性質。他的意思只是說只要作者的思想感情駿發爽朗，就能在文章中產生風力。駿發爽朗，能打動別人的思想感情，卻不一定是合乎儒家雅正標準的。正如劉勰在《風骨》篇中舉爲「風力遒」典型的司馬相如《大人賦》，早在西漢當時就被揚雄批評爲「勸而不止」(《漢書·揚雄傳》)。它通過對神仙世界的生動描繪，不僅沒有諫阻，反而助長了漢武帝的飄飄欲仙之情，因此很難說它的思想內容有什麼教化意義。但是由於它風格清新，述情顯豁，因而使它的讀者漢武帝受到了感動。可以說劉勰正是從能感動人這一點上來把《大人賦》奉爲「風力遒」之代表作的。所以說劉勰所講的「風」對內容的要求，只不過是要求作者的思想感情鮮明爽朗而已。

下面再來看「骨」。學術界對這一概念的爭論大體上可以分爲「骨即文辭」和「骨即事義」兩派。實際上這兩種觀點完全可以統一起來，統一的根據就在於劉勰在《風骨》篇中所說的:「若瘠義肥辭，繁雜失統，則無骨之徵也。」這句話反過來說就是意義豐富充實，言詞簡潔，條理清晰即有「骨」。可見「骨」實在是包括了「義」與「辭」，即內容與形式兩方面的。可能有人會舉「結言端直，則文骨成焉」和「練於骨者，析辭必精」這兩句話來說明「骨」就是指文辭。我們說，文章語言的「精」與不精，「端直」與不端直，只有結合它所表達的事理內容才能夠辨別出來，離開一定的事理內容孤立地考察文辭語句，是很難說哪個「精」哪個不精，哪個「端直」哪個不端直的。王充說得好:「實言無多，而華文無寡。爲世用者，百篇無害；不爲用者，一章無補。」(《論衡·自紀》)所以儘管從表面上來看，劉勰論「骨」重在文辭方面，但他所謂「骨」實際上已包括著對內容的要求，這要求就是內容要充實，使文章「辭」「義」相稱，言之有物，言簡易賅，在簡潔的語句中表達了豐富的事理內容，這樣的文章才能稱得上是「精」，是「端直」的。

說「風」和「骨」都既是對內容的要求又是對形式的要求，那麼，這二者的區別何在呢？「風」所要求於內容的，是文章思想內容飽含著強烈的激情，「骨」所要求於內容的，則是文章所敘之事所論之理要充實豐富，足以撐起全篇。「風」所要求於形式的，是文章語言生動傳神，足以把作者內心的情感充分地表達出來。「骨」所要求於形式的，則是文章語言要精練準確，條理清晰結構謹嚴。這二者各有其特定的內涵，所以劉勰要分立兩途來說明。

總結上述，可以說，作爲中國古代文學批評中的一個特定概念，「風骨」是對文章內容與形式的總要求。這一要求在文章中得以實現，就呈現爲一種鮮明爽朗、雄健有力的藝術風格。所以，「風骨」是一個屬於風格範疇的概念。對這種風格的提倡，體現了我們民族傳統的健康的美學趣味。

說「風骨」是一種藝術風格，但它在古代文論家那裏，又是作爲對一切作家、一切種類文章寫作的總要求提出來的。於是有人據此對「風骨」是風格的提法提出了懷疑。牟世金先生說：「只有藝術家獨具的某種特色，才能謂之風格。既是綜合的、總的，就不是獨具的特色；既是獨具特色，就不是綜合的、總的。」〔註 3〕這似乎對藝術風格的理解過於狹窄了。平時我們除了談藝術家的個人風格之外，還常講文學的階級風格、時代風格、民族風格等等。這後一類的風格概念。不就是在許多作家的創作中共同體現出來的東西嗎？英國文學家蘭恩·庫珀博士曾經指出：「個人風格是當我們從作家身上剝去所有那些並不屬於他本人的東西，所有那些爲他和別人所共有的東西之後，所獲得的剩餘或內核。」這「和別人所共有的東西」，庫珀在下文緊接着說，就是「他的語言的習慣語法，他那個時代語言中的屬於特定階段的習慣語法，以及他採取的文學形式『在客觀上』所固有的風格性質。」〔註 4〕正是這些風格的客觀因素，使得同一階級、同一時代、同一民族的作家在創作中體現處大致相同的風格特色。

說到這裏，有必要指出這樣一個事實，那就是「風骨」雖然是我國古代文學理論家從祖國文學的優良傳統中概括出來的一種具有民族特色的風格範疇，但人們對這一風格的認識與推崇，卻是隨着時代的推移而逐漸深入的。在劉勰當時的觀念中，「風骨」雖然是他號召所有作家共同追求的目標，但並不就是他所理想的最高風格。只要細看一下《風骨》篇原文就可以明白，劉勰理想中的最高風格是「藻耀而高翔」的「鳴鳳」之美，而「風骨乏采」的作品不過是「鷙集翰林」。一群光禿禿的老鷹有什麼好看的呢？從這裏可以看出齊梁時期社會上追求聲韻詞藻的形式主義文風對他的影響。與劉勰同時的

〔註 3〕陸侃如、牟世金：《文心雕龍譯注．引論》，濟南：齊魯書社 1981 年版，上冊，第 72 頁。

〔註 4〕王元化譯：《文學風格論》，上海：上海譯文出版社 1982 年版，第 28 頁。

鍾嶸雖然也對當時的文風表示了強烈的不滿，發出「建安風力盡矣」（《詩品序》）的慨歎，但他所要求於詩人的，是「幹之以風力，潤之以丹彩」（同上），仍然擺脫不了「彩」的束縛。在劉勰和鍾嶸那裏，「風骨」只是被作爲創造理想風格所必須的添加物而提出來的。只是到了初唐陳子昂，才與「彩麗競繁」的齊梁文風作了徹底決裂，而發出了以「漢魏風骨」爲理想風格的號召。所以儘管「風骨」觀念早在齊梁時代就已進入文學批評領域，但後人往往把扭轉文風的功績歸功於陳子昂等唐代詩人。元好問說：「論功若準平吳例，合著黃金鑄子昂。」（《論詩絕句》）唐代現實主義詩人和理論家們奠定「風骨」在我們民族傳統風格理論中崇高地位的功績，也是不可泯滅的。

我國古代文論中的「風骨」觀念從它一開始被提出，就表現出強烈的戰鬥性。似乎可以這樣說，在中國文學發展的歷史長河中，「風骨」觀念一直是文壇上進步勢力用以反對統治階級腐朽文風，維護祖國文學現實主義傳統的戰鬥武器。

「風骨」又是有著強烈民族特色的文學批評觀念。清代桐城派散文家管同在其《與友人論文書》中說：「貴陽而賤陰，信剛而絀柔者，天地之道，而人之所以爲德者也。孔子曰：『吾未見剛者』，曾子曰：『士不可以不宏毅，任重而道遠。』聖賢論人，重剛而不重柔，取宏毅而不取巽順。夫爲文之道，豈異於此乎。」（《因寄軒文初集卷六》）從先秦儒學大師孟子提出要養「至大至剛」的「浩然之氣」，到劉勰提出「剛健既實，輝光乃新」，以至韓愈主張「氣盛則言之短長與聲之高下者皆宜。」（《答李翊書》）中國文學批評中一脈相承的觀點是重視剛健爽朗的陽剛之美。這種審美趣味的形成同我們民族獨特的社會歷史狀況和思想文化傳統有著緊密的聯繫。魯迅先生在談到中國古代神話傳說不發達的原因時說：「因爲中華民族先居在黃河流域，自然界底情形並不佳，爲謀生起見，生活非常勤苦，因之重實際，輕玄想……。」〔註5〕是這種艱苦的鬥爭環境，決定了我們民族傳統的審美心理特徵。范文瀾先生指出：「漢族傳統的文化是史官文化。史官文化的特性，一般地說，就是幻想性少，寫實性多；浮華性少，樸厚性多；纖巧性少，閎偉性多；靜止性少，飛動性多。」〔註6〕因此，爽朗、剛健、激發豪情的文學，就特別受到我們民

〔註5〕魯迅：《中國小說的歷史變遷》，《中國小說史略》，北京：人民文學出版社 1973 年版，第 271 頁。

〔註6〕范文瀾：《中國通史簡編》第二編，北京：人民出版社 1964 年版，第 255 頁。

族的珍愛和歡迎。在文學風格上對「風骨」的嚮往，正反映了我們民族這種共同的美學趣味。

既然「風骨」是一個體現了中國文學進步傳統、有着鮮明民族特色的美學觀念，那麼它理所當然地應該被我們今天具有民族特色的现代文學理論所批判地繼承。中國古代「風骨」觀念的當代價值，首先在於它可以作爲中國文學的一種風格規範，在理論上予以保留，在實踐上予以發揚和光大。我們今天的文學理論雖然也強調文學應有民族風格，但具體到我們民族文學的風格應該是什麼樣的？則又往往語焉不詳了。誠然，一個民族文學的風格從來是多種多樣的。但是，在一個民族多種多樣的文學風格之上，有沒有某種共同特色的東西，從而把這一民族文學與其他民族文學從風格上區分開來呢？應該說是有的。中國古人提出的「風骨」概念，恰恰在這一點上給我們以啓示。鮮明、爽朗、質樸、勁健，曾經是、並且今天仍然是中國文學的民族特色。因此，我們完全有理由把「風骨」看作是對中國文學風格特色的描述，從而把它作爲對今天作家創作的一項要求。

當今世界，隨着各國、各民族政治、經濟聯繫的不斷擴大，各民族的文化交流與融合也在日益增強。但是，在各民族文化交流與融合的大潮中，如何保持自己民族文化的特色，如何抵禦外來文化中腐朽頹廢東西的影響，是擺在每一個有民族自尊心和社會責任感的作家面前的嚴肅課題。在這樣一個時代課題面前，研究和提倡中國古代文論中的「風骨」概念，宏揚我們中華民族自古以來具有的自強不息、奮發有爲的進取精神，在作品中體現昂揚的氣勢和質樸清新的藝術風格，以此來反對一切晦暗消極的靡靡之音，對於當代作家、評論家來說，是極有啓發意義的。

討論中國古代「風骨」理論的當代價值，還應看到古人圍繞着「風骨」概念而提出的一整套創作思想。當年劉勰在《風骨》篇中提出創作有「風骨」的作品，必須「綴慮裁篇，務盈守氣；剛健既實，輝光乃新。」雖然劉勰在《風骨》篇中沒有對如何涵養和保持內心的剛健之氣作出具體說明，雖然他在《風骨》篇中講的「鎔鑄經典之範，翔集子史之術」，只是要求作家通過學習儒家經典培養起雅正的思想，通過學習古人典範作品來掌握「雕畫奇辭」的要領，但從他在《文心雕龍》全書的論述中，特別是他對建安文學的概括中，我們可以看出他對文學作品中「風骨」的形成，還是有一定的認識的。他在《時序》篇中指出建安文學的「雅好慷慨」，是「良由世積亂離，風衰俗怨，並志深而筆長，故梗概而多氣也。」這就啓發我們認識到，要創作出有「風骨」的作品，作家必須貼近現實生活，敢於揭發矛盾，敢於直抒胸臆，不媚俗，不畏上，說自己想說的話，寫清新直率、慷慨動人的文章。這正是中國文學亙古常新的「風骨」精神的眞諦，也是中國古代「風骨」理論最有價值、最值得繼承的精華！

（最初發表於《天津師大學報》1985 年增刊，收入本書有修改）

略談《文心雕龍》中「氣」字的用法

「氣」是中國古代文論中的一個常用術語，也是《文心雕龍》中使用較多的一個字。據筆者統計，在《文心雕龍》全書五十篇中，用到「氣」字的有三十一篇，共八十句（以一逗爲句）。由於中國古人所使用的理論術語大多是由具象詞借用爲抽象詞，其原始意義所指代的具體事物之內在與外在性質的多樣性、複雜性，就使得人們可以從不同的角度對它加以引申，從而形成多種不同的抽象意義。這就造成了中國古代理論著作中普遍存在的一詞多義現象。《文心雕龍》中的「氣」字，也正是這樣。它給我們準確地把握劉勰理論主張的原意，帶來了不小的困難。爲此，我們有必要從瞭解「氣」這一理論術語的歷史淵源入手，對《文心雕龍》中「氣」字的不同用法，作一番簡略的分析，以期能對實事求是地瞭解劉勰的文學思想有所裨益。

「氣」的原始意義是指自然界的雲氣。《說文解字》曰：「氣，雲氣也，象形。」把它作爲一個專門的理論術語，最早是由哲學中的道家學派提出來的。在戰國時代齊國稷下宋尹學派的著作中，「氣」被認爲是天地萬物的本原和基始。同時，人的生命也是產生於精氣。據近人考證係出自宋尹學派手筆的《管子・內業篇》：「精也者，氣之精者也。氣道（通）乃生，生乃思，思乃知，知乃止矣。」（據郭沫若等《管子集校》第 786 頁引）可見，他們認爲「氣」是人的生命、思維以及智慧的基礎。人要想精神健旺，意氣風發，就必須重視自身「氣」的涵養。該篇又說：「是故此氣也，不可止以力，而可安以德；不可呼以聲，而可迎以意；敬守勿失，是謂成德。德成而智出，萬物果得。」這種認爲可以通過「敬守勿失」的養氣工夫來促進人的思維和觀察能力的見解，正可以看作是劉勰「養氣」說的濫觴。

同上述觀點相反,「氣」在戰國後期儒家思孟學派大師孟軻那裏,則被用來指屬於意識形態範疇的人的一種精神狀態。他說:「我知言,我善養吾浩然之氣。」至於什麼叫「浩然之氣」以及如何「養」的問題,他說:「難言也!其爲氣也,至大至剛,以直養而無害,則塞於天地之間。其爲氣也,配義與道,無是,餒也。是集義所生者,非義襲而取之也。行有不慊於心,則餒也。」(《孟子‧公孫丑上》)他所說的「氣」同人的思想,即「志」的關係極爲密切。《公孫丑上》又說:「夫志,氣之帥也;氣,體之充也。夫志至焉,氣次焉。故曰:持其志無暴其氣,……曰:志壹則動氣,氣壹則動志也。」所謂「志至焉,氣次焉」,就是說人的「氣」是在思想意志有了充分蓄積之後產生的。如果我們再指出這種思想意志不是隨隨便便的什麼思想意志,而是符合儒家大道禮義的,那麼這種「氣」就是一個對某種人生哲理有了深刻理解的人所具有的一種思想上熱情奔放的氣勢。劉勰在《風骨》篇中所說的「意氣駿爽」的「氣」,就接近於孟子所說「氣」的意思。

第一個把「氣」的概念引入文學理論中來的是魏文帝曹丕。他在《典論‧論文》中說:「文以氣爲主。氣之清濁有體,不可力強而致。譬諸音樂,曲度雖均,節奏同檢;至於引氣不齊,巧拙有素,雖在父兄,不能以移子弟。」這裏所說的「氣」,兼有作家才性和作品風格兩方面的意思。所謂才性,就是人的才能稟賦。因爲當時天下大亂,各路豪強都在網羅人才,要用人就要瞭解被用者的才性;而士人欲求仕進,也必須使自己的才性爲人所知,於是品評人物的風氣就盛行起來了。而「文辭善惡,足以觀才」(王充《論衡‧佚文篇》),從文章中可以窺見作者的才性,所以就出現了人物品評與文章品評的結合。曹丕的「文氣」說就是在這樣的背景下誕生的。然而,講「才性」何以要用到「氣」字呢?這就又涉及到東漢以來哲學思想的影響了。在兩漢自然科學發展的基礎上,唯物主義的元氣自然論曾獲得很大的發展。傑出的唯物主義哲學家王充在反對神學目的論的鬥爭中,試圖用元氣自然論的樸素唯物主義原則說明社會生活中的一切現象。他認爲人性是稟受元氣自然生成的。他說:「稟氣有厚泊,故性有善惡」。(《論衡‧率性篇》)這種觀點拿到今天來看,雖然仍是一種命定論,是錯誤的。不能用自然規律簡單地解釋社會現象。但是它對魏晉哲學思想的影響卻是巨大的。曹丕所謂「氣之清濁有體,不可力強而致」的說法,正是承襲了王充的「人稟元氣」說。他認爲人先天稟賦的有清新剛健之氣,也有溷濁柔弱之氣。這種先天的才能稟賦形之於作品，便形成每個人獨特的風格，這也就是「文氣」。文之「氣」是人之「氣」的表現，二者都有或清或濁的分別。劉勰在《體性》篇中說：「風趣剛柔，寧或改其氣」，和曹丕的這個意思是一致的。

「氣」在中國古代文論中，有時還專指文章的聲調語氣。古人寫成文章是要吟詠誦讀的。在誦讀中就會發現，隨着文章字句中音調節奏的變化，從自己喉舌唇吻間通過的氣流也有輕重緩急之分。音韻學的興起，就促進人們有意識地調節文章中字音的清濁節奏，以求誦讀時氣勢順暢。這就形成了一種「文氣」說。其實，如果仔細推究，就會發現在曹丕所說的指文章風格的「氣」裏，已經包含有文章聲調語氣的意思。因爲文學作品的風格固然是作品從內容到形式的特點的有機體現，但它又總是通過形式的特點，主要是通過語言的特點呈現出來的。所以像曹丕所說：「徐幹時有齊氣」，《文選》李善注曰：「言齊俗文體舒緩，而徐幹亦有斯累。」這裏的「文體舒緩」，很明顯就包括着文章聲調語氣的舒徐緩慢。特別是到南北朝時期，隨着聲律說的盛行，「氣」更多地被人用來指文章的聲調語氣。沈約《宋書・謝靈運傳論》說：「王褒、劉向、揚、班、崔、蔡之徒，異軌同奔，遞相師祖，雖清辭麗曲時發乎篇，而蕪音累氣，固亦多矣。」所謂「累氣」，就是指文章的聲調語氣拖沓沉膇，成爲清新風格之累。劉勰在《聲律》篇中說：「韻氣一定，故餘聲易遣」，也是取的聲調語氣之意。

文章的聲調語氣固然叫「文氣」，但中國古代文論中所說的「文氣」往往又不僅指此。「氣」字古訓是與「風」相通的。《廣雅・釋言》：「風，氣也」。《莊子・齊物論》：「大塊噫氣，其名爲風。」「風」在儒家文論的經典性理論——「詩六義說」中，不僅是指一種詩的體裁，而且也是這種體裁藉以影響讀者的方式。《詩大序》說：「風，風也，教也；風以動之，教以化之。」就是說文學作品具有一種像風動萬物一樣的感蕩人心的思想力量。這種思想力量，也可以叫做「文氣」。在這個意義上，劉勰有時稱其爲「風」，有時則也叫做「氣」。比如《辨騷》篇稱讚屈原的作品「氣往轢古」，《章表》篇說：「文舉之薦禰衡，氣揚采飛」，《風骨》篇說：「相如賦仙，氣號淩雲」，都是指文章在思想內容上能夠感動人的一種氣勢。

以上我們簡略回顧了在劉勰之前古代哲學家、文論家對於「氣」字的種種不同用法，而這些用法在《文心雕龍》中又都是有所體現的。從這裏我們可以看出《文心雕龍》在理論上兼收並蓄、集其大成的特點。同時也說明在瞭解《文心雕龍》中這些專門術語的時候，需要具體情況具體分析，不能一概而論生搬套用。

下面，僅據個人理解，把《文心雕龍》中 80 例「氣」字的用法，劃分為用於指作家、指作品及普通意義三大類。在指作家的一類中，又分出指「精氣」、指「激情」、指「個性氣質」三小類；在指作品一類中，又分出指「思想內容上的氣勢」、指「聲調語氣」、指「文章風格」三小類；在用於普通意義的一類中，分作指「空氣、氣候」、指「人的呼吸氣息」、指「人或物的氣概」及指「風氣、時尚」四類。這樣，總共分為三大類十小類，分述如下：

一、用於指作家

（一）指人們的精氣、血氣：

王充氣竭於思慮。（神思）

情之含風，猶形之包氣。（風骨）

聲含宮商，肇自血氣。（聲律）

昔者王充著述，制養氣之篇。（養氣）

鑽礪過分，則神疲而氣衰。（養氣）

凡童少鑒淺而志盛，長艾識堅而氣衰。（養氣）

氣衰者慮密以傷神。（養氣）

於是精氣內銷，有似尾閭之波。（養氣）

若銷鑠精膽，蹙迫和氣。（養氣）

清和其心，調暢其氣。（養氣）

雖非胎息之邁術，亦衛氣之一方也。（養氣）

玄神宜寶，素氣資養。（養氣）

（二）指作家昂揚的精神狀態或激情：

慷慨以任氣，磊落以使才。（明詩）

志感絲篁，氣變金石。（樂府）

宋玉含才，頗亦負俗，始造對問，以申其志，放懷寥廓，氣實使之。（雜文）

漢置中丞，總司按劾；故位在鷙擊，砥礪其氣。（奏啓）

不畏彊禦，氣流墨中。（奏啓）

故宜條暢以任氣，優柔以懌懷。（書記）

神居胸臆，而志氣統其關鍵。（神思）
方其搦翰，氣倍辭前。（神思）
斯乃化感之本源，志氣之符契也。（神思）
意氣駿爽，則文風清焉。（風骨）
是以綴慮裁篇，務盈守氣。（風骨）
思不環周，索莫乏氣，則無風之驗也。（風骨）
情與氣偕，辭共體並。（風骨）
憑情以會通，負氣以適變。（通變）
枚乘之七發，鄒陽之上書，膏潤於筆，氣形於言矣。（才略）
孔融氣盛於爲筆。（才略）
嵇康師心以遣論，阮籍使氣以命詩。（才略）

（三）指人的才性、氣質：

精理爲文，秀氣成采。（徵聖）
至於魏之三祖，氣爽才麗。（樂府）
然才有庸儁，氣有剛柔。（體性）
風趣剛柔，寧或改其氣。（體性）
才力居中，肇自血氣。（體性）
氣以實志，志以定言。（體性）
公幹氣偏，故言壯而情駭。（體性）
豈非自然之恒資，才氣之大略哉！（體性）
故魏文稱文以氣爲主。（風骨）（此處「氣」又兼指文章風格）
氣之清濁有體。（風骨）（此處「氣」亦兼指文章風格）
故其論孔融，則云體氣高妙。（風骨）
孔氏卓卓，信含異氣。（風骨）
筆墨之性，殆不可勝，並重氣之旨也。（風骨）
若夫圭璋挺其惠心，英華秀其清氣。（物色）

二、用於指作品

（一）指文章思想內容所具有的氣勢、感染力：

故能氣往轢古，辭來切今。（辨騷）
若夫臧洪歃辭，氣截雲倪。（祝盟）

智術之子，博雅之人，藻溢於辭，辭盈乎氣。（雜文）

列禦寇之書，氣偉而采奇。（諸子）

使聲如沖風所擊，氣似攙槍所掃。（檄移）

至於文舉之薦禰衡，氣揚采飛。（章表）

志氣槃桓，各含殊采。（書記）

相如賦仙，氣號淩雲。（風骨）

文辭氣力，通變則久。（通變）

競今疏古，風末氣衰也。（通變）（「末」原作「味」，從王利器校改）

公幹所談，頗亦兼氣。（定勢）

氣力窮於和韻。（聲律）

若氣無奇類，文乏異采。（麗辭）

言必鵬運，氣靡鴻漸。（誇飾）

並志深而筆長，故梗概而多氣也。（時序）

（二）指文章的聲調語氣：

總趙代之音，撮齊楚之氣。（樂府）

韻氣一定，故餘聲易遣。（聲律）

若乃改韻從調，所以節文辭氣。（章句）

則義味騰躍而生，辭氣叢雜而至。（總術）

（三）指文章風格：

斯則得百世之華采，而辭氣之大略也。（諸子）

法家辭氣，體乏弘潤。（封禪）

及後漢魯丕，辭氣質素。（議對）

漢來筆劄，辭氣紛紜。（書記）

論徐幹，則云時有齊氣。（風骨）（此處「氣」又兼指人的個性、氣質）

論劉楨，則云有逸氣。（風骨）（此處「氣」亦兼指人的個性、氣質）

三、用於普通意義

（一）指空氣、氣候：

氣寒而事傷，此羈旅之怨曲也。（隱秀）

蓋陽氣萌而玄駒步。(物色)

天高氣清，陰沈之志遠。(物色)

(二)指人的呼吸、氣息：

宮商爲聲氣。(附會)

擬耳目於日月，方聲氣乎風雷。(序志)

(三)指人或物的氣概：

鷹隼乏采，而翰飛戾天，骨勁而氣猛也。(風骨)

至如氣貌山海，體勢宮殿。(夸飾)

寫氣圖貌，既隨物以宛轉。(物色)

(四)指風氣、時尚：

於是後進之才，獎氣挾聲。(夸飾)

自中朝貴玄，江左稱盛，因談餘氣，流成文體。(時序)

這裏需要聲明一點，那就是中國古代理論術語的一詞多義現象是很複雜的。它不僅表現在同一個詞在不同地方有不同的涵意，而且還表現在有些情況下，一個詞同時就兼有好幾種意思。比如我們上邊所舉的《風骨》篇中引用曹丕所說的「氣」字，就明顯看出這一點。因此，我們上邊的劃分只能是大致的，並不影響有的時候同一個「氣」字還兼有別的意思。在用於翻譯原文的時候，還要根據不同的語言環境給予不同的譯解，企圖用一個劃一的公式機械地套用，對於《文心雕龍》這樣一部艱深的古典著作來說，是行不通的。

最後附帶說一個問題。郭紹虞先生在他的舊著《中國文學批評史》中曾說：「《風骨》篇所說的『氣』，其義與『勢』相近，指的是語氣。」〔註 1〕我認爲從《風骨》篇中用到「氣」字的語句來看，這個說法似乎值得商榷。誠然，《風骨》篇所論，確實有涉及語氣之處。如「捶字堅而難移，結響凝而不滯，此風骨之力也」，說明「風骨論」確實包含著對聲調語氣的要求。但我們說本篇中所用的「氣」字，卻大部分是和「志」、「情」等相聯繫的，比如本篇開頭稱「風」乃是「志氣之符契」；篇末「贊曰」：「情與氣偕」等等。范文瀾先生在《文心雕龍注》中說：「本篇以風爲名，而篇中多言氣。蓋氣指其未動，風指其已動」。又說：「此篇所云風情氣意，其實一也。而四名之間，又有虛實之分。風虛而氣實，風氣虛而情意實，可於篇中體會得之。」這就指

〔註 1〕郭紹虞：《中國文學批評史》，上海：上海古籍出版社 1979 年新一版，第 78 頁。

出「氣」屬於思想感情方面的東西。所謂「風氣虛而情意實」，我體會又是說「風」和「氣」並不就是思想感情的具體內容，而是指人的思想感情所具有的一種潑辣動人的外在風貌。有些注家把「情與氣偕」的「氣」解釋爲人的氣質。我認爲，「情與氣偕」和正文中所謂「情之含風」是一致的，它應該是指人的思想感情要伴隨着一種感蕩人心的氣勢。我們看到，後來郭先生主編的《中國歷代文論選》，已經改變了過去的說法。《風骨》篇的「說明」中說：「『風』和『氣』在《文心雕龍》裏意義往往相通」〔註 2〕。「綴慮裁篇，務盈守氣」一句的注釋說：「沒有一種不得不抒發的情感，文章就缺乏氣，故云『務盈守氣』。」〔註 3〕這是符合《風骨》篇中「氣」字實際的。所以我把《風骨》篇中的「氣」大部分列入作家主觀的激情。

（最初發表於《天津師院學報》1981 年第 5 期）

〔註 2〕郭紹虞、王文生主編：《中國歷代文論選》第一冊，上海：上海古籍出版社 1979 年版，第 255 頁。

〔註 3〕同上，第 253 頁。

「通變」三說

在《文心雕龍・通變》篇的研究中，常見以下三種流行的觀點：（一）認爲劉勰的「通變」說係出自《易・繫辭下》之「窮則變，變則通，通則久」；（二）認爲「通變」之「通」係指「設文之體有常」；（三）認爲「通變」相當於今天所謂繼承與革新。這裏，就針對上述觀點作一番辨析，以期更準確地把握劉勰「通變」論的內涵。

一、「通變」非出自《易》之「窮則變，變則通，通則久」說

從表面上看，《通變》篇中提到「通變則久」、「變則其久，通則不乏」，確實與《易・繫辭下》中「窮則變，變則通，通則久」的說法十分相似。因此，有的《文心雕龍》研究專著就說：「此篇本旨，在明窮變通久之理。」（劉永濟：《文心雕龍校釋》，中華書局 1962 年版，第 110 頁）「通變就是從『窮則變，變則通，通則久』來的。」（周振甫：《文心雕龍選譯》，中華書局 1980 年版，第 150 頁）

然而，仔細推敲起來，就會發現上述說法並不確實。《易・繫辭下》「窮則變，變則通，通則久」的意思是說：事物處於窮盡即需要改變，改變之後才能開通長久。這裏的「通」是「通暢」、「通達」的意思。《繫辭上》曰：「往來不窮謂之通」，「推而行之謂之通」，正是這個「通」字的注腳。而劉勰講「通變」，很顯然並不是因爲南朝文士泥古不化，因而必須倡議其「變」，「變」而後才能開通長久。恰恰相反，「變」的主張正是南朝文壇上的時髦貨色。梁昭明太子蕭統說：「蓋踵其事而增華，變其本而加厲；物既有之，文亦宜然，隨時變改，難可詳悉。」（《文選序》）蕭子顯《南齊書・文學傳論》說：「若無

新變，不能代雄。」劉勰講「通變」，正是對當時人一味講「變」的修正。可見他的「通」不是「變」而後能「通達」之「通」，而是別有所指的。所以，似乎不應該把劉勰所謂「通變」簡單地歸之於《易・繫辭下》之窮變通久說。

在《易・繫辭》中，還有一些貌似《通變》篇提法的話，甚至比窮變通久說還要接近劉勰「通變」論的模樣。比如《繫辭上》曰：「參伍以變，錯綜其數，通其變，遂成天下之文。」這不是更像劉勰所說的「參伍因革，通變之數」嗎？此外如《繫辭上》說：「通變之謂事」，更乾脆把「通」、「變」二字聯綴成詞。然而，這裏的「通」是「通曉」、「明瞭」的意思，似乎也不能拿它們來類比劉勰所說的「通變」。

那麼，什麼是劉勰「通變」論之所本呢？其實答案仍在《易・繫辭》之中。《易・繫辭上》曰：「聖人有以見天下之動，而觀其會通。」許多注《通變》篇者似乎都未對這段話加以注意，而筆者認爲此語才恰恰是劉勰講「通變」的理論根據。高亨先生《周易大傳今注》釋這句話云：「此言聖人有以見到天下事物之運動變化，而觀察其會合貫通之處。」〔註 1〕天下萬物錯綜變化，而在變化之中又有「會合貫通」不變的因素。這不正合劉勰「通變」之意嗎？在劉勰看來，各個時代的文學儘管在不斷發展變化，但它們也有會合貫通之處。「變」的正確途徑應該是立足於「通」的「變」，「通變」就是「會通」之變。所以他說：「斯斟酌乎質文之間，而檃括乎雅俗之際，可與言通變矣。」又說：「參伍因革，通變之數也。」都說明在「通變」這個命題中，包含著不變的因素「通」在內。這個「通」字的涵義，正是從《易・繫辭上》「觀其會通」的「通」那裏來的。

「通變」就是「會通」之變，所以劉勰有時又把「通變」叫做「會通」。《物色》篇云：「古來辭人，異代接武，莫不參伍以相變，因革以爲功。物色盡而情有餘者，曉會通也。」從整段文句的意思來看，這裏的「會通」，其實就是「通變」。明白了這一點，也就了結了《文心雕龍》研究中的一樁疑案。劉勰曾在《序志》篇裏概括《文心雕龍》下篇的結構體系說：「摛神性，圖風勢，苞會通，閱聲字。」不少研究者把這裏的「會通」理解爲指《附會》和《通變》，因此對現行《文心雕龍》版本下篇的篇次問題發生懷疑。有的注本則乾脆把《附會》篇移到《通變》前頭來。（見郭晉稀：《文心雕龍注釋》，甘肅人民出版社 1982 年版）其實，「苞會通」就是指的《通變》一篇。「圖風勢，

〔註 1〕高亨：《周易大傳今注》，濟南：齊魯書社 1979 年版，第 518 頁。

苞會通」的意思就是說在描述「風骨」與「定勢」問題的兩篇中間，還包括著一篇談「通變」的文章，這與現行版本上這幾篇的次序，恰恰是符合的。

總之，「通變」是劉勰依據《周易》的哲學思想而熔造出的一個嶄新的文學理論命題。儘管它在表述上採用了一些類似《易》「窮變通久」說的話語，但其實質所本，卻是來自《易‧繫辭上》的「觀其會通」說。「通變」作爲一個完整的理論命題，不是指的「變」而後「通」，而是講的「會通之變」。這裏面有《周易》哲學的影子，但更多是出自於劉勰在新形勢下自己的創造。劉勰在建立「通變」理論上的首創之功，是必須充分肯定的。

二、「通變」之「通」非指「設文之體有常」說

「通變」之「通」是指文學發展中不變的因素。那麼，這不變的因素是什麼呢？劉勰在《通變》篇中，一開頭就把文章分作「有常」與「無方」兩部分，說什麼「夫設文之體有常，變文之數無方」；「凡詩賦書記，名理相因，此有常之體也；文辭氣力，通變則久，此無方之數也」；「名理有常，體必資於故實；通變無方，數必酌於新聲」等等。一「有常」，一「無方」，兩兩對舉，似乎這「有常」的「設文之體」就是劉勰所說的「通」了。於是一些研究專著寫道：

> ……各種文體都不是憑空產生的，每一種文體在其發展過程中，都有其自身的一定規律，不同時代的作家都要遵循這些特定的規律，才不至於把詩、賦寫成書、記，把小說寫成散文。也正因爲這個原故，各種文體才得以流傳和發展，這就叫「通則不乏」。〔註 2〕
>
> 所謂「通」，就是文學不變的常規：「夫設文之體有常，……凡詩、賦、書、記，名理相因，此有常之體也。」〔註 3〕
>
> 他認爲創作要求通變，是因革損益，有所繼承，有所革新。像作品的體裁，有一定規格，這方面要參考前人的作品，是因襲，是繼承……〔註 4〕

然而，如果仔細考察一下上引劉勰的那些話，就會產生以下兩點疑問：

〔註 2〕張文勳、杜東枝：《文心雕龍簡論》，北京：人民文學出版社 1981 年版，第 120-121 頁。

〔註 3〕敏澤：《中國文學理論批評史‧上》，北京：人民文學出版社 1981 年版，第 197 頁。

〔註 4〕周振甫：《文心雕龍選譯》，北京：中華書局 1980 年版，第 150 頁。

一，從劉勰「通變」論所針對的問題來看，南朝文壇上「風末氣衰」的狀況，是否是因爲，或者主要是因爲當時文人們不遵守各種文體的寫作規則而造成的呢？（誠然，不遵守各種文體的寫作規則，「原其爲體，訛勢所變」的情況是有的，但這是《定勢》篇所要討論的問題。）事實上，就大多數來看，劉勰當時的文士們並沒有「把詩、賦寫成書、記」。（當時似乎還談不上「把小說寫成散文」。）相反，對文體認識的清晰程度，在劉勰當時是空前的。非如此，也就不會產生以體裁劃分細密著稱的《昭明文選》。然而，詩還是詩，賦還是賦，但比起古聖先賢的詩賦，卻總覺得「淡乎寡味」。所以說「彌近彌淡」。這種「味」，顯然不是恪守各種文體規則所能獲得的。如果劉勰竟眞地這樣認爲的話，他的水準也實在是不高的。幸好，他所謂「通」並不是指此而言。

二，從上引劉勰那些話本身來看。劉勰說：「詩賦書記，名理相因，此有常之體也；文辭氣力，通變則久，此無方之數也。名理有常，體必資於故實；通變無方，數必酌於新聲」這裏分明是把「通變」與「名理相因」的「有常之體」對舉的，分明是把整個「通變」都歸於「無方之數」一邊的。怎麼能說「無方之數」只是「變」而不包括「通」呢？

基於以上兩方面的理由，可知劉勰所謂「通變」都是指的「文辭氣力」而言。「變」是變的「文辭氣力」，「通」也是通的「文辭氣力」。何謂「文辭氣力」？那就是文學作品的語言和它所具有的感染力。這裏的「氣」和《風骨》篇的「風」是相通的，「氣力」猶言「風力」。它植根於作品思想內容的純正、有氣勢，但又要通過作品的語言、結構等表現形式表達出來。「思不環周，索莫乏氣」，無「氣力」可言；「瘠義肥辭，繁雜失統」，也決不會產生「氣力」（所引二句皆《風骨》篇語）。然而，正如劉勰在《時序》篇中所指出的：「文變染乎世情，興廢系乎時序。」每一時代的文學都有自己獨特的風貌。文學作品所使用的語彙、所表現的思想情感，以及它全部的美學特徵，都是隨時代的變化而變化的。所以說它們是「無方之數」。但是，「無方」只是相對「有常」而言，劉勰寫作《通變》篇的目的，就是企圖爲這「無方」的一面揭櫫一條可遵循的法則，那就是要從代代相「變」之中看到其「通」，實行「通變」。所以說：「矯訛翻淺，還宗經誥。斯斟酌乎質文之間，而檃括乎雅俗之際，可與言通變矣。」「質文」和「雅俗」，不正好概括了「文辭」與「氣力」兩方面嗎？

寫到這裏，有必要指出一個劉勰在闡述理論問題時的特點，也可以說是一個缺點。那就是他在論述一個理論問題時常常旁生枝節，因而造成讀者理解上的困難。比如《體性》篇本來是討論作品之「體」是由作家「情性所鑠」的問題的，但在論述中他又突然插入一個「陶染所凝」，所以要求「童子雕琢，必先雅製」。這樣，在「體」、「性」之外，又加進了一個「習染」問題。《風骨》篇一開始本來只是「風」、「骨」對言，似乎文章有「風骨」即爲佳作。但下文卻又突然冒出一個「采」來，於是「風骨乏采」也成了抨擊對象，而只有「風骨」與「采」配合才是「文章之鳴鳳」。這樣，在「風」、「骨」之外，又多了一個「采」的問題。《通變》篇也是如此。劉勰本來是要爲變化多端的「文辭氣力」指出一個「通變之術」，但爲了顧及駢體文兩兩相對的特點，他又夾進了一些談「有常之體」的話頭，於是就很容易使人誤解爲「通」是指那些「名理相因」的「設文之體」了。

其實，「詩、賦、書、記，名理相因」這些「有常」的「設文之體」是很容易掌握的。試想，有哪個連「詩賦」和「書記」的區別都搞不清楚的人，會聲明自己在寫詩呢？因此，劉勰無須花費精力去討論這方面的問題。難辨的則是那錯綜複雜、變化無方的「文辭氣力」。在劉勰當時人看來，「文辭氣力」是無須追慕古人的。梁簡文帝蕭綱在《與湘東王書》中說：「但以當世之作，歷方古之才人，……而觀其遺辭用心，了不相似。」這裏的「遺辭用心」，正是說的「文辭氣力」。但是，正是這種「不相似」的狀況，造成了南朝文壇「風末氣衰」的頹勢。所以劉勰才要提出「通變」來矯正這種「文辭氣力」上的新變。

那麼，究竟什麼是劉勰所說的「文辭氣力」變化中不變的因素呢？上文的論述中已經初步接觸到這一問題，那就是已被引述過的劉勰所謂「矯訛翻淺，還宗經誥。斯斟酌乎質文之間，而櫽括乎雅俗之際，可與言通變矣。」在劉勰看來，儒家經典文質相附、純正典雅的基本精神，是後世文學「文辭氣力」必須宗法的準則。只有上通儒經的基本精神，才能「變」而「不乏」，才能開通長久。所以說「文辭氣力，通變則久」。《宗經》篇說：「文能宗經，體有六義：一則情深而不詭，二則風清而不雜，三則事信而不誕，四則義直而不回，五則體約而不蕪，六則文麗而不淫。」這「六義」，不也恰恰可以歸之爲「文辭」與「氣力」兩方面嗎？

總之，劉勰「通變」論是針對文學作品的「文辭氣力」如何隨時代而變，而提出的一條救弊補偏的原則。劉勰認爲在「文辭氣力」的代代創新中，應該保持一種不變的因素。這不變的因素，就是儒家經典所體現的文質彬彬、典雅脫俗的精神。因此，「通變」實質上是「通」經之「變」、「宗經」之變。

這一點，在下文還要談到。

三、「通變」非等於今天所謂繼承與革新說

這裏需要聲明一點，就是我們並非從根本上反對用「繼承與革新」這一提法來概括地解釋劉勰「通變」論的含意。因爲從本質上說，「宗經」也不失爲一種繼承。但問題在於，能不能用我們今天對繼承與革新問題的全部理解，來闡說劉勰「通變」論的原意？這就需要認眞討論了。

比如，在有的古代文論選本對《通變》篇的說明中，就有這樣一些說法：

> 儘管歷代文風多有變革，然而「序志述時，其揆一也」。「設文之體有常」。任何一種文學形式，都是爲了表現一定的內容，儘管詩、賦、書、記體制不同，然而表情達意，「名理相因」，也是各體相同，古今一致的。認清了這個道理，就能夠於不同的時代和不同體制的文學中，看出其實質之所在而會其「通」。
>
> ……劉勰在本篇論述的，涉及下列兩個問題：一是「憑情以會通，負氣以適變」，根據表達情感的要求來推陳出新。……二是「望今制奇，參古定法」，按照當今的需要來批判繼承。〔註5〕

根據這個說法，歷代文學都是「序志述時」的，各體文章也是「古今一致」的。那麼，劉勰所要「通」的，就是他以前各個時代的文學了。我們說，這並不符合劉勰的原意。

首先，「序志述時」並不是劉勰對所有歷代文學特點的概括。從《通變》篇原文看，「序志述時，其揆一也」只限於指「黃、唐、虞、夏、商、周」六代。這六代，正是劉勰所仰慕的上古楷模。其次，「設文之體有常」、「名理相因」是說寫文章的各種體裁有一定的規格要求，這些體裁之名和對它們的要求是歷代沿襲、陳陳相因的。似乎也不能把它們理解爲是說「任何一種文學樣式，都是爲了表現一定的內容」的。（並且前面已經分析過，「通變」之「通」非指「設文之體有常」而言。）這些姑且不論，如果承認上引《文論選》上的說法，還會遇到這樣一個問題，那就是劉勰在總結「九代詠歌」的時候說：「唐歌『在昔』，則廣於黃世；虞歌《卿雲》，則文於唐時；夏歌『雕牆』，縟於虞代；商、周篇什，麗於夏年。……暨楚之騷文，矩式周人；漢之賦頌，

〔註5〕郭紹虞、王文生主編：《中國歷代文論選》，第一冊，上海：上海古籍出版社1979年版，第262、263頁。

影寫楚世；魏之篇制，顧慕漢風；晉之辭章，瞻望魏采。」從黃、唐到商、周，文章是代代有「變」；從楚、漢到魏、晉，文章是代代相「通」。如果說「通變」之「通」就是後代繼承前代的話，那麼該是楚、漢、魏、晉四代作得最好了吧？然而劉勰卻偏偏對這四代頗為不滿，用了「侈而豔」、「淺而綺」這樣的貶語來形容它們。這就說明「通變」之「通」並非一般地瞻望前代，它是跨越近代，而直接追慕上古楷模的。這上古楷模，具體地說，就是儒家的經典。所以說：「矯訛翻淺，還宗經誥」。上文已經說過，劉勰的「『通變』實質上是『通』經之『變』、『宗經』之變。」這是他所說的「通」不同於今天所謂「繼承」的第一點。

劉勰所說的「通」與我們今天所謂「繼承」不同的第二點，是對待繼承的對象取什麼態度。我們今天講繼承，是批判的繼承。對前人文學遺產要取其精華、棄其糟粕，使其為發展新時代的新文學所用。而劉勰所講的「宗經」之變，儒家經典在他那裏是「恒久之至道，不刊之鴻教」（《宗經》），是好得不能再好了的千古範文。「宗經」之變所要求於作家的，不是對儒家經典進行斟酌取捨，使之為我所用，而是要以儒經為規範檃括的法度，無論怎樣「變」，也不能越雷池一步。所以《宗經》篇說：「百家騰躍，終入環內」。這樣來看《通變》篇「贊」文中所說的：「望今制奇，參古定法」，可知古人在劉勰那裏是作為法度提出來的。「法」也者，標準、模式也。古人經典是作家在創新時不可逾越的規範，這個意旨所在與我們今天所說的「批判繼承」，恰恰是背道而馳的。

明確了劉勰所謂「通變」是「宗經」之變，明確了儒家經典在劉勰那裏是神聖不可逾越的法度，那麼我們就很容易看出《文論選》上所謂「推陳出新」、「批判繼承」一類的說法，都是按我們今天的觀點來比附劉勰的理論，並不見得符合劉勰「通變」論的原意。已故羅庸教授說得好：「讀文心有兩忌，一忌以後世文說闌入文心，二忌以西洋學理曲為解釋。」〔註 6〕這個意見是很值得我們記取的。我們可以說劉勰「通變」論在某些方面接近於我們今天所講的繼承與革新，但不要按我們今天對繼承與革新問題的理解，把劉勰沒有認識到或不可能認識到的東西都強加給他。把古人現代化的做法，是不僅無益於古人，而且也無益於今世的。

〔註 6〕羅庸：《關於研讀〈詩經〉和〈文心雕龍〉的兩封信》，《江漢論壇》1980 年第 3 期。

這樣看來，劉勰「通變」論是不是就沒有什麼積極意義可言了呢？也並非如此。首先，講「通變」而歸於「宗經」固然暴露出劉勰思想中落後保守的一面，但在劉勰當時，「宗經」的主張還是有一定進步意義的。對於「繁采寡情」的南朝文學來說，古代儒經文質相附的寫作原則，特別是優秀的古代詩歌總集《詩經》所體現的現實主義精神，確實不失爲一劑救弊的藥方。同時，劉勰講「宗經」之變，並不是要人們句模字擬地蹈襲經典衣冠。在他的理論中，還有「數必酌於新聲」的一面。他把儒家經典看作是萬古不變的法度，但這法度在不同時代要通過不同的形式表現出來。也就是說，新時代的文學應該在精神上是合於古人的，而在表現形式上卻要順從時代的潮流。所以說：「變則可久」。這是劉勰不同於他以前和以後的擬古論者的地方。清代文論家紀昀評論本篇說：「齊梁間風氣綺靡，轉相神聖，文士所作，如出一手，故彥和以通變立論。……蓋當代之新聲，既無非濫調，則古人之舊式，轉屬新聲，復古而名以通變，蓋以此爾。」已故劉永濟先生曾對此說提出疑問，認爲：「本篇最啓人疑者，即舍人論旨，是否主復古耳。」〔註 7〕劉先生的質疑是有道理的。以古人爲「法」，並不等於恢復古人「舊式」。劉勰的這個觀點，經過批判和改造，對於我們今天正確處理繼承與革新的辯證關係，還是有一定幫助的吧。

總之，劉勰「通變」論在某些方面接近於我們今天所說的「繼承與革新」，但其精神實質又與我們今天對這一問題的理解有很大不同。「通變」論所要繼承的，只是上古儒家的經典。儘管在談「通變之數」的時候，劉勰也曾提到要「博覽以精閱」，但決定「博覽」時取捨標準的，卻仍是儒家經典的原則。這種偏見限制了他汲取前人遺產中許眞正有價值的東西。比如對激昂慷慨的建安文學，劉勰就以「魏晉淺而綺」而一概加以排斥。同時，儒家經典的原則在劉勰那裏是至高無上、不可逾越的法度，這一點與我們今天所主張的「推陳出新」、「批判繼承」亦大相徑庭。不過，劉勰講「通變」並不是要全盤復古，他是要在以古人經典爲「法」的前提下，「望今制奇」，進行新文學的創造。這一點，經過分析批判，還是有可取之處的。

（最初發表於《天津師大學報》1983 年第 2 期）

〔註 7〕劉永濟：《文心雕龍校釋》，北京：中華書局 1962 年版，第 110 頁。

《文心雕龍·情采》篇析論

研究和評論《文心雕龍·情采》篇，必須聯繫其寫作背景，瞭解劉勰寫作這篇專論的現實針對性。

與劉勰同時代的梁昭明太子蕭統在其《文選序》中曾經說過：「若夫椎輪爲大輅之始，大輅寧有椎輪之質？增冰爲積水所成，積水曾微增冰之凜？何哉？蓋踵其事而增華，變其本而加厲；物既有之，文亦宜然。」這話孤立地看並不錯。文學的歷史發展，無論是內容還是形式，都是日趨豐富多彩的。但是，在南朝士大夫階級的心目中，這種「踵事增華」、「變本加厲」則主要意味着形式上的雕琢和潤飾。蕭統之弟、梁元帝蕭繹在《金樓子·立言篇》中說：「至如文者，惟須綺穀紛披，宮徵靡曼，脣吻遒會，情靈搖盪。」這裏雖然也講到「情靈搖盪」，即內容方面的因素，但更多地還是講辭藻的華美、音韻的協調。總之，當時占統治地位的文學觀，就是認爲文學作品應該越華麗越好。

南朝文壇上的這種風氣，就造成了兩方面的問題：

一是「繁采寡情」。我們不妨對比一下《詩·衛風·碩人》與梁代江淹《麗色賦》中同樣是描寫美人的詩句：

《詩·衛風·碩人》——

手如柔荑，膚如凝脂，領如蝤蠐，齒如瓠犀。螓首蛾眉，巧笑倩兮，美目盼兮。

《麗色賦》——

夫絕世獨立者，信東鄰之佳人。既翠眉而瑤質，亦顱瞳而赧脣。灑金花及珠履，颯綺袂與錦紳。色練練而欲奪，光炎炎而若神。非氣象之可譬，焉影響而能陳。故仙藻靈葩，冰華玉儀。其始見也，若紅蓮鏡池；其少進也，如彩雲出崖。五光徘徊，十色陸離。寶過珊瑚同樹，價直瓊草共枝。

《詩經》詠美人，用四種事物作比。特別是「巧笑倩兮，美目盼兮」兩句，通過兩個細微表情動作的描寫，「傳神寫照，正在阿堵」（清孫聯奎《詩品臆說》語），活現出一個古代美人的形象。而《麗色賦》的描寫，儘管用了不少華麗的詞藻，但滿紙金玉，未見眞情，對比《詩經》，是不難辨出優劣的。

二是「眞宰弗存」。當時有些作家的創作，孤立地看也稱得上是文質相稱、情采並茂。但問題在於，他們所言之情，並非自己的眞情，而是虛情假意、言不由衷。這樣的作品初看還不錯，但細讀下去，就會發現破綻，令人產生惡感。所以劉勰批評道：「故有志深軒冕，而泛詠皋壤；心纏幾物，而虛述人外。眞宰弗存，翩其反矣。」比如西晉作家潘岳，《晉書》本傳稱其「性輕躁趨世利，與石崇等諂事賈謐，每候其出，輒望塵而拜，構湣懷之文，岳之辭也。」就是這樣一個追名逐利、諂事奸臣的小人，在他自己寫的《閒居賦序》中竟唱出這樣的高調：

嗟乎，巧誠有之，拙亦宜然，於是覽止足之分，庶浮雲之志。池沼足以漁釣，舂稅足以代耕。灌園鬻蔬，供朝夕之膳；牧羊酤酪，俟伏臘之費。此亦拙者之爲政也。乃作閒居之賦。

如果單看這篇序，潘岳其人該是何等清高。所以金人元好問在《論詩絕句三十首》中說：「心聲心畫總失眞，文章寧復見爲人。高情千古《閒居賦》，爭信安仁拜路塵。」

劉勰寫作《情采》篇，就是要矯正南朝文壇上的這兩種不良傾向。

《情采》篇首先以自然事物作比，如「水性虛而淪漪結，木體實而花萼振」，「虎豹無文，則鞟同犬羊；犀兕有皮，而色資丹漆」，說明文章應該文質並重。但在內容與形式二者之間，劉勰又特別強調內容爲本的原則，他指出：

故情者，文之經；辭者，理之緯。經正而後緯成，理定而後辭暢。此立文之本源也。

根據這一原則，劉勰對近代以來「繁采寡情」、內容貧乏而單純追求形式華美的作品，作了尖銳的批判：

昔詩人什篇，爲情而造文；辭人賦頌，爲文而造情。……而後之作者，采濫忽眞，遠棄風雅，近師詞賦，故體情之制日疏，逐文之篇愈盛。

劉勰在這裏強調指出，文學創作應當先有思想感情，圍繞所要表達的思想感情來構思文章，即「爲情而造文」；反之，「爲文而造情」，片面追求形式的華美，「采濫忽眞」、「眞宰弗存」的作品是令人反感、「味之必厭」的。這對他當時虛僞浮豔的文風是一種有力的批判，今天看來也是正確的。

但由於受時代風氣的影響，劉勰在堅持內容爲本原則的同時，並不排斥文章形式的華美。他與浮豔文風所作的鬥爭僅只是在承認「古來文章，以雕縟成體」的前提下，要求它「不淫」，也就是不要訛濫過度。《情采》篇說：「聯辭結采，將欲明理；采濫辭詭，則心理愈翳。」指出美麗文采的目的在於表現內容，辭采過於淫濫反而有損於內容的表達，因此應該加以限制。由此可見劉勰在形式問題上的態度是比較折衷的。這也是《文心雕龍》在矯正不良文風上所起的實際作用並不很明顯的一個重要原因。

用今天的眼光來衡量，劉勰的「情采」論還存在著以下兩個問題：

第一，「繁采寡情」和「眞宰弗存」現象的存在，有其深刻的社會政治原因。特別是「志深軒冕，而泛詠皋壤；心纏幾物，而虛述人外」，這種虛情假意、言不由衷的情況，更多地是出自於貴族士大夫階級的虛僞本性。他們的情欲是不敢暴露在光天化日之下的。因此，一方面他們佔有了人世間一切美好的東西，而另一方面又假扮出超然物外、志行高潔的樣子，騙取一個「清高」的名聲。這種現象不是用一個簡單的「逐文」就能概括的。而劉勰儘管在《時序》篇中提出了「文變染乎世情」的正確命題，但在《情采》篇中他卻把這種現象歸於「遠棄風雅，近師辭賦」的結果。其實，向前人遺產學習什麼，這裏面也有著深刻的社會政治和階級的根源。劉勰囿於階級和時代的侷限，沒能找到南朝文風的眞正病根。所以儘管他在理論上對當時文風表示了不滿，但浮靡文風卻一直延續到初唐。一代文風不是像劉勰這樣一兩個文士「開藥方」所能扭轉的。

第二，劉勰主張以眞情實感來統馭文采，就當時文壇的主要弊病來說，是正確的。但如果拓深一層來看，有了眞情實感也不一定能寫出好的文學作品。因爲我們必須顧及這種「眞情」的社會性質。試想，「志深軒冕，而泛詠皋壤」固然不好，那麼，「志深軒冕」便直接歌詠「軒冕」就好了嗎？南朝宮體文學中，不乏直接宣洩統治階級卑劣情欲的作品，但總不能認爲它們也是上乘之作。所以，對比之下，還是唐代新樂府運動的領袖白居易所說的「惟歌生民病，願得天子知」，更接近現實主義的精神。

（最初發表於作者論文集《文心拾穗——中國古代文學思想的當代解讀》，天津社會科學院出版社 2001 年出版）

從《情采》看駢體文寫作特點兼及《文心雕龍》的解讀

《文心雕龍》是用駢體文寫成的一部文學理論批評著作。要讀懂《文心雕龍》，就必須瞭解駢體文的特點。

駢體文是漢代以後產生的一種文體。漢代司馬相如、揚雄等人的文章已有許多平行的句子，東漢班固、蔡邕等人的文章更講究句法的整齊，可以認爲是駢體文的濫觴。但上述諸家作品裏的平行句法，只是爲了修辭的需要，還沒有形成固定的格式，不能算作一種文體。眞正的駢體文在魏晉才開始形成，到南北朝蔚爲正宗，唐宋以後，駢體文的正宗地位被古文所取代，但仍有人在寫駢體文。

駢體文有三方面特點：一是句法上的特點，即駢偶和「四六」；二是語音方面的特點，即平仄相對；三是用詞方面的特點，即用典和藻飾。語音問題與理解文章內容基本無關，所以這裏只以《文心雕龍・情采》篇爲例，談談駢體文的句法和用詞方面的特點，並由此進一步探討如何正確解讀《文心雕龍》的問題。

先談駢偶。

古代兩馬並駕叫駢，倆人在一起叫偶。駢偶就是兩兩相對。古代宮中衛隊的行列叫仗（儀仗）；儀仗是兩兩相對的，所以駢偶又叫對仗。這都是比喻的說法。駢體文一般是用平行的兩句話，兩兩配對，直到篇末。比如《情采》篇曰：

經正而後緯成，理定而後辭暢。

也有兩個以上意思平列的，這屬於特殊情況。如：

五色雜而成黼黻，五音比而成韶夏，五情發而爲辭章。

駢偶的基本要求是句法結構的相互對稱：主謂結構對主謂結構，動賓結構對動賓結構，偏正結構對偏正結構，複句對複句等。如：

故情者文之經，辭者理之緯。（主謂對主謂）

水性虛而淪漪結，木體實而花萼振。（複句對複句）

駢偶不僅要求整體對稱，而且上下聯內部的句法結構也要求一致：主語對主語，謂語對謂語，賓語對賓語，等等。如：

若乃綜述性靈，敷寫器象。

駢偶注意句子結構的對稱，從另一個角度看，也就是注意詞語的相互配對。原則上總是名詞對名詞，動詞對動詞，形容詞對形容詞，副詞對副詞等。

瞭解駢體文的這一特點，對於讀懂《文心雕龍》原文是很重要的。如《神思》篇有句曰：「然後使玄解之宰，尋聲律而定墨；獨照之匠，窺意象而運斤。」范文瀾《文心雕龍注》說「獨照之匠」是用的「輪扁斫輪」的典故，郭晉稀《文心雕龍譯注十八篇》說此是用《莊子・徐無鬼》篇「匠石運斤成風」典。無論如何，「獨照之匠」係指人無疑。那麼與此相對，上文「玄解之宰」也應是指人。故郭晉稀在《十八篇》中認爲「玄解之宰」用的是「庖丁解牛」典，引申爲指懂得創作奧秘的作家，我認爲是比較合理的解釋。而郭紹虞先生主編之《中國歷代文論選》說「玄解」指「懂得深奧的道理」，「宰」指「作家的頭腦」，恐怕是對原文用典情況失解了。

又如《神思》篇中有句云：「規矩虛位，刻鏤無形」，郭紹虞《文論選》解上句作：「無法按照一定的規矩寫作」。我認爲此處上下兩句句式相同，下文「刻鏤」是動詞，上文「規矩」也應是動詞。所以似應譯作「籌畫安排尙未成形的內容，精雕細刻尙未具象化的東西」。

初期的駢體文，不僅不十分講究對仗的工整，而且有駢散兼行的作法。《文心雕龍》雖然是寫在駢體文全盛的時期，但由於劉勰本人主張「迭用奇偶，節以雜佩」（《麗辭》），所以文中頗有一些散句。如：

聖賢書辭，總稱文章，非采而何？夫水性虛而淪漪結，木體實而花萼振，文附質也。虎豹無文，則鞹同犬羊；犀兕有皮，而色資丹漆，質待文也。

散句在這裏的作用是引起下文或結束上文。這樣，文氣才容易通暢。

再談「四六」。

駢體文一般是用四字句和六字句。《文心雕龍・章句》篇說:「四字密而不促,六字格而非緩;或變之以三五,蓋應機之權節也。」就是對駢體文這一特點的說明。因此駢體文在晚唐被稱爲「四六」,一直到宋明都沿用這一名稱,清代才叫做駢體文。

「四六」是有一個發展過程的。魏晉時代的駢體文,句子的字數還沒有嚴格的限制,一般以四字句爲多。劉宋時代,「四六」格式已具雛形。齊梁以後,「四六」格式完全形成,所以劉勰能從理論上加以說明。

駢體文中還有五字句和七字句。它們的節奏與詩句的節奏不同。五字詩句的節奏一般是二三,駢體文的五字句的節奏一般是二一二或一四。如:

故有志深軒冕,而泛詠皋壤;心纏幾務,而虛述人外。(《情采》)

若情周而不繁,辭運而不濫。(《熔裁》)

它們實際上可以看作是四字句在開頭或中間加上一個虛詞,這是在誦讀《文心雕龍》時應該注意的。

最後談用典。

用典,古人叫用事。《文心雕龍》有《事類》一篇專講用典。先秦兩漢文章中用典還只是修辭手段。魏晉以後,駢體文逐漸以數典爲能事,形成滿紙典故,用典成爲駢體文語言表達上的一個特點。

《文心雕龍・事類》說:「事類者,蓋文章之外,據事以類義,援古以證今者也。」就是說用典的目的本是援引古事或古人的話來證明自己的觀點古已有之,自己的話是正確的。但駢體文用典的目的,更主要還在於使文章委婉、含蓄、典雅、精練。

駢體文用典,往往不指明出處,最講究剪截融化。剪截是裁取合乎本處屬對所需的古事古語,融化是把裁取的古事古語加以改易,使它同文中的本意相合。

如《情采》篇曰:

虎豹無文,則鞹同犬羊;犀兕有皮,而色資丹漆。

這兩句話上半聯出自《論語・顏淵》「文猶質也,質猶文也,虎豹之鞹,猶犬羊之鞹。」下半聯出自《左傳・宣公二年》「使其參乘謂之曰:『牛則有皮,犀兕尚多,棄甲則那。』役人曰:『從其有皮,丹漆若何?』」劉勰從《論語》和《左傳》這兩段話中截取了需要的詞語,重新組織,融化成一聯對偶,使它符合下文所提出的「質待文也」的觀點。正如《事類》篇所說：「不啻自其口出」。

有時候，融化到了和原文的差別很大的地步，這就等於改寫了。如《情采》篇說「言以文遠」，就是化用《左傳》「言之無文，行而不遠」，話雖不同，但「文」與「遠」的關係仍同《左傳》原意，所以仍算用典。

有時候甚至不是一句話，僅只是簡單的兩個字也算用典。如：

吳錦好渝，舜英徒豔。

用《詩經・鄭風・有女同車》：「有女同車，顏如舜英。」

有時候，極平常的一句話，或者一個詞或片語，似乎沒有什麼出典，但作者卻是在有意識地用典。如《情采》篇曰：

正采耀乎朱藍，間色屏於紅紫。

此用《論語・鄉黨》：「紅紫不以爲褻服」典，是說要摒棄浮靡淫豔之詞。只有瞭解作者所用之典，才能更好地把握原文意旨。

總之，駢體文要做到「典雅」，所以大量用典。要深入瞭解駢體文，就必須知道其中典故的出處，否則不容易解讀透徹。例如《情采》篇曰：「研味孝老，則知文質附於性情；詳覽莊韓，則見華實過於淫侈。」如果不知道「文質」出自《論語》（「文質彬彬，然後君子」），「華實」出自《左傳》（「且華而不實，怨之所聚也」），也就不容易瞭解「文」與「質」對立、「華」與「實」並稱，對於整句的瞭解也就不會全面。再比如《情采》曰：「乃可謂雕琢其章，彬彬君子矣」，如果不按《詩經》（《詩・大雅・域樸》：「追琢其章，金玉其相」。《荀子》引作「雕」。《傳》：「追，雕也。金曰雕，玉曰琢。」「相」，《傳》曰：「質也。」此句意謂有金玉一般美好的本質，再加以雕琢修飾）和《論語》的原文去解釋，單憑字面意義就很難講通了。

（最初發表於作者論文集《文心拾穗——中國古代文學思想的當代解讀》，天津社會科學院出版社 2001 年出版）

「入興貴閑」
——《文心雕龍》文藝心理學思想舉隅

劉勰在《文心雕龍・物色》篇中，曾指出創作中常有這樣一種情況：當作家們描寫自然景物的時候，有的人彷彿漫不經心卻能寫得恰到好處（「率而造極」）；有的人用盡心思卻仍相差甚遠（「精思愈疏」）。於是他提出：「是以四序紛回，而入興貴閑」。意思說，雖然四時景色變化紛繁，但要引起詩人的感興，卻貴在內心的閑靜。這裏固然有劉勰所屬的封建士大夫階級追求閒情逸致的美學趣味的一面，但也道出了文學創作中一條重要的心理活動規律，值得認眞探討和研究。

誠然，創作需要生活、需要思想、需要情感，需要作家通過艱苦磨練而獲得的對藝術技巧的把握。但是，當這些基本前提具備之後，如何使作家平時的各方面積累在臨文之傾「如萬斛泉源，不擇地而出」（蘇軾語），則有賴於作家的思維器官—大腦這塊高度發展的物質的即時工作狀態。只有排除冗繁事物的干擾，保持心神的清虛澄澈，凝神專注於自己的對象，才能把握對象的意趣和神韻，迸發出睿智的思想火花。因此要求作者從與創作無關的瑣事中擺脫出來，全身心地投入到對對象的觀察與體驗，這可以說是「入興貴閑」說的第一層涵義。

「入興貴閑」說的另一層、也是更爲重要的涵義，則是告誡作家不要用「非要寫出點什麼來不可」的緊迫心情來催促自己，不要使自己的身心總是處於一種勉爲其難的被動狀態。相反，作家應該拋棄精神上的重負，以一種悠遊閒適的心情，去盡情領略生活中美的情趣、美的意境。在這種不期然而然的境界中，一些美的意象、美的構思，往往會突然湧上你的心頭。德國古典作家歌德在 1832 年的一次談話中，曾經批評有些青年人一心追求鴻篇巨製，以致弄得自己心神疲憊，失去了生活的樂趣。他說：「如果作者每天都抓住現實生活，經常以新鮮的心情來處理眼前事物，他就總可以寫出一點好作品。」（愛克曼：《歌德談話錄》）歌德的這個意見，與劉勰的「入興貴閑」說，是相通的。

文學創作是一項需要嘔心瀝血的艱苦的精神勞動。但是，在文學創作中卻又不能一味地殫精竭慮、苦思鑽幹。美妙的靈感往往於從容閑暢時獲得。這，恐怕正是藝術創作的一條辯證法則吧。

（最初發表於《東莞日報》1995 年 5 月 17 日第三版）

從《文心雕龍》的理論主旨看中華傳統文化的核心精神

一、「夫文心者，言爲文之用心也……心哉美矣」——論《文心雕龍》的理論主旨

以往的《文心雕龍》研究，對於《文心雕龍》的理論主旨或曰總綱，爭論頗多。前人諸多觀點，這裏不擬贅述。筆者僅提請研究者注意劉勰在《序志》篇中講自己書名由來的一段話：「夫文心者，言爲文之用心也。昔涓子琴心，王孫巧心，心哉美矣，故用之焉。古來文章，以雕縟成體，豈取騶奭之群言雕龍哉？」過去一般據此而認爲劉勰所謂「文心」是指寫作文章時所運用的心思，所謂「雕龍」是承「古來文章，以雕縟成體」而來，指文章如雕刻龍文般美麗。但細讀本文，不難發現，劉勰在這裏明明白白地聲明：「雕縟」本是自古以來文章的固有體制，無須再刻意爲之地去雕琢，也無須再用「雕龍」二字去強調〔註1〕。爲此他還特意指出，他使用「雕龍」一語，並非取騶奭修飾文章如雕刻龍文之意。看來，「雕龍」一詞實在是另有所指，其說明的對象，筆者認爲應該是上文所說的「心哉美矣」的「心」，而非「文」。「雕龍」實際上是「美」的代名詞，是指「心哉美矣」的「美心」。劉勰的意思實際上

〔註1〕《考工記》曰：「青與赤謂之文，赤與白謂之章。」《釋名・釋言語》：「文者，會集眾彩以成錦繡，會集眾字以成辭義，如文繡然也。」黃侃《文心雕龍劄記》釋「古來文章，以雕縟成體，豈取騶奭之群言雕龍哉？」句曰：「此與後章『文繡鞶帨』、『離本彌甚』之說，似有差違。實則彥和之意，意爲文章本貴修飾，特去甚去泰耳。」

是說，「爲文」的「用心」應該是美的，因此才用了「雕龍」一詞來形容。故《文心雕龍》書名的核心不在「文」，更不在「雕龍」，而是「心」。所以劉勰在《序志》篇中不說「夫《文心雕龍》者……」，而只說「夫文心者……」，這不是話語的省略，而實在是書名本意使然。南朝高僧釋慧遠《阿毗壇心序》云：「《阿毗壇心》者，三藏之要頌，詠歌之微言，管統眾經，領其會宗，故作者以心爲名焉。」范文瀾先生《文心雕龍注》釋此句曰：「彥和精湛佛理，《文心》之作，科條分明，……蓋採取釋書法式而爲之。」〔註 2〕所以，《文心雕龍》的本意就是講爲文之用心，就是「文心」，「雕龍」不過是「心」的修飾語。這樣說來，《文心雕龍》書名的含義，就不是過去一般認爲的「寫作像雕刻龍文一樣美麗的文章所運用的心思」，而是「寫作文章時所運用的心如雕刻龍文一樣美麗。」而探討如何使「寫作文章時所運用的心如雕刻龍文一樣美麗」，才正是《文心雕龍》理論體系的總綱。故《序志》篇末贊曰：「生也有涯，無涯惟智，逐物實難，憑性良易。傲岸泉石，咀嚼文義。文果載心，餘心有寄。」這裏反覆申說著「心」、「性」是做人之道、爲文之道的要義，足見一部《文心雕龍》通篇是在講爲文之心，是要「載心」、「寄心」。

寫作美文先要有美心，心美才能有文美。故《文心雕龍》文學理論處處體現出對「美心」的強調與追求。先看作爲「文之樞紐」的《原道》《徵聖》《宗經》各篇。《原道》篇曰：「夫子繼聖，獨秀前哲，鎔鈞《六經》，必金聲而玉振；雕琢情性，組織辭令。」《徵聖》篇說：「陶鑄性情，功在上哲，夫子文章，可得而聞。」又說：「志足而言文，情信而辭巧，乃含章之玉牒，秉文之金科矣。」可知聖人是先有了美好的情性，方能「原道心以敷章，沿神理而設教。」寫出「寫天地之輝光，曉生民之耳目」的千古範文，即作爲「性靈鎔匠，文章奧府」(《宗經》) 的經書。而作文之所以要「宗經」，首先是因爲它有鎔鑄性靈的作用。

再看文體論各篇。這是討論各體文章法則的，但每當劉勰總結各體文章的「大體」、「體要」的時候，又經常把做此類文的要領歸結到心術、心性、氣質、情性上來。《明詩》篇曰：「詩者，持也，持人情性」；《樂府》篇曰：「樂本心術，故響浹肌髓」；《頌贊》篇說頌文：「唯纖曲巧致，與情而變，其大體所底，如斯而已」；《祝盟》篇說祝文：「修辭立誠，在於無媿」。《雜文》篇說「智術之子，博雅之人」之所以能「藻溢於辭，辭盈乎氣」，是在於他們「放

〔註 2〕范文瀾：《文心雕龍注》下，北京：人民文學出版社 1978 年版，第 728 頁。

懷寥廓，氣實使之」；《史傳》篇說優秀的史官能「析理居正」，是在於他們有一顆「素心」。這些，都說明了陶情養性、培育情志對於作文的重要性。

再看被現代人歸於創作論和寫作學的《神思》、《體性》、《風骨》、《通變》、《定勢》、《情采》諸篇。《神思》篇中由於有「思理爲妙，神與物遊」這樣頗與西方形象思維理論暗合的話語，倍受現代人重視，並認爲它是講創作中思維活動規律的。然而細審文中意旨，卻發現劉勰在本篇論述的重心，並非探討創作思維活動的特點，而是探討這種上天入地、縱橫馳騁的思維能力是如何獲得的。故而在指出創作心理活動的特點是「神與物遊」之後，緊接著轉入如何「陶鈞文思」的問題，提出：「陶鈞文思，貴在虛靜，疏瀹五藏，澡雪精神，積學以儲寶，酌理以富才，研閱以窮照，馴致以繹辭」。並指出這是：「馭文之首術，謀篇之大端。」所以《神思》篇的中心論旨不在「思」，而在「神」，是講「爲文之用心」的。

《體性》篇按照通常的理解，是談作家個性與作品風格問題的。劉勰在本篇中劃分了「典雅、遠奧、精約、顯附、繁縟、壯麗、新奇、輕靡」八種風格，是他對中國古代文學風格理論的貢獻。但劉勰論述的主旨卻不是對風格審美形態的判定與劃分，而是探討各體風格形成的根本原因。因此在總結歸納了八種風格形態之後，隨即指出：「若夫八體屢遷，功以學成，才力居中，肇自血氣；氣以實志，志以定言，吐納英華，莫非情性。」所以，風格的創造，根本在於作家創作個性的培養，這仍然是在談「爲文之用心」。

《風骨》篇是針對齊梁時代社會上流行的浮靡卑弱的文風而提出的一篇校正時弊的專論。雖然在「風骨」的涵義上，時至今日學界仍在爭論不休，但劉勰當時提出此概念，恐怕並未想到後人會對其涵義產生種種誤解。他是自以爲有理論闡述、有文章實例舉證，已經說得很明白了。他給自己提出的任務，是如何使文章有風骨？於是他說：「是以綴慮裁篇，務盈守氣，剛健既實，輝光乃新，其爲文用，譬征鳥之使翼也。」可知風骨是文章顯露出的特色，但獲得這種特色又非在文章本身，而要從作者主觀的心性氣質上去培養，這豈不是又回到了「文心」？

至於闡述文學發展中繼承與革新關係的《通變》篇，談論文章體裁對風格的制約作用的《定勢》篇，《通變》要求「憑情以會通，負氣以適變」，《定勢》提出「因情立體，即體成勢」，都表現出對心性、氣質的強調。故下面作爲文章學總論的《情采》篇才昌言：「情者，文之經，辭者，理之緯；經正而後緯成，理定而後辭暢，此立文之本源也。」

因此，我們說，對創作主體心術情性的陶冶與培育，方是劉勰《文心雕龍》這部「言爲文之用心也」的煌煌巨著的理論主旨，是他探討文學理論諸般問題的總綱。

二、「仁義之人，其言藹如也」──論中國古代文論與中華傳統文化的核心精神

作爲中國古代文學理論集大成的著作，《文心雕龍》對創作主體心術情性的強調，體現了中國古代文論乃至中華傳統文化的核心精神。作文先要養心，育人先須樹德，這是中國古代語文教育和一般素質教育共同的理念，「道德文章」乃是中國古代文學理論與社會上求賢選才共同追求的目標。

中國古代文論與西方文論最大的不同，就在於西方文論是把文學藝術看作一種技藝，因而可以用《詩學》《詩藝》一類的著作來授人以法；而中國文論則把文學藝術看作是人的一種修養，是人日常生活不可或缺的一部分。故而在商品經濟不發達的古代，舞文弄墨、著書立說並不能帶來經濟效益，但許多下層文人仍要孜孜不倦地「發憤著書」，「藏諸名山，傳之其人」，寄希望於後世知音的理解。其原因就在於他們是把寫作當成自己的生活方式，是實現自己人生價值的生命寄託。

中國文人的寫作目標，很多是要立身揚名、永垂青史，於是尤其注重文德之操的修養。東漢王充《論衡・佚文篇》曰：「文人宜尊五經六藝爲文，諸子傳書爲文，造論著說爲文，上書奏記爲文，文德之操爲文。」《書解篇》云：「空書爲文，實行爲德，……德彌盛者文彌縟，德彌彰者人彌明。」章炳麟《國故論衡・文學總略篇》釋上引王充諸語曰：「此所謂德，指義理情實而言。」從孔子的「有德者必有言」說，到揚雄的「心聲心畫」說；從王充云：「實誠在胸臆，文墨著竹帛」（《論衡・超奇》），到徐幹曰：「藝者，德之枝葉也；德者，人之根幹也。」（《中論》）；從劉勰說：「綴慮裁篇，務盈守氣」（《文心雕龍・風骨》），到韓愈說：「仁義之人，其言藹如」（《答李翊書》）；從沈德潛疾呼：「有第一等襟抱，第一等學識，斯有第一等眞詩」（《說詩晬語》），到劉熙載斷言：「詩品出於人品」（《藝概》）；直至現代革命家、文學家毛澤東、魯迅對文藝工作者世界觀改造的重視，我們看到中華文論古今一脈相承的觀點，就是對創作主體自身修養的高度重視。「文如其人」、「人品決定文品」等等觀

點，是中華文論的思想精華，也是我們今天抵禦種種侵蝕文藝隊伍肌體的腐敗現象的有力武器。

對人的心性義理、品德修養的重視，也是中國古代治國理念的核心精神。中國儒家素來提倡「以德治國」。「德」是中國古代商周社會大變革、大轉型時期出現的詞語，是周初統治者爲論證自己奪權的合理性和正義性，並徹底摧垮殷商奴隸主貴族最後的精神防線而創立的哲學概念。「德」之本字爲「悳」，小篆作「𢛳」，許慎《說文解字》釋曰：「外得於人，內得於己也。……從直心。」段玉裁注云：「俗字假德爲之。」〔註3〕傳統訓詁釋「德」爲「得」。莊子云：「物得以生謂之德」（《莊子・天地》）；《管子》曰：「德者，道之舍，物得以生生，」又說：「故德者，得也；得也者，其謂所得以然也。」（《管子・心術上》）。可知「德」是指物德，也就是某物之所以得成爲某物的本質屬性。西周之前，殷商的統治思想是天命鬼神觀念。殷商統治者把自己視爲天命嫡傳，有恃無恐。但周以西鄙小國，卻能一揮戈而天下應，一舉推翻原爲華夏宗主的殷商王朝。這一事變不僅給殷商統治者以強烈的震撼，就是西周人自己，也不能不加以認眞的思考。《尚書・君奭》篇記載周公旦對召公說：「弗吊，天降喪於殷，殷既墜厥命，我有周既受，我不敢知曰厥基永孚於休」。又說：「天不可信，我道惟寧王德延，天不庸釋於文王受命。」可見，殷亡之鑒給了周初統治者以深刻的教訓，使他們認識到，天命不可靠，修德是根本。只有立身修德，敬天保民，才能保證國祚的長久興隆。殷周朝代更迭造成的這種「憂患意識」，反映到文藝思想上，就是重修身養性而輕聲色之娛；反映到政治理念上，就是重禮樂教化而輕刑名威懾。中國古代儒家爲封建階級長治久安而設想的這一治國方略，剔除其封建性的糟粕，吸收其合理性的精華，在今天仍有其積極的現實意義。

三、「大畜剛健篤實，輝光日新其德。」——論中國古代心性義理之學的歷史功過

「心性義理」之學也叫「性命」之學，肇端於孔子，發揚於子思、孟子，以後成爲宋明儒學的主題。宋代思想家、政治家王安石在其《性論》中寫道：「古之善言性者莫如仲尼；仲尼，聖之粹者也。仲尼而下莫如子思；子思，

〔註3〕《說文解字段注》，成都古籍書店1981年影印本，第532頁。

學仲尼者也。其次莫如孟軻；孟軻，學子思者也。仲尼之言載於《語》，子思、孟軻之言著於《中庸》而明於七篇。然後世之學者見一聖二賢『性善』之說終不能一而信之者，何也？豈非惑於《語》所謂『上智下愚』之說歟？噫！以一聖二賢之心推之，則性歸於善而已矣，其所謂愚者不移者，才也，非性也。」〔註4〕王安石在這裏對「才」與「性」的區分，說出了儒家性命之學的根本。人的才智可有賢愚之分，但其本性都應是善，或者通過後天教化，培養其向善。儒家溫柔敦厚的育人之道，禮樂教化的治國之道，究其根本，都是立足於使人心向善。

《論語・學而篇》載孔子弟子有若說：「君子務本，本立而道生。孝悌也者，其爲仁之本與？」孔子本人說：「弟子入則孝，出則悌，謹而信，泛愛眾而親仁，行有餘力，則以學文。」又載卜商的話說：「賢賢易色，事父母，能竭其力。事君，能致其身。與朋友交，言而有信。雖曰未學，吾必謂之學矣。」《子路篇》載孔子說：「剛毅木訥，近仁。」《衛靈公篇》載子曰：「言忠信，行篤敬，雖蠻貊之邦行矣。」總之，儒家的修身理想，就是傳統所謂孝悌忠信、仁義禮智這一套道德標準和處世準則。人而有仁德，有仁愛之心、忠孝之心、廉恥之心、慈善之心，方能克己自律，與人爲善，孝親敬尊，和諧相處，進而家國興旺，天下太平。

作爲爲封建統治階級的長治久安而設計的一套思想體系，中國儒家的心性義理之學自然有其落後性、保守性。它要培養符合封建階級政治需要的忠僕順民，把人塑造成溫柔敦厚的謙謙君子，唯唯諾諾的書生儒夫。特別是經宋代程朱理學將其哲理化、強制化之後，它更成爲殘殺中國人生命靈性與朝氣的桎梏。因而，在中國封建社會後期，先進的、清醒的思想家、文學家或政治活動家，無不對其做出深刻的揭露與批判。諸如李贄提出「童心說」、公安三袁倡論「性靈說」、吳敬梓著《儒林外史》、蒲松齡寫《聊齋誌異》，都以儒家心性義理之學爲批判諷刺的對象。直至「五四運動」，當時的時代精英更旗幟鮮明地提出了「打倒孔家店」的口號。魯迅筆下的孔乙己，巴金書中的高覺新，中國現代文學人物畫廊中一個又一個鮮活靈動的文學形象，都向世人控訴著儒家心性義理之學對人的戕害，呼喚著中國人擺脫孔孟之道束縛的覺醒。所有這些，都是合理的、必要的、具有深遠歷史意義的。沒有這些深刻的反思和批判，就沒有中國社會的進步，沒有中華民族的自強，沒有今天現代化的偉大成就。對於前人對儒家

〔註 4〕《聖宋文選》，卷十。

心性義理之學所做的批判，我們必須充分肯定。

然而，儒家心性義理之學作爲統治了中華民族幾千年的一種思想體系，作爲維繫著億萬中國人的精神根脈、在歷史上成功抵禦了各種外來宗教浸透的一種觀念信仰，把它說得一無是處、全盤拋棄，也是不符合實際的。我們認爲，在摒棄了傳統儒學、特別是後世宋明理學從維護封建統治出發的種種僵化、保守、反動的糟粕之後，中國傳統文化中體現了中華民族幾千年人文積澱的心性義理之學，還是有其現代價值和積極意義的。儒家仁德、仁政的理想，中國傳統文化所弘揚的仁愛、誠信、忠厚、樸實、節儉、勤勞、清廉等等高尚品德，是守護了中華民族幾千年的精神家園。在商品經濟大潮衝擊、社會上物欲橫流，唯科學主義盛行、人文精神滑坡以至缺失的今天，中華傳統文化的這些核心精神，越發顯現出不可磨滅的璀璨光華。

事實上，不僅在現代精神生活中，人自身的品性修養，是保持人的操守與品位，確立人生價值和成就感、幸福感的重要因素；就是在企業經營、社會管理等公眾實踐活動領域中，中華傳統文化所崇尚的仁愛精神、誠信精神，也是一條保證事業昌盛、社會祥和的成功之道。我們常說現在是競爭的時代，而各種競爭，歸根到底是人才的競爭，是人的素質的競爭。人的素質當然是多方面的，這裏有身體素質、學識素質、技能素質，但更重要的是人品、人性的素質。王安石當年所說的才與性的區別，就在於此。技能才藝是可以師承傳授的，是可以臨陣磨槍、照葫蘆畫瓢的，但心性義理的薰陶，卻非一日之功所能奏效。故而劉勰要說：「夫才有天資，學慎始習，斲梓染絲，功在初化，器成彩定，難可翻移。故童子雕琢，必先雅製。」（《文心雕龍・體性》）韓愈要說：「將蘄至於古之立言者，則無望其速成，無誘於勢利，養其根而竢其實，加其膏而希其光。根之茂者其實遂，膏之沃者其光曄。」（《答李翊書》）當年北京同仁堂藥店恪守「炮製雖繁必不敢省人工，品味雖貴必不敢減物力」的傳統古訓，樹立「修合無人見，存心有天知」的自律意識，確保了同仁堂金字招牌的長盛不衰。不久前故去的臺灣著名企業家王永慶先生的女兒王雪紅女士在悼念父親的文章中寫道：「是父親教我要正直、善良、誠信、承擔、包容、感恩；是父親教我要有獨立的人格、自強的精神，一生都要勤勉努力，一切要靠自己打拼；是父親教我要戒絕驕奢，戒絕浮躁，追根究底，潛心經營，敢爲人先，止於至善。」〔註5〕在王永慶做人與創業的成功之道中，我們

〔註 5〕王雪紅《止於至善》，《讀者》，2008 年第 24 期，第 40 頁。

看到了中華傳統文化核心精神的燦爛光輝！作爲中華傳統文化核心的仁愛精神，是海峽兩岸以及全世界炎黃子孫共同的精神財富，是維繫我中華民族萬眾一心的共同的思想紐帶。

發源於中國的仁愛精神不僅是中國人世代相傳的寶貴思想遺產，也是歷史上深受中華文化影響的東亞各民族共同的精神財富。二戰後曾以經濟奇跡令世界震驚的亞洲「四小龍」，全都受過中國儒家文化的洗禮和薰陶。四川省社會科學院哲學與文化研究所原所長、研究員陳德述先生在其《儒家的仁愛之心與現代管理的道德基礎》一文中，曾介紹了日本松下電器商業學院用儒家的「仁愛」思想來培養管理幹部的職業教育模式，以及日本日產公司提出的「品不正在於心不良」的企業理念。〔註6〕韓國駐華大使金夏中在回答《華商報》記者採訪時說：「中國人也很驚歎：韓國人至今仍如此完好地保存着儒教的價值觀！今天，韓國仍盛行祭祀祖先，孝順依然是韓國社會中受到高度尊敬的品德。韓國有很多鄉校，一是祭祀孔子的場所，二是傳授儒家經典的地方。在韓國的各個單位和公司裏，爲了強調同事之間的團結和和諧，至今還引用著儒家的各種警句。」〔註7〕儒家所提倡的「以人爲本」、「以義統利」、「以德服人」、「仁者愛人」、「誠信待人」、「勤勞節儉」、「嚴於律己」、「重才尚賢」等等精神和美德，是許多現代成功企業家的座右銘和精神支柱，也是許多創立了世界知名品牌的大企業、大公司成功的經營之道。

中國文聯主席孫家正不久前在做客鳳凰衛視《問答神州》時指出：「中國爲什麼現在會出現很多問題呢，放在文化的視角上來看，就是中國這些傳統的道德，已經被打破了，文化大革命，被徹底的打破了，而新的道德又沒有建立起來。」孫家正分析道：「就在這個傳統的道德被打破，新道德還沒有建立的時候，中國跨入了市場經濟，在這樣情況下出現這些什麼三鹿奶粉啊，這些事情是必然的，這是一個民族的悲哀啊。」孫家正說：「對傳統文化的保護不能僅僅停留在申遺和法律層面上，最重要的是人們要更多的去發掘它們的精神內涵，否則，諸如三聚氰胺奶粉之類的事件還會發生。」〔註8〕孫家正的這番談話，從反面教訓上也深刻說明了中華傳統文化、傳統道德的核心精神在當前的重要價值。

〔註 6〕 中國管理傳播網，http://manage.org.cn/column/chendeshu.asp.
〔註 7〕 http://news.sohu.com/20061120/n246495157.shtml.
〔註 8〕 http://news.sohu.com/20090107/n261622700.shtml.

集中了中華民族古老智慧的《周易》有言：「大畜剛健篤實，輝光日新其德。」一個人最高的修養就是內心被剛健篤實的精神所充實，有了這樣的精神，就能與時俱進，日新月異，不斷煥發出新鮮的光彩。在現代化的世界大潮中，在物質世界的種種誘惑和脅迫、威逼面前，如何堅守和弘揚我們中華民族幾千年來對美好心性的嚮往，牢記一千五百多年前劉勰對「心哉美矣」的呼喚，以善良之心、仁愛之心去開創一個和諧共贏的世界，開創科學發展的美好前景，是歷史賦予我們每一位中華文化研究者的崇高使命，也是我們每一個中華民族子孫所肩負的不可推卸的歷史責任。

（最初發表於《鹽城師範學院學報》2009 年第 3 期，收入本書略有修改）

《文心雕龍》美育思想探論

中國儒家提倡以德治國，歷來禮樂並舉，主張用使人快樂、使人樂於接受、爲「人情之所必不免」的「樂教」來陶冶人心、塑造人性。人民有了符合統治階級道德規範的良好資質，方能有效地施行政令律法的管理與約束。因此，美育便成爲儒家理政御民的統治術中重要的一環。

生當中國歷史上亂世的南朝文學理論家劉勰，以得聖人「夢啓」的孔門傳人自居，打著「敷贊聖旨」的旗號，寫成以儒家文學觀爲立論依據的《文心雕龍》。其中對儒家傳統的美育觀念，做了全面深入的闡發，有承傳，也有開拓。茲撮舉其要，粗陳於下：

一、「文之爲德也大矣」——論美及美育的合理性、必要性

關於劉勰的基本文學觀，以往的論者或是以劉勰自稱爲「文之樞紐」的「原道」、「徵聖」、「宗經」論爲依據，把他歸於傳統儒家以文載道、重道輕文的一派；或是從讚美、肯定劉勰的熱情出發，努力從劉勰的理論中尋繹出與現代唯物主義文學觀暗合的命題，諸如「人稟七情，應物斯感」、「情以物興」、「物色之動，心亦搖焉」、「文變染乎世情，興廢係乎時序」等等，從而把劉勰解釋成一位現實主義文論家。所有這些認識，都未能還原到劉勰構建其理論大廈時的實際語境，未能把握劉勰本人思考文學本質問題時的獨特邏輯，因此似乎都有主觀武斷之嫌。

如果聯繫到劉勰當年的現實生活背景〔註1〕，劉勰寫作《文心雕龍》的眞實動機〔註2〕，劉勰對當時南朝文風的實際態度〔註3〕，以及劉勰自我表白的他在童年做過的那個神秘的夢〔註4〕，我們有理由斷言，劉勰是愛美的，劉勰認爲美是天經地義的，劉勰認爲萬物皆需有美，而人更要有美。事物有美才是符合道的事物，人有美才是眞正的人。人要有美，也就是要有文，因此文也是天經地義的，是值得傾全部身心去終生從事的偉大事業。此即《原道》篇所謂「文之爲德也大矣」、「心生而言立，言立而文明，自然之道也。」「文」（即美）是宇宙法則（道）的體現，宇宙法則要求萬物自然有文，也就是有美，「美」是「文」所由產生、得以存在的本原。這是劉勰在新的歷史時代、在新的時代思潮浸淫下提出的獨特的文學本體觀。

這裏首先需要追溯《文心雕龍》首篇《原道》的主旨。所謂「原道」，既不是講文源於道，也不是說文以載道。《淮南子・原道訓》高誘注曰：「原，本也。本道根眞，包裹天地，以歷萬物，故曰『原道』。」劉勰在《序志》篇中說：「蓋文心之作也，本乎道……」可見他也是取「原」爲「本」之意。「本」就是「依據」、「遵循」，「本道」就是依據道、遵循道。而這個「道」又是什麼呢？按照劉勰在《原道》篇首段的論述，就是萬物自然有文的法則。從所謂「玄黃色雜，方圓體分，日月迭璧，以垂麗天之象；山川煥綺，以鋪理地之形；此蓋道之文也。」到「傍及萬品，動植皆文，龍鳳以藻繪呈瑞，虎豹以炳蔚凝姿；雲霞雕色，有踰畫工之妙；草木賁華，無待錦匠之奇；夫豈外飾，蓋自然耳。」可見「文」作爲「道」的具體體現，它是無所不在的。這就是《原道》篇首句「文之爲德也大矣」的眞正含義。這裏的「文」是廣義的文，本義爲花紋。它實際上等於「美」。「德」是指物德，也就是某物之所以得成爲某物的本質屬性。莊子曰：「物得以生謂之德」（《莊子・天地》）；《管

〔註1〕據《南齊書・卷一》：「大明泰始以來，相承奢侈，百姓成俗。」《南齊書・卷三・武帝紀》：「晚俗浮麗，歷茲永久，每思懲革，而民未知禁。乃聞同牢之費，華泰尤甚。膳羞方丈，有過王侯。」可知南朝社會浮華奢靡蔚然成風，華美之物處處可見。

〔註2〕劉勰寫作《文心》，一爲救弊，二爲補偏，三爲立身揚名。可參閱《文心・序志篇》。

〔註3〕劉勰一方面抨擊當時文風「離本彌甚，將遂訛濫」，同時又說：「古來文章，以雕縟成體」，有順應當時時尚的一面。

〔註4〕《序志》篇曰：「余生七齡，乃夢彩雲若錦，則攀而採之。」透露其內心深處對美的摯愛與嚮往。

子》曰：「德者，道之舍，物得以生生，」又說：「故德者，得也；得也者，其謂所得以然也。」（《管子・心術上》）「大」不能訓爲價値判斷的「大小」之「大」，或「偉大」之「大」，而應解作深廣、長遠。王弼《老子指略》云：「大也者，取乎彌綸而不可極也。」《周易・乾卦》：「大哉，乾元！」孔穎達《正義》曰：「乾體廣遠。」都說明「大」是廣大之意。而人作爲「五行之秀，實天地之心」，必然是「心生而言立，言立而文明」，而這也恰恰是「自然之道也」。故而人須有「文」，人要有文學。這就是劉勰立論的依據，是他的文學本體觀。

劉勰對文、文采，或者說對於「美」的這種張揚與推崇，實際上是有其思想先驅的。東漢的王充在《論衡・書解》篇裏就說過：「且夫山無林則爲土山，地無毛則爲瀉土，人無文則爲僕人。土山無麋鹿，瀉土無五穀，人無文德不爲聖賢。」這裏反覆申說了「文」的重要意義，可以說是魏晉南北朝重文理論的先聲。

正因爲萬物自然有美是宇宙的客觀法則，人有「文」亦即有「美」方爲眞正的人、合格的人，所以，美和美育就是天經地義、勢所必然的。劉勰把人的審美修養、對人的審美教育提到宇宙法則的高度來認識，從而使美育神聖化、必然化，是對傳統儒家重德輕文、重仁德修養，輕華美文飾觀念〔註 5〕的突破，在中國美育思想史上，有其卓越的貢獻。

二、「夫文心者，言爲文之用心也……心哉美矣」——論美育的主旨

筆者曾在《從《文心雕龍》的理論主旨看中華傳統文化的核心精神》（載《鹽城師範學院學報》2009 年第 3 期）一文中提出：「一部《文心雕龍》通篇是在講爲文之心，是要『載心』、『寄心』。」「寫作美文先要有美心，心美才能有文美。故《文心雕龍》文學理論處處體現出對「美心」的強調與追求。」（參見本書第 88 頁）因此，作文先要養心，育才先要育人，這成爲中國古代語文教育和一般素質教育共同的理念，「道德文章」成爲中國古代文學理論和社會上求賢選才共同追求的目標。

〔註 5〕《論語・學而》：「巧言令色，鮮矣仁。」《八佾》：「人而不仁，如禮何！人而不仁，如樂何！」《憲問》：「子曰：『有德者必有言，有言者不必有德。』」《衛靈公》：「辭達而已矣。」《陽貨》：「惡紫之奪朱也，惡鄭聲之亂雅樂也，惡利口之覆邦家者。」

育人、養心，有多種途徑，可以有道德義理的教誨，也可以有知識方法的傳授，但人的心理結構，包括「知、情、意」三個方面，人除了理智、思想、知識、技能之外，還要有情感。現代人所說的「情商」，也是人的心理素質的一個重要方面。在某種意義上說，情商的有無與高低，同樣是決定做人得失與事業成敗的重要因素。而情感的陶冶、美好心靈的塑造，往往不是耳提面命的教誨，或單純的知識傳授所能奏效。它需要美好事物的長期浸染，需要美好情感的長期薰陶，需要接受主體在自覺自願、愉悅歡快的狀態下，不期然而然、潛移默化地得到影響和改造。這美好的事物、美好的情感，就集中表現在審美和藝術活動中。因此，育人、養心，就必須對人進行美育。《宗經》篇說：「《詩》主言志，詁訓同《書》，摛風裁興，藻辭譎喻，溫柔在誦，故最附深衷矣。」《明詩》篇說：「詩者，持也，持人情性；三百之蔽，義歸無邪，持之爲訓，有符焉爾。」《樂府》篇說：「夫樂本心術，故響浹肌髓。」《文心雕龍》對美育的重視與提倡，就是圍繞著陶冶人心、塑造人情的主旨而展開的。

三、「夫豈外飾？蓋自然耳」——論《文心雕龍》的美育理想

《文心雕龍》的美育理想，是要把人塑造成具有以自然樸素爲美的審美趣味，能夠感知和享受自然天成之美，並且本人率性天眞、超脫塵俗的高尚的人、清純的人、完美的人。《原道》篇在列數了天地萬物種種美的事物、美的現象之後，歸納道：「傍及萬品，動植皆文：龍鳳以藻繪呈瑞，虎豹以炳蔚凝姿；雲霞雕色，有踰畫工之妙；草木賁華，無待錦匠之奇：夫豈外飾？蓋自然耳。」清人紀曉嵐評曰：「齊梁文藻日競雕華，標自然以爲宗，是彥和喫緊爲人處。」《文心雕龍》貫穿全書的一條理論紅線，就是自然美。

劉勰評文，處處以自然爲標準。如論詩：「人稟七情，應物斯感，感物吟志，莫非自然。」論樂府：「夫樂本心術，故響浹肌髓。」論賦：「原夫登高之旨，蓋睹物興情。情以物興，故義必明雅；物以情觀，故詞必巧麗。」論頌：「唯纖曲巧致，與情而變。」論祝：「修辭立誠，在於無媿。」論盟：「感激以立誠，切至以敷辭，此其所同也。」在談各種寫作技巧和修辭手法的時候，也貫穿了以自然爲美的精神。如論聲律：「聲含宮商，肇自血氣……吐納律呂，脣吻而已。」論麗辭：「高下相須，自然成對……豈營麗辭？率然對爾。」他在《物色》篇中讚美《詩經》作者具有「一言窮理……兩字窮形」的高度語言技巧，能做到「以少總多，情貌無遺，」而批評近代辭人「麗淫而繁句」。

自然美，是劉勰所推崇的文章的理想風格，也是他所理想的文人應具備的審美趣味。

同樣，劉勰論人，也非常讚賞能欣賞和熱愛樸素自然之美，並且本身具有天眞率性品格的人。在《物色》篇的「贊」中，他描繪了一幅人與自然親密交融、相與往還的美好畫面：「山沓水匝，樹雜雲合。目既往還，心亦吐納。春日遲遲，秋風颯颯。情往似贈，興來如答。」這是劉勰對創作靈感受自然激發的形象化描述，也是他對自己心目中美好的人生境界的展現。他讚美屈原：「氣往轢古，辭來切今」，「驚才風逸，壯志煙高」。稱讚建安文人：「慷慨以任氣，磊落以使才；造懷指事，不求纖密之巧；驅辭逐貌，唯取昭晰之能。」《程器》篇說理想的文人即「君子」，應該「蓄素以弸中，散采以彪外，楩柟其質，豫章其幹」、「窮則獨善以垂文，達則奉時以騁績」。他在《序志》篇中自我表白說：「逐物實難，憑性良易。傲岸泉石，咀嚼文義。」可見，他讚美的是率性天眞的人，他自己也正是這樣的人。任憑宦海沉浮、世事滄桑，他初衷不改，孑然獨立，恪守著自己的清貧與清高。這也正是他盛年勇退，燔發出家的根本原因。總之，塑造以自然爲美的人，率性自然的人，就是劉勰美育思想所追求的目標。

四、「斲梓染絲，功在初化……童子雕琢，必先雅製」——論美育的時機、載體、方法與途徑

用美陶冶人、用美育教化人、用美好的事物薰陶人，應該貫徹一個人的終生。但美育最易施行、最易奏效的最佳時期，應該是在人的幼年。當年孔子與弟子討論詩三百篇中的詩句，在解釋「素以爲絢兮」句時，孔子說：「繪事後素」，意思是說畫繪之事後於素，也就是說先有素白的底子然後再畫上花紋。人也同樣，有良好的資質，才能更好地施行後天教育。所以，儒家的育人理念，特別重視對人的早期教育。

劉勰在《文心雕龍·體性》篇中說：「夫才有天資，學愼始習，斲梓染絲，功在初化，器成彩定，難可翻移。故童子雕琢，必先雅製。」就是說美育最好從童年時代開始，一張白紙，沒有負擔，染於蒼則蒼，染於黃則黃。但正因爲童年的心靈最易著色，而且一經著色，便難於改變，所以又要愼之又愼地對待兒童的美育。要讓兒童從一開始就接觸眞善美的東西，遠離假惡醜，包括不要讓貌似華美而實質上屬於假惡醜的僞藝術毒品玷污幼小的心靈。

劉勰提出的對兒童施行美育的最佳載體就是儒家的經典。《體性》篇云：「童子雕琢，必先雅製。」《風骨》篇提出：「鎔鑄經典之範，翔集子史之術。」儘管我們今天可以批評劉勰開出的藥方過於陳腐，但歷史地看問題，處在他那個時代，他所能想到和公開提出的抵禦和矯正當時社會流行的不良文風的武器，也就只能是儒家的經典了。批判地繼承劉勰的這一思想，我們說，對於我們今天的美育，應該以人類歷史上創造的、體現了人類健康向上的本質力量和藝術本身客觀規律的藝術精品來作爲美育的材料和載體。要讓人類藝術史上的經典作品流佈社會、深入民間、進入家庭。甚至嬰兒在襁褓中聆聽到的母親哼唱的搖籃曲，睁開第一眼看到的彩圖畫片，也應符合「雅正」的規範。

在美育的方法與途徑上，劉勰在《體性》篇中提出應「摹體以定習，因性以練才」，也就是要選擇適合每個人情性的培養目標和學習對象，順應其本性來進行陶冶和教育，而不要硬性強迫，用主觀的既定目標來逼人就範。《神思》篇說：「秉心養術，無務苦慮」，這雖是就文思的培養啓迪而言，但也適合於審美修養的培育。審美教育是一項長期的事業，不可能一蹴而就。對於個人來說，審美能力、審美素質的提高也需要日積月累的水磨功夫，所以要把持住自己的心性，慢慢修養，慢慢積累，不要急於求成，白白地勞心費力。所以這些，都是非常有建設性、參考性的意見，對我們今天的社會美育實踐，有極大的啓發意義。

五、「文果載心，餘心有寄」——《文心雕龍》美育思想的現代啓示

《文心雕龍》是中國古代美育思想史上光輝的一頁，它所提出的一整套美育思想、理論、原則與方法，對於我們今天仍不無啓發和借鑒意義。具體來說，有以下三點：

其一：美育是面對全社會的公民教育的一部分，而不僅只是供藝術人才、超常兒童享用的專利。今天，在富裕起來、起碼是衣食無憂的地區和人群中，對兒童進行美育，已經成爲社會大眾普遍接受和認同的觀念，已經有越來越多的家長、教育工作者捨得爲美育投入大量的時間、精力和金錢。看看各種藝術培訓班、少兒藝術中心等等的火爆程度，就說明了這一點。就美育爲社會廣大階層普遍接受和承認這一點來說，應該說是一件好事。但現在在兒童美育方面存在的首要問題，就是把美育等同爲藝術教育，認爲培養了孩子的

藝術技能，就是進行了美育。把美育看成是對部分天才兒童的專業技能教育，而忽略了美育的眞正目標，即對全體兒童進行的健全人格塑造、審美修養培育。事實上，這是一種捨本逐末的觀念。即便就專業藝術教育而言，兒童在藝術特長班上所學到的專業技能，如果不同時伴有對美的感受力以及鑒賞力和創造力的啓迪，沒有情感的昇華，心靈的淨化，那麼孩子所掌握的就僅僅是從事藝術活動的技術，並非眞正的審美能力。他將來只能成爲一個藝匠，而不能成爲藝術大師。更何況美育從根本上來說是一種生命教育，它旨在培養和提高一個人對人生的認識和理解，純潔人的心靈，是社會上每一個合格公民都必須接受的教育。把美育對象狹窄化、貴族化，把它變成只有少數人才能享用的特權，必將導致全社會人文精神的缺失，是與現代社會公民教育理念背道而馳的。

其二，美育要樹立健康的審美觀，要樹立以自然純樸爲美的審美理想。特別是我們中華民族先居於黃土高原、黃河流域，生活條件艱苦，謀生不易，歷史上形成了以樸素自然爲美的審美心理傳統。這是祖先留給我們的寶貴的精神遺產，即便今天富起來了，也不應丟棄。然而在今天的社會審美活動中，出現了以富麗堂皇、豪華昂貴爲美的傾向。尤其是在一些富裕人群和公款消費的場合，講排場、比奢華，過分裝飾、過度包裝，不僅造成大量的物質材料的浪費，也造成了誤認爲貴重、豪華才是美的錯誤的審美傾向。其實，劉勰所說的「夫豈外飾，蓋自然耳」，西方美學史上眾多哲人所謂「美是理念的感性顯現」、「美是生活」、「美是人的本質力量的對象化」等等推設和論斷，無一不是強調美是超脫了物欲追求的高尚精神境界的產物、是自由自在的人生力量的體現。因此，《文心雕龍》對自然天成之美的提倡，對於今天的社會審美教育，不失爲一劑對症的良方。

其三，美育要從童年抓起，並且要對美育的教材、載體進行審愼的選擇。要用適合兒童心理特點的、高雅優美的藝術精品哺育孩子，而不要把有缺陷的、可能產生消極意義、可能誤導兒童審美趣味的東西硬塞給兒童。同時還要區分對成年人和對兒童的美育，不要把兒童美育成人化。有些藝術作品、有些生活中的事物也確實是美的，但用在兒童美育上則不適合，如在幼稚園裏教唱情歌，讓幼小的孩子穿婚紗、禮服等等。有時候是大人在拿孩子取樂，但殊不知誤導了兒童的審美趣味，扭曲和泯滅了童心。我們所選用的美育材料、所營造的美育氛圍，都要適合兒童心理，有助於培養與其年齡段相適應的健康的審美趣味，而不能超前，不能揠苗助長，把兒童過早地催熟。當前社會審美教育中部分存在的這一誤區，也能從《文心雕龍》的美育思想中，找到適合的答案。

距今一千五百多年前劉勰在《文心雕龍》中提出的美育思想，是中華民族美育思想史上的寶貴財富。在歷史邁入新世紀的今天，研讀和批判地吸取這些寶貴的思想遺產，將有助於我們更好地認識中國古代美學思想的現代價值，有助於建立起有中國特色的美育思想體系和社會美育機制。當年劉勰在《文心雕龍》的結束語中不無感慨地寫到：「文果載心，餘心有寄。」如果我們今人能從《文心雕龍》中汲取到這些有益的思想財富，實現了上述建立有中國特色的美育體系的目標，我們就成爲了劉勰的千古知音，這位孤寂一生的中國古代美育理論的先哲，也就終能含笑九泉了。

（最初發表於《中國詩學研究》第 8 輯「《文心雕龍》研究專輯」，安徽大學出版社 2011 年出版。並獲天津市社會科學界聯合會 2011 年學會優秀成果二等獎。收入本書有刪改。）

破譯東方詩學的文化密碼——評俄羅斯漢學家李謝維奇對中國古代文論術語的譯解

早在 18 世紀，俄羅斯早期漢學的奠基人尼基塔・雅科夫列維奇・比丘林（Никита Яковлевич Бичурин，1777-1853）通過寫作《中國哲學》一文，就坦白地承認：「我爲淺顯地說明概念而搜索枯腸。」〔註 1〕而要領悟和理解一個民族的文化，又必須對該民族的文化思想、哲學觀念有深刻的瞭解，這就使得對中國傳統文化觀念、文學思想的解讀，在中外文化和文學交流中，處於必須優先解決的重要地位。

這裏，我們想就俄羅斯科學院東方學研究所研究員伊戈爾・薩莫依洛維奇・李謝維奇（Игорь Самойлович Лисевич，1932 -2000）對中國古代文論術語的解讀作一個案分析，以期具體瞭解海外漢學家、特別是屬於西方文化體系的漢學家譯讀、接受中國古代文學思想的特點、成就與不足，並爲中國豐厚的古代文學理論遺產更好地走向世界提供借鑒。

伊戈爾・薩莫依洛維奇・李謝維奇，1932 年出生於莫斯科。1955 年畢業於莫斯科國際關係學院。1956—1959 年在莫斯科大學東方語言學院任教，1963 年起爲蘇聯科學院東方學研究所研究員。1965 年以論文《中國古代詩歌與民歌的關係（西元前三世紀末至西元三世紀初的民歌樂府）》獲語文學副博士學位。專著有《古代中國的詩歌與民歌》（1969 年），《古代與中世紀之交的中國文學思想》（1979）等。

〔註 1〕轉引自 К·И·戈雷金娜、В·Ф·索羅金著：《中國文學研究在俄羅斯》，莫斯科：俄羅斯科學院東方文學出版公司 2004 年版，第 4 頁。

由蘇聯科學院「科學」出版社 1979 年在莫斯科出版的李謝維奇的專著《古代與中世紀之交的中國文學思想》(《Литературная мысль Китая на рубеже древности и средних веков》),是作者在中國古代文論領域多年研究成果的結晶。這部長達 265 頁的專著主要討論的是中國古代文學思想中一些最基本的概念、術語和範疇。在本書序言裏,作者指出,長期以來許多歐洲人,甚至是像黑格爾那樣著名的學者,都對中國的精神文化和中國人的社會心理存有濃厚的偏見。對於種種貶低或醜化中國古代思想文化遺產的論調,他認爲可以用魯迅的一句話來概括,那就是「門外文談」。他引用阿列克謝耶夫的話說:「重要的不是我們看見什麼,而是中國人看見什麼。只有當我們最終找到了爲什麼中國人在那裏得到充分的享受,而我們感到的卻只是迷惘的時候,我們才能開始發議論。」〔註 2〕爲此,李謝維奇提出:「爲了理解另一個民族的藝術,必須掌握建立在其基礎之上的文化密碼」〔註 3〕。

正是出於這樣的動機,李謝維奇選了十多個中國古代文論和文學中最重要的概念、術語或範疇,諸如「道」、「德」、「文」、「氣」、「風」、「風骨」、「賦、比、興」、「頌」、「詩」、「小說」等,進行了追根溯源的探義和詳盡的闡釋。限於本文篇幅。這裏我們僅就他對古代文論中最爲重要,且爭論最多的「道、德、文、氣、風、風骨」等概念的譯釋,作一簡要介紹和點評。

一、「道」

「道」是老莊哲學的核心概念,也是中國古代文論中具有綱領意義的重要範疇。劉勰《文心雕龍》,即以《原道》篇爲始。但「道」作爲哲學概念,本來就是一種借喻的用法,是老子用其能指爲具體事物的「道路」,來指稱他心目中「寂兮寥兮」、無可名狀、無法言傳的精神實體。按老子的思想,「道」本來就是無法解說,也不該解說的,甚至給「道」起個名字也有悖於「道」的精神。所以,用現代任何語詞來對譯「道」,都必然是挂一漏萬、言不及義的。中國尚且如此,讓外國人來理解和翻譯,就更爲困難了。

在歐洲漢學家中,對於中國「道」這個概念的解釋,歷來有兩種作法:一

〔註 2〕 李謝維奇:《古代與中世紀之交的中國文學思想》,莫斯科:蘇聯科學院科學出版社 1979 年版,第 5 頁。引文見阿列克謝耶夫:《在舊中國》,莫斯科 1958 年版,第 53 頁。

〔註 3〕 《古代與中世紀之交的中國文學思想》,第 5 頁。

種是試圖從歐洲哲學中找出與「道」相應的概念，如法國漢學的奠基人讓・保羅・阿別里－列繆斯把「道」翻譯成希臘詞「邏各斯」（邏輯），黑格爾把中國的「道」解釋爲他自己哲學中的「世界精神」等等；另一種作法則是保留這個術語的具象性，照中文字面直譯爲「道路」（英語 The Way；俄語 путь），以使其具有其原始能指的具體事物本身的多義性和比喻性。然後用描述的辦法，通過一系列概念和形象來說明它。李謝維奇認爲，這後一種作法「更有成效」。〔註 4〕他表示贊同瓦・米・阿列克謝耶夫在 1916 年研究司空圖《詩品》的專著中對「道」的描述：「道是本質，是某種靜止的自在之物，是圓心，超認識與測度的永恆的點，某種唯一正確和真實的東西。……這種『道』作爲最高的實體，是一切思想和一切事物的無爲的中心，是詩歌靈感的主宰。」〔註 5〕

上述阿列克謝耶夫對「道」的闡釋，就司空圖《詩品》中所說的「道」來看，應該說是正確的。但如果無視中國古代諸子百家各「道其所道」的事實，不考慮具體文章上下文中的語境，把這一理解當作普遍適用的公式，就難免出現曲解和誤讀。當年阿列克謝耶夫本人就曾把對司空圖《詩品》中的「道」的理解，套用到分析中國明代大儒宋濂《答章秀才論詩書》所講的「道」上。〔註 6〕我們說，宋濂文論主張中的「道」是儒家的封建聖賢之道，並且宋濂的《答章秀才論詩書》通篇講的是詩人要不要學習前人，以及怎樣學習的問題，並沒有涉及阿列克謝耶夫在其論文中所說的什麼「詩人返回自然……在強烈的靈感中……順從地摹仿大自然的『道』」〔註 7〕等話題（阿氏自己也說，那是莊子的觀點——筆者）。阿氏之論，似有主觀臆解之嫌。類似的問題在李謝維奇的研究論著中也有表現。比如陸機《文賦》中有「心懍懍以懷霜，志渺渺而臨雲」兩句，原文的意思不過是說心性高潔有如懷藏冰雪，志向高遠有如登臨雲端，是一個比喻的說法。而李謝維奇將這兩句話譯作：「吸收霜雪使心變冷，登上雲端之後志向飛向遠方。（Сердце холодеет, вбирая в себя иней, и устремления несутся вдаль, поднявшись к облакам）」然後解釋道：這是說「『道』的衝動進入人心並引起他的『氣』的運動。」〔註 8〕這就是受「道」

〔註 4〕同上，第 10 頁。

〔註 5〕同上，第 10 頁。

〔註 6〕參閱 B・M・阿列克謝耶夫《法國人布瓦洛和他的中國同時代人論詩藝》，《中國文學》，莫斯科：科學出版社 1978 年版，第 278 頁。

〔註 7〕同上，第 278 頁。

〔註 8〕《古代與中世紀之交的中國文學思想》，第 45 頁。

乃自然之道的既有觀念的影響，把自然現象對人的作用引申理解爲「道」的作用，而對原著作出的過度闡釋了。

二、「德」

對於西方學者來說，中國古代「德」這個概念，理解起來比「道」還要困難。李謝維奇就指出：「如果說對於中國的思想家，『德』是比『道』更爲可行的概念，那麼對於歐洲的學者來說，情況卻正好相反。……像『道』這樣的概念在西方哲學中還能找到比較接近的相應物，而對於『德』，卻沒有類似的概念」。〔註 9〕

爲了向西方讀者解釋清楚「德」這個概念，李謝維奇首先從詞源學角度對中國的「德」作了詳細的考證。他採納了美國學者 A・威利在 1956 年寫的《「道」及其能力》（《The Way and Its Power》）一書中的意見，認爲這個詞接近於古代的「播種」和「培育」。他根據漢字「德」字的圖形分析說：「『德』這個象形字的寫法是建立在會意的基礎上的，從眼睛裏生長出來的植物的葉柄。在眼睛圖形的下邊又補充了一個帶點的心的圖形，這中間可能解釋爲指示著通向另一個世界的出路，也可能是另一個意思：暗示著由我們的感官通向我們的認識的『生長』過程。」〔註 10〕儘管李謝維奇的這個解釋是否正確還有待商榷〔註 11〕，但他由此得出的關於「德」字涵義的結論卻很值得我們重視。他認爲，「德」「明確地指示出某種能力和它的實現。」〔註 12〕「如果說『道』是種子，那麼『德』就是幼芽，承受著一股未來發展的能量，這是自原始以來就存在於事物和現實中的不可見的程式的實現。」他還把「德」同印度哲學中的「羯磨」（因果報應）相比較，指出中國的「德」「更強調了『程式化』」。他說：「德也就是和諧，……在這種和諧中表現出在其自在之物（按：即道）中所具有的原始的決定性。」這也就是說，「德」是由「道」所決定、所賦予的事物的一種能力、一種屬性，它體現着和實現着「道」，並使

〔註 9〕同上，第 13 頁。

〔註 10〕同上，第 13 頁。

〔註 11〕「德」的本字爲「悳」，《説文解字》曰：「外得于人，內得于己也，從直心。」段玉裁注：「俗字假德爲之。德者，升也。」又云：「洪範三德，一曰正直。直亦聲。」見《説文解字段注》上冊，成都古籍書店 1981 年影印版，第 532 頁。

〔註 12〕《古代與中世紀之交的中國文學思想》，第 13 頁。

事物由於符合「道」而得以生存和發展。李謝維奇引用《易經》中所謂「天地大德命曰生」和《莊子》中的「生乃德之光」，說明「在世界的進化中和諧與預定性的最高表現是生命」。〔註 13〕這也就是莊子所謂「物得以生謂之德」（《莊子・天地篇》）。

我們說，在中國古代道家學派的觀念中，「道」是居於冥冥之中，無可形狀、無以言傳的東西。當它通過具體事物體現出來時，就不能再叫做「道「，而只能稱爲「德」。「德」是指物德，也就是某物之所以得成爲某物的本質屬性，或者說是事物合規律的本質屬性。《管子》曰：「德者，道之舍，物得以生生，」又說：「故德者，得也；得也者，其謂所得以然也。」（《管子・心術上》）由此可見，李謝維奇對「德」的上述解釋，是基本符合中國哲學中「德」這一概念的本義的。

三、「文」

「文」是中國傳統文學理論中一個具有元理論性質的基本概念，李謝維奇對此進行了深入探討。他仍從研究中國象形文字最初的圖形涵義出發，指出「文」的最初意義是「花紋」。他還引用《易・賁卦》中「剛柔交錯，天文也」的說法，指出「文的觀念同世界的自在之物——大道的觀念有著緊密的聯繫。」〔註 14〕正因爲「文」「從總體上被看作是道的表現，是神妙的力量——德的一種表現形式」，所以中國人總是以「極虔敬的態度來看待一切用它寫成的東西。」〔註 15〕在對「文」的最初意義作了辨析之後，李謝維奇用長達 11 頁之多的篇幅，概述了中國古代「文」的觀念由廣義到狹義的演變過程。由於這部分內容對於中國讀者來說是比較熟悉的，這裏不再過多介紹。

從對中國古代「文」的觀念深入而精確的把握出發，李謝維奇對如何用西方語言來翻譯中國這一獨特的文學理論術語的問題，作了頗有見地的探討。這突出表現在他對《文心雕龍》一書書名的翻譯上。《文心雕龍》一名，過去俄文一般譯作「Резной дракон литературной мысли」（「文學思想的雕刻的龍」）或譯爲「Литературные мысли и резные драконы」（Н・Т・費多連柯的譯法，直譯爲「文學思想與雕刻的龍」），李謝維奇指出：「心不等於思想，

〔註 13〕同上，第 14 頁。
〔註 14〕《古代與中世紀之交的中國文學思想》，第 16 頁。
〔註 15〕同上，第 17 頁。

文也不是我們所理解的文學」〔註 16〕。他根據自己對中國「文」一詞的獨特認識，選擇俄文詞「письмена」（意爲「文字」）來翻譯中國的「文」，把書名譯作「дракон изваянной в сердце письмён」（「在文字的心中被雕刻出來的龍」。他的理由是：「文字（письмена）……，既是文學作品的標誌，同時又是文學的花紋。」〔註 17〕我們說，儘管李謝維奇的這一譯法仍欠準確〔註 18〕，但他這種獨立思考的精神和力圖準確傳達中國文論術語特殊涵義的苦心，還是值得肯定的。

四、「氣」

在《古代與中世紀之交的中國文學思想》一書的第二章裏，李謝維奇詳細探討了中國古代文論的另一個重要概念——「氣」。他指出：「哲學概念『氣』在中國文學思想中所起的作用，大概並不比『德』的概念要小；並且在創作過程的重要推動因素中，『氣』幾乎與『道』的概念一樣重要」〔註 19〕。

爲了便於西方讀者理解，李謝維奇用來自古希臘哲學的西方哲學術語「以太」（эфир）來翻譯中國的「氣」字。不過，李謝維奇並不主張用西方哲學概念來簡單地對譯中國古代文論術語。所以他在把「氣」譯作「以太」的同時，還經常保持對這個詞的音譯，直接譯作「Ци」。此外在「以太」之前，往往要加上一些修飾語，如本章題目所謂「有生命力的（животворящий）以太」等等。因爲「以太」在古希臘人的觀念中，僅只是一種靜止的媒質；而中國的「氣」，李謝維奇通過對中國古代象形文字的考證，指出它是一種動態的蒸騰的元氣〔註 20〕。這種氣又分作「陽」與「陰」或「清」與「濁」兩個對立的方面，這兩方面互相聯繫又互相轉化，構成一種強大的宇宙風暴。〔註 21〕李謝維奇又指出，這陰陽二氣還「在人心中洶湧激蕩，並經過他闖入詩與藝術」〔註 22〕。

〔註 16〕同上，第 18 頁。

〔註 17〕同上，第 46 頁。

〔註 18〕所謂「文心」，按劉勰自己的解釋是「爲文之用心」，不能譯作「文之心」——筆者。

〔註 19〕《古代與中世紀之交的中國文學思想》，第 32 頁。

〔註 20〕同上，第 32 頁。

〔註 21〕同上，第 34 頁。

〔註 22〕同上，第 34 頁。

李謝維奇從中國古代道家把「氣」看作是宇宙初始的混沌狀態開始，詳細論述了「氣」在中國古代哲學和文學思想中的多種涵義。他指出，「氣」既是「物理的又是精神能力的」〔註23〕在李謝維奇對中國古代「氣」的學說的論述中，最值得我們注意的，是他從古代中國人的世界觀的角度，深入探討了「氣」的觀念給中國古代創作論思想帶來的獨特內涵。他特別注意到《易傳》中所說的「同聲相應，同氣相求」，指出：「古代中國人的世界完全處在『共鳴』法則的統治下。對於用宇宙的以太構成和浮游在『氣』的海洋中的同種構造來說，距離不是什麼障礙，一種衝動可以無阻礙地傳達給另一個。世界被看作是由『氣』本身的性質產生的無數內部聯繫串連起來的。……這樣一來，自然現象與人的行爲就表現爲相互的聯繫，而人的行爲就以最爲奇特的方式影響到大宇宙的狀況。」〔註24〕基於這一發現，李謝維奇令人信服地解釋了中國古代的「養氣」論、「虛靜」論、「感物」論等一系列理論命題的獨特涵義。概括地說，就是在古代中國人的心目中，人對外物的感知不是一種消極被動的認識關係，而是一種能動的「感應」關係。只要主體心中蓄積、凝聚起一定的「氣」，就可以「感應」到用同種「氣」構成的外物。李謝維奇引述了陸機《文賦》和劉勰《文心雕龍》的一些說法，如「其始也，皆收視返聽」，「秉心養術，無務苦慮」，「神居胸臆，志氣統其關鍵」，「關鍵將塞，則神有遁心」等等，指出：「這不是簡單的比喻，而是世界觀。詩人的心不是在假借意義上簡單地包括宇宙，要知道通往無窮的大門就在其中。」〔註25〕「培養自己的『氣』並且會運用它的人的精神」方可以「神與物遊」〔註26〕。李謝維奇的這些解釋，同西方學者李約瑟博士在其劃時代巨著《中國之科學與文明》中對中國「有機體論」的世界觀的論述是一致的。它有助於我們把握中國古代創作論思想的奧秘，有助於我們進一步發現和認識中國古代美學和文學思想的民族特色。

五、「風」與「風骨」

在專著的第三章：《宇宙的風——「風」和它在詩學領域的出現，關於「風骨」的爭論》裏，李謝維奇對中國古代文論中的「風」和「風骨」這兩個概

〔註23〕同上，第 57 頁。
〔註24〕同上，第 34-35 頁。
〔註25〕同上，第 45 頁。
〔註26〕同上，第 46 頁。

念，作了頗令人感興趣的研究。按照他一貫採用的「原始以表末」的研究方法，李謝維奇首先探討了中國古代象形字「風」的原始意義，指出：「古代象形字『風』是一面直角帆，……以後在它裏面補充了一個意符——一個昆蟲的圖形，它具有喚起春天青草的生命力的作用」〔註 27〕，這與西方人風的概念是不同的。接下來，他從對古代中國人世界觀的全面瞭解出發，著重探討了古代中國人「風」的概念有別於西方的隱秘涵義。他引用莊子所謂「大塊噫氣，其名曰風」，以及嵇康在《聲無哀樂論》中所說的：「凡陰陽憤激，然後成風；氣之相感，觸地而發」，指出在古代中國人的心目中，「風」「似乎是某種宇宙力量的更爲顯著和強大的體現者和負載者，是天的使者、宇宙的呼吸」〔註 28〕。「氣在人體內的循環是由於外部的氣——宇宙之風的運動；而人的健康、他的平安、富裕、事業上的順利和最終結果——他的命運，則完全依賴於這兩個方面（筆者按：指『宇宙之風』和人的『氣』）」。〔註 29〕這樣，李謝維奇就找到了古代中國哲學和文學思想中一些與「風」有關的概念——諸如「風水」、「風流」、「觀風」，以及作爲民歌的「風」等等的內在聯繫。而中國古代詩學中的一些著名命題，如：「養氣」、「觀志」、「觀風」、「文以氣爲主」等等，也都可以從中國人的這種「風」、「氣」觀念中得到合理的解釋。

在詳細探討了中國古代文論中「風」的多種涵義之後，李謝維奇指出：「所有這些並沒有什麼新東西，只是重複着固定的風的概念……只是到了建立起『風骨』觀念的劉勰的時代，才把新的意義帶進關於『風』的文學評論」。〔註 30〕因此，李謝維奇接下來便進一步討論了在中國古代文論中極爲獨特的「風骨」概念。

「風骨」是中國古代文論研究中爭論頗多的一個問題。在這一章裏，李謝維奇就介紹了中國學者如黃侃、劉永濟、范文瀾、王達津、舒直等人的意見。對這些意見，李謝維奇有自己獨立的思考和分析，他特別對我國五、六十年代在機械唯物論和庸俗社會學影響下形成的把「風骨」研究簡單化、現代化的傾向，表示了強烈的不滿〔註 31〕。他在全面研究了《文心雕龍・風骨》篇中有關

〔註 27〕同上，第 64 頁。《説文解字》云：「風動蟲生」，可見「風」具有化育萬物的能力，李謝維奇的解釋是正確的——筆者。

〔註 28〕同上，第 65 頁。

〔註 29〕同上，第 69 頁。

〔註 30〕《古代與中世紀之交的中國文學思想》，第 88 頁。

〔註 31〕同上，第 96-97 頁。

「風」、「骨」的論述之後，得出了自己的結論，那就是：「風、骨這兩個字……結合在一起，成爲一個統一的概念，就成了一個作爲作品內部某一種核心的定義。沒有它，這樣的作品就不能站立起來，就不能被認爲是眞正的文學現象。」〔註 32〕那麼，「風」和「骨」究竟哪個屬於內容方面的因素，哪個屬於形式方面的因素，就像我國學者在五、六十年代熱烈爭論的那樣呢？在這裏，李謝維奇站在現代科學思維的角度，提出了一個對於我們頗有啓發的意見，那就是：「在劉勰自己對文學作品的理解中，他推測出其中存在的三個方面：內部的、代表著作家本人的情感和思想；外部的、展現於我們面前的有形有聲的形象；最後是某種中間的層面：在同第一個的關係上是外部的，而在同第二個的關係上又是內部的。這就是在劉勰那裏對『風』和『骨』概念的、某種程度上已成爲傳統的解釋。」〔註 33〕李謝維奇在這裏試圖從「中間層面」的角度來尋找解釋「風骨」概念的出路，這個意見我們認爲是可取的。

比如拿「骨」這個概念來說，我國學者以往有人認爲「骨即文辭」——屬於形式；也有人認爲「骨即事義」——屬於內容。實際上從劉勰自己在《風骨》篇中的表述來看，這兩種涵義可以說都兼而有之，而又都不完全相等。「骨」是文辭，又不等於文辭。因爲它並非泛指一切文辭，而專指那些「結言端直」的文辭。所以嚴格來說，它指的是文辭「言之有物」的質實性及其嚴整的結構與邏輯性。「骨」是事義，又不全等於事義，它是指與文辭相稱、足以撐起全篇的「事義」的充實性與條理性。所以劉勰要說：「若瘠義肥辭，繁雜失統，則無骨之證也。」（《文心雕龍・風骨》）可見，「骨」相對於「情思」而言，它是情思的形式；而相對於「文辭」而言，它又是文辭的內容。所以，李謝維奇指出：「嚴格地說，在歐洲詩學中對於『骨』還沒有準確的同義詞」。他說：「在我們的時代，正好表現出把內容和形式範疇看作是多極現象的傾向。在這裏，劉勰明顯地超越了自己的時代」。〔註 34〕李謝維奇從現代美學的眼光，看到了劉勰「風骨」論跨越時代的巨大理論價值。他的這一見解，與哲學副博士Ｂ・Ａ・克利夫佐夫（Кривцов）於 1978 年在《遠東問題》雜誌上第一期上發表的論文《論劉勰的美學觀點》中對於「風骨」的論述，基本上是一致的。克氏也認爲「風」和「骨」都包含着對內容與對形

〔註 32〕同上，第 88 頁。
〔註 33〕同上，第 95 頁。
〔註 34〕同上，第 89 頁。

式的要求。〔註 35〕但是李謝維奇對文學作品三個層面的劃分，以及把「風骨」解釋爲中間層面的說法，比較更深刻，也更有說服力。應該說這是他對「風骨」論研究的一大貢獻。

通過以上對李謝維奇翻譯闡釋中國古代文論術語的個案分析，不難看出，當一個民族的理論思維產品被譯成另一民族的文字，並且被異國學者研究和闡釋的時候，必然會出現某種「創造性叛逆」或曰「創造性背離」。這種來自異域的思想火花會給原作本土的研究者以巨大的啓發，推進本國研究的擴展與深入。但另一方面，我們也必須指出，這種來自異域學者的創造性接受有時又不可避免地會伴隨有對本民族文學理論思維成果的誤讀與曲解。中國本土的文學工作者有責任與海外漢學家攜起手來，發揚眞理、匡正謬誤，使世界人民得以認識中華文化的眞實面貌。

（最初發表於《心靈的橋樑——文學交流計畫國際學術討論會論文集》，天津大學出版社 2010 年出版）

〔註 35〕克利夫佐夫指出：「『風』這個概念是和另外一個在中國哲學和美學中非常有名的概念『氣』聯繫著的。……『風』是運動著的『氣』在藝術中的體現」。他又說：「劉勰的這個觀點，是在創作的熱情洋溢的理論基礎上產生的。……但情感世界和理智世界是不可分割的，所以『風』又包含著文學作品的思想方向。」同時，「思想與情感的表達同樣也借助於依其所表現的情感而變化的語言的幫助。因此，語言及其音律的概念也包括在『風』內」。對於「骨」，克利夫佐夫指出：「『骨』這個詞意味著骨骼。適用於文學作品，『骨』被劉勰解釋爲『力』，即語言和按照一定的觀點在某一方面敘述的內容的豐富。」「『骨』和『風』一樣，意味著內容和它的表達工具——語言，但已經不是從生動性和靈活性的觀點出發，而是出於表達的力量、準確性和均勻性的觀點。」見《遠東問題》1978 年第一期，莫斯科 1978 年出版，第 160 頁。

俄羅斯漢學家對《文賦》的接受與闡釋

近年來，越來越多的中國文學研究工作者對海外漢學家研究中國文學的情況，表現出濃厚的興趣。研究中國文學在世界上的傳播與影響，瞭解各國人民如何接受和闡釋、評價和吸收中國文學，並將這些信息回饋到中國國內，由中國本土的學者給予再研究和再評價，這不僅有利於海外中國文學研究的健康發展，而且對中國本國的研究，也可以起到啓發和借鑒作用。這裏，就對俄羅斯漢學家接受和闡釋中國陸機《文賦》的情況，作一簡要的評述，以供國內研究者參考。

一、《優美文詞的頌歌》——阿列克謝耶夫的俄譯《文賦》

中國文學思想史上劃時代的傑作——陸機《文賦》遠播俄羅斯，爲俄國人民所瞭解和喜愛，這首先要歸功於現代俄國新漢學的奠基人——瓦西里・米哈伊洛維奇・阿列克謝耶夫。

瓦西里・米哈伊洛維奇・阿列克謝耶夫（1881-1951），漢名阿理克，是俄國歷史上第二位以漢學研究榮登科學院院士寶座的學者。他早年曾數度來中國學習和考察，接觸和掌握了大量第一手的中文資料。對《文賦》的研究興趣，是他 1906—1909 年間在中國學習時產生的。儘管當時他的中國老師曾勸告他不要「徒勞地把時間浪費在譯讀這些賦上」〔註 1〕。但老師的勸告和歲月的流逝並沒有減弱阿列克謝耶夫翻譯和研究這篇作品的雄心。因爲在他看來，陸機《文賦》不僅是「他那個時代最有代表性的」，而且也是「蕭統的文集（指《文選》——筆者）中最令人喜愛的。」〔註2〕阿列克謝耶夫指出，《文賦》中出現的大

〔註 1〕B.M.阿列克謝耶夫：《中國文學》，莫斯科：科學出版社 1978 年版，第 250 頁。
〔註 2〕同上，第 251 頁。

量表達中國古代文學思想的詞語是「重要的和意義重大的」，通過對《文賦》的翻譯和闡釋，可以建立起一部「特殊的詩學詞典」〔註 3〕。他說，《文賦》「預先決定了後來所有中國詩人和批評家的同類的詩歌創作，……一切後世的批評家和詩人批評家的文章都用陸機的思想來充實，甚至用他的語言。」〔註 4〕也就是說，阿列克謝耶夫把《文賦》看成是打開中國古代文學思想寶庫的鑰匙，看成是瞭解中國古代文學思想精華的範本。這一接受動機就此規定了阿列克謝耶夫日後對《文賦》進行闡釋與研究的思維指向。

經過 30 多年的準備和潛心研究，特別是 1926 年法國漢學學家讓・馬爾古里葉斯（G.Margoulies，漢名馬古禮）的《文賦》法文譯本問世，使阿列克謝耶夫有了比較可靠的西文譯本作參考，他終於在 1944 年完成了對《文賦》全文的俄譯工作。4 年之後，1948 年，阿列克謝耶夫對自己的譯文做了重新修訂，使之更臻完美。由阿列克謝耶夫完成的《文賦》這一俄文譯本〔註 5〕，至今仍是俄羅斯漢學家研究《文賦》的經典性文本。

將「綜輯詞采」、「錯比文華」、講究聲律用典的中國古代「賦」文翻譯成俄文，是一項很不容易的工作。阿列克謝耶夫在翻譯時貫徹了他本人提出的兩條原則：一是逐字逐句地對譯，不增減字句，甚至不打亂原文的詞序；二是講究韻律，努力傳達原文「中國式的聲調和諧」〔註 6〕。此外，爲了便於俄國讀者理解，他還在直譯之外，對原文各段加以概括性的意譯說明。總之，阿列克謝耶夫的《文賦》譯文做到了如我國翻譯家所主張的「信、達、雅」。它不僅有力地促進了《文賦》在俄羅斯的傳播，而且爲中國古典文學作品的俄譯工作提供了成功的範例。

把一個民族的精神產品轉譯成另一民族的語言，決不僅僅是符號系統的轉換。特別是對於文學作品來說，語文學角度的翻譯必須同對原文意旨的理解與闡釋結合起來。也就是說，對原文整體意蘊的理解必須以文字的翻譯爲基礎，而對文本每一部分文字的翻譯又必須根據整體的形式和意象來考慮，這就是當代西方釋義學常常講的所謂「釋義學循環」。正是在這個意義上我們

〔註 3〕同上，第 258 頁。

〔註 4〕同上，第 259 頁。

〔註 5〕俄譯名：《優美文詞的頌歌》，1944 年稿載《蘇聯科學院公報》文學與語言部 1944 年第 3 卷，第 4 分冊。1948 年修訂稿收入《中國文學》，莫斯科 1978 年版，第 259-265 頁。

〔註 6〕《中國文學》，第 265 頁。

說翻譯也是對原作的一種闡釋。研究阿列克謝耶夫對《文賦》的俄譯，從中可以看出他對原著基本精神的理解。

阿列克謝耶夫對《文賦》的直譯，由於是按照「逐字逐句」的原則作出的，還不大容易看出他的主觀傾向；而他所作的意譯，則由於闡釋成分的加大，比較明顯地表現出譯者對原作接受的主觀性。其中最突出的，就是譯者受他以往所瞭解的中國古代文道關係學說和西方靈感理論的雙重影響，造成了他的閱讀經驗期待視野，並由此形成他對《文賦》的獨特闡釋。

這裏需要追溯到 1916 年阿列克謝耶夫通過對司空圖《詩品》的研究而形成的對中國古代哲學和文學觀念的基本認識。當時他指出，由「道家第一批神秘主義者（老子、莊子、列子、淮南子）」所闡揚的「道」，「是《詩品》經常採用的論點之一。」〔註 7〕他寫道：「在《詩品》中是以詩的語言歌頌了那種特殊的靈感，這種靈感以自己的特點成爲『道』的表徵，而它的體現者就是得道的詩人——『道一詩人』（Дао—поэт）。」〔註 8〕這一認識在阿列克謝耶夫以後對中國古代文論其他著作的研究中一再地表現出來。他對《文賦》的翻譯和闡釋，就體現了這種思維定勢。像他翻譯「課虛無以責有，叩寂寞而求音」這兩句話說：「現在我深刻地觀察空虛和無生命的零點，以便要求那裏有存在；我叩擊寂靜的黑暗想讓它發出聲音。」〔註 9〕這話就很自然地讓讀者聯想到中國哲學中那處於冥冥之中的「道」。後起的俄羅斯漢學家如李謝維奇也正是這樣來理解《文賦》的。

另一方面，西方文論所一貫重視的創作靈感理論也是影響阿列克謝耶夫對《文賦》的闡釋的一個重要因素。靈感論起源於古希臘，在德謨克利特的著作殘篇中，就有很多談到創作靈感問題，而柏拉圖的靈感論更是影響深遠。在阿列克謝耶夫對《文賦》的闡釋中，可以很容易地找到這種影響的痕跡。比如柏拉圖說過：「不失去平常理智而陷入迷狂，就沒有能力創造。」〔註 10〕而在阿列克謝耶夫對《文賦》的闡釋中，則也把詩人創作時的精神狀態稱作「迷狂」——транс」（迷睡、失魂，這裏譯作「迷狂」——筆者）。他意譯「佇

〔註 7〕 B.M.阿列克謝耶夫：《中國論詩人的長詩——司空圖（837- 908）的〈詩品〉》，彼得格勒 1916 年版，第 11 頁。

〔註 8〕 同上，第 13 頁。

〔註 9〕 《中國文學》，第 261 頁。

〔註 10〕 柏拉圖：《伊安篇》，《西方文藝理論名著選編》，北京：北京大學出版社 1985 年版，第 7 頁。

中區以玄覽」句曰：「迷狂把我帶到世界的中心，在那裏我的人類的雙眼恢復光明，並用那永恆的陰間的、超人的雙眼看到整個世界。」〔註 11〕他解釋「其始也，皆收視反聽」至「觀古今於須臾，撫四海於一瞬」這段話說：「他的靈魂飛出世界之外，漫遊在高高的太空。……在這種超感覺的迷狂中，他於一眨眼之間駛過過去的時代和世紀，並用一瞥眼攫住自己的全部地域。」〔註 12〕這些闡釋，很明顯帶有柏拉圖靈感論的味道。

阿列克謝耶夫從異文化背景的眼光出發，對《文賦》所作的類似上述這樣的理解與闡釋，有不少地方有其新穎獨到之處，對中國本國的研究者也不無啓發。不過，需要指出的是，阿列克謝耶夫對原作文本的闡釋中，有些地方是不夠準確的。這突出表現在他有時斷章取義地截取原作片斷言論，爲自己的主觀闡釋服務。比如他在概述《文賦》思想內容時，有這樣一段話：「詩人是不脫離這個世界的人，但脫離鄙俗的人們，並把自己的特性培養成詩（按阿氏文中所注，此指「或苕發穎豎，離眾絕致」——筆者）。……可是他在天上沒有支持者，大地對他也漠不關心。他在世上就是山中稀有的碧玉和水中的珍珠，隱藏在人們中間（阿氏自注此指「石韞玉而山輝，水懷珠而川媚」——筆者）。」〔註 13〕瞭解《文賦》原文的人都知道，「苕發穎豎，離眾絕致」是指文中突出的錦言秀句；「石韞玉而山輝，水懷珠而川媚」是用比喻的說法，說明文中脫穎而出的名言警句即使孤立無偶，也應保留在文章中，以使全篇生色。阿列克謝耶夫的闡發，可謂脫離原意的任意發揮。這種「六經注我」的做法，是不可取的。

二、「對世界文學史互相適應的部分的認識」——阿列克謝耶夫對《文賦》與賀拉斯《詩藝》的比較研究

對於海外中國學家來說，比較研究是他們慣常採用的研究視角與方法。作爲外國學者，他們是站在異文化的背景上去觀照中國的學術文化，這就使他們的研究，從一開始就必然地帶有比較研究的天然胎記。同時，遠距離觀察的視角，也使他們時時把中國與中國之外其他國家的東西同時納入自己的視野，並把這些對他們來說都是「外國的」東西，放到一種等價的地位上去

〔註 11〕《中國文學》，第 266 頁。
〔註 12〕同上。
〔註 13〕同上，第 257 頁。

進行比較。阿列克謝耶夫對陸機《文賦》的深入研究，就是通過與西方文論進行橫向比較的方式來進行的。1944 年，阿列克謝耶夫發表論文《羅馬人賀拉斯和中國人陸機論詩藝》，這是作者用比較方法研究中國古代文論著作的一大收穫。

阿列克謝耶夫對中西文論進行比較研究有一個基本的指導思想，即通過這種研究達到「對世界文學史互相適應的部分的認識」，〔註 14〕從而把中國古代詩學納入到世界詩學體系中來。這種積極的接受態度，使他能打破長期以來西方學者對中國學術文化的偏見，認眞發掘和探討中國古代詩學思想中蘊涵的精華。

《羅馬人賀拉斯和中國人陸機論詩藝》全文共分九節。第一節論述賀拉斯與陸機之間的可比性，說明作者進行比較研究的目的和理由。第二節簡要介紹陸機的生平和創作，並著重說明《文賦》在中國文學史上的地位以及翻譯這篇賦體論文的難度和意義。從第三節至第五節作者用三節篇幅論述了賀拉斯與陸機在詩學主張上的不同點。第六節和第七節論述了他們之間的相同點。第八節概述了陸機《文賦》的思想內容。第九節是對全文的總結，並進一步指出了陸機《文賦》的偉大意義。

阿列克謝耶夫認爲，賀拉斯與陸機的最大差別「在於他們長詩的語調」。〔註 15〕他指出，陸機較少教訓性，他喜歡談論理想詩人的理想作品，而這樣的詩人是「神秘地與天融爲一體並依靠最高的生命創造行爲——『天機』而生活的」。（第 253 頁）賀拉斯則不然，他的《詩藝》是直接寫給戲劇作家的教導，所以他總像一個「穩重的教師」（第 253 頁）在示人以法。在賀拉斯的《詩藝》中有對詩格、韻律等問題的論述，而這在陸機那裏是空白。因爲他的《文賦》是「精神和情緒的詩，而不是作詩法。」（第 252 頁）阿列克謝耶夫還特別指出，造成賀拉斯與陸機詩學主張不同的一個重要原因是因爲賀拉斯心目中詩的讀者包括「所有的人」（如《詩藝》中提到「老人」、「高傲的騎士」等一筆者），而陸機的讀者則是「博學的學者」，是「站在正道上的高級的文學家」，而不是「半文盲的大眾」（第 252 頁）。也就是說，由於陸機所面對的「隱含的讀者」是如他本人一樣的文學知音，他們之間在談論文學問題時完全可以略去一些問題不談，或對有些問題僅只用隻言片語點到則

〔註 14〕同上，第 249 頁。
〔註 15〕《中國文學》論文集，莫斯科 1978 年版，第 253 頁。本段以下引文皆出此書。

已，這並不意味着它們不重要或論者沒有能力深入闡發，而是由於論者與接受者之間在這些問題上完全可以心領神會、達成默契，毋須爲這些人所共知的問題多費唇舌。這也就是如西方漢學家李又安指出的所謂中國古代文論在交流方式上的「閉合性」。〔註 16〕正是這種「閉合性」，造成陸機《文賦》在某些問題上的疏略和較少教訓性。

此外，賀拉斯與陸機的差別，在阿列克謝耶夫看來，還表現在以下幾個方面：就他們所繼承的文學傳統而言，賀拉斯沒有陸機那麼多的文學前輩，並且他的前輩都是外國（希臘）人。在賀拉斯的詩體書信中列舉了許多希臘詩人的名字，而在陸機那裏幾乎沒有提到任何前人，可是他的思想受前人「概括的影響卻要比賀拉斯多。」（第 251 頁）在他們研究的對象上，賀拉斯的是詩劇，而陸機的則是戲劇以外的「文」；並且賀拉斯本人並沒有寫過他所討論的東西，而陸機則以寫作他所討論的詩文而成名。再有，賀拉斯對詩抱着中庸態度，他允許詩中有冗長或平庸的地方。如《詩藝》中說：「作品長了，瞌睡來襲，也是情有可原的」。而這「對於陸機來說是致命的，並且還是不可容忍的粗俗」，（第 253 頁）因爲他追求的是儒家思想的標誌着高度成就的「正道」。

關於賀拉斯與陸機論詩藝的共同點，阿列克謝耶夫指出，這「首先是古代的理想化」。（第 253 頁）他們都表現出對古代聖賢的崇拜，這在賀拉斯是對蘇格拉底，在陸機是對孔子。他們都要求詩的樸素、和諧與一致，反對詩人的惡習、粗野和不文雅的表述、矯揉造作的藻飾和空洞無物等等，並且陸機「在方法上帶有更大的決斷和深度」。（第 254 頁）他們都要求詩人帶著感情去創作，要對讀者的心靈起作用，要能給人以益處和樂趣。他們都同樣具有說服力地解決了詩人創作中自然美與藝術美的相互關係問題，這在賀拉斯那裏是天賦與苦煉的結合；而在陸機那裏則是「志」與「文」，也就是「人的自然本性、精神財富」與「文雅的藝術的語言」的和諧結合。他們都主張在詩歌中「美」應佔優勢，只不過在陸機那裏，「美」還有許多同義詞，如「雅」、「麗」、「豔」、「藻」等等。此外，阿列克謝耶夫指出，賀拉斯關於「條理分明」的思想，在陸機那裏也得到熱烈的贊同，他要求詩人具有「勻稱的細緻的準確性」（第 255 頁）。

在對賀拉斯與陸機作了全面、細緻的比較研究之後，阿列克謝耶夫不無

〔註 16〕見李又安（Adele Austin Richett）編：《中國的文學觀：從孔夫子到梁啓超》，普林斯頓，1978 年版序言。

讚美之情地得出自己的結論：「站在中國人的長詩（指陸機《文賦》——筆者）的背景上，可以認爲賀拉斯的信比中國人的詩更爲主觀。」陸機在其《文賦》中論述的一系列觀點，「對於他的一切後繼者一點也不是陳舊的東西。」他指出：「今天對於理解中國的古典詩歌來說」，陸機《文賦》的時代「還遠遠沒有結束。」「並且它的語言對於所有懂得古代漢語的人也完全是可以明白的。」他還說，陸機「所提供的世界詩人的心理學並不比那位羅馬詩人（指賀拉斯——筆者）要少。羅馬詩人爲詩人寫的要多於他論詩人的地方。而對後者的研究，陸機要多於賀拉斯」（第 256 頁）。

阿列克謝耶夫的這篇比較詩學論文，體現了比較文學研究中「蘇聯學派」的一些特點。蘇聯學派一方面贊成影響研究，同時又把類型學研究也納入比較文學的範疇。像阿列克謝耶夫在這篇論文中用作對比的賀拉斯與陸機，以及他在以後寫的另一篇論文《法國人布瓦洛和他的中國同時代人論詩藝》〔註 17〕中提到的布瓦洛與宋濂、袁黃，他們之間都沒有什麼事實上的影響或聯繫。但是，人類社會歷史發展過程的普遍性與規律性，決定了他們的文學主張必然表現出某種程度的一致性。同時，他們各自所處的歷史文化背景，以及一定時代美學思潮的薰染，又使他們的文學和理論主張表現出迥異於對方的不同特色。通過這種比較，使我們對「世界文學史互相適應的部分」以及每個民族文學理論的獨特性，有了更深的認識。在這方面，阿列克謝耶夫的工作是有開創性的。

不過，用比較文學研究已積累了一個多世紀經驗的今天的眼光來看，阿列克謝耶夫的研究也還存在着比較明顯的不足。他只是從表面層次上列舉了兩個民族文學理論的相同點和不同點，但未能更深一步揭示造成這些異同的社會歷史與文化背景原因，未能進一步說明這些不同體現了各民族文學理論的哪些特點和規律性。這個問題，阿列克謝耶夫在他以後寫的《法國人布瓦洛和他的中國同時代人論詩藝》中有所克服。這批論文手稿用了一定篇幅來探討造成中西文論種種不同的原因，說明作者已意識到這一點。可惜 40 年代後期比較文學研究在蘇聯被宣判爲「資產階級的反動的文藝學」，遭到毀滅性打擊，作者本人又於 1951 年逝世，使他對這一課題的研究沒能更深入地進行下去。

〔註 17〕該論文手稿寫於 1944 至 1947 年間，後收入作者的文集《中國文學》，莫斯科 1978 年版，第 273-281 頁。

三、中國古代「創作靈感理論發展的很好例證」——李謝維奇論《文賦》的靈感理論

繼阿列克謝耶夫之後，對《文賦》研究下力較多且頗有心得的俄羅斯漢學家當數伊戈爾·薩莫伊洛維奇·李謝維奇。他的《古代與中世紀之交的中國文學思想》一書論及《文賦》的地方有十多處，主要涉及兩方面問題，一是陸機的靈感論，二是他的文體論。這裏着重介紹李謝維奇對陸機靈感論的闡釋。

李謝維奇論《文賦》，基本上秉承了當年阿列克謝耶夫的研究路線，但在論述的深度與廣度上都有所擴展。他所引述的《文賦》原文，大部分採自阿列克謝耶夫俄譯，因此，阿氏對原作的理解，必然影響到李謝維奇的闡釋。同阿列克謝耶夫一樣，李謝維奇也把陸機的靈感論與古代中國人「道」的觀念聯繫起來。他說，陸機的《文賦》是中國古代「創作靈感理論發展的很好例證」〔註18〕。他指出，陸機的靈感論認爲「靈感的激流開始於外部的推動、人與『自在之物』的聯繫和對『道』不停頓搏動的感覺，這首先在四季的交替中感覺出來」。〔註19〕接著，李謝維奇引述了《文賦》中的「遵四時以歎逝……悲落葉於勁秋，喜柔條於芳春」，以及「心懍懍以懷霜，志眇眇而臨雲」等段落，指出：「這是一個關健的因素，『道』的衝動深入到人心中，並引起他的氣的運動。」〔註20〕按照李謝維奇的這一解釋，「遵四時以歎逝」這段話告訴人們的，就不僅是我們通常所理解的四時風物的變遷對詩人心靈的感召，而還包涵著隱藏在自然萬物背後並主宰萬物運動的「道」的律動對詩人心靈的撞擊。這種從中國古代「道」的觀念出發對陸機的言論所作的闡釋，是頗爲新穎的。

類似這樣的理解在李謝維奇對《文賦》的闡釋中還有不少。比如他以阿列克謝耶夫的《文賦》譯文爲依據，分析「課虛無以責有，叩寂寞而求音」這兩句話說：「阿列克謝耶夫的翻譯很好地傳達了賦的這個特點，……完全不必提到『道』，但任何一個懂得一點中國哲學的人都會明白，這裏說的正是它，它處於『黑色虛無』之中，並創造包括詩歌語言在內的一切。」〔註21〕對於

〔註18〕И.С.李謝維奇：《古代與中世紀之交的中國文學思想》，莫斯科：科學出版社1979年版，第19頁。

〔註19〕同上，第44頁。

〔註20〕同上，第20頁。

〔註21〕И.С.李謝維奇：《古代與中世紀之交的中國文學思想》，莫斯科：科學出版社1979年版，第20頁。

陸機所謂「佇中區以玄覽」，李謝維奇議論道：「這是詩歌靈感開始的時刻，這時詩人開始研究永恆，研究『道』，並因此得到認識和創作的超自然的力量。只有這種先驗的力量使他有可能獲得短暫的靈感，並上升到世界之上，成爲宇宙的主人。」〔註 22〕他引述《文賦》中「精騖八極，心遊萬仞，……觀古今於須臾，撫四海於一瞬，」以及「籠天地於形內，挫萬物於筆端」這些話說：「這是神秘的迷狂，這時對於詩歌語言的創作者來說，不存在障礙，因爲他與『道』融合在一起，並與其相等。」〔註 23〕李謝維奇還特別指出：「由陸機爲我們描繪的這幅圖畫在其全部詩意中說的不只是藝術想像的力量，在它的背後完全是一定的世界幻影。」〔註 24〕這些論述，與阿列克謝耶夫當年對《文賦》的闡釋，在基本精神上是完全一致的。

李謝維奇對以陸機（還包括後來的劉勰）靈感論爲代表的中國古代創作靈感理論的闡釋中最值得重視的地方，是他從古代中國人的世界觀出發，對在中國古人的文學觀念中如何才能達到創作主體——「心」與處於冥冥之中的客觀的「道」的融合感應，作了較爲深入的探討。他特別注意到《易傳》中所謂「同聲相應，同氣相求」的說法，指出：「古代中國人的世界完全處在『共鳴』法則的統治下，對於用宇宙的以太（李謝維奇對中國古代「氣」概念的意譯——筆者）構成和浮游在『氣』的海洋中的同種構造來說，距離不是什麼障礙，一種衝動可以無阻礙地傳達給另一個。世界被看作是由『氣』本身的性質產生的無數內部聯繫串聯起來的。……這樣一來，自然現象與人的行爲就表現爲相互的聯繫，而人的行爲就以最爲奇特的方式影響到大宇宙的狀況。」〔註 25〕基於這一理解，李謝維奇引述了陸機《文賦》和劉勰《文心雕龍》中的一些說法，如「其始也，皆收視反聽，」「秉心養術，無務苦慮，」「神居胸臆，志氣統其關鍵，」「關鍵將塞，則神有遁心」等等，指出：「這不是簡單的比喻，而是世界觀。詩人的心不是在假借意義上簡單地包括宇宙，要知道通往無窮（指「道」——筆者）的大門就在其中。」「培養自己的『氣』並且會運用它的人的精神」方可以「神與物遊。」〔註 26〕李謝維奇對中國古代創作理論的這一解釋，是相當精到、深刻的。中國古代理論家們一方面講

〔註 22〕同上，第 35 頁。
〔註 23〕同上，第 35 頁。
〔註 24〕同上，第 45 頁。
〔註 25〕同上，第 46 頁。
〔註 26〕同上，第 46 頁。

「感物」，另一方面又大談「收視反聽」、「貴在虛靜」，這表面看來是矛盾的，其實卻是統一的。因為，他們所說的人對外物的反映、感知，是一種神秘的「玄覽」，是主體有了一定的蓄積、稟賦之後的「感應」。在古代中國人看來，靈感的獲得，必先要求主體有一定的自我涵養。當主體內心蓄養到能與自然之「道」交感的狀態之後，再與外部世界溝通，才能與作為萬物主宰的「道」產生呼應或共鳴。這時，主體也才能進入「天機駿利」的狀態，認識到這一點，方是把握住了中國古代創作靈感理論的奧秘，也才是劃清了中國古代創作理論與現代文藝理論的界限。

需要指出的是，李謝維奇對《文賦》的闡釋，也存在着脫離上下文意，根據主觀的先入之見曲解原文的情況。比如拿前面提到的「心凜凜以懷霜，志眇眇而臨雲」這兩句話來說，原文的意思不過是說心志高潔有如懷藏冰雪與登臨雲端，是一種比喻的說法。而李謝維奇將這兩句話譯作：「吸收霜雪使心變冷，登上雲端之後志向飛向遠方。」並就此闡發道，這是說「『道』的衝動進入人心並引起他的『氣』運動。」〔註 27〕這就是在不正確翻譯的基礎上作出的不準確的闡釋了。

縱觀兩代俄羅斯漢學家對《文賦》的接受與闡釋，不難看出，當一個民族的作品被譯成另一個民族的文字而在異域傳播，並且被異國學者研究和闡釋的時候，必然會出現某種創造性的接受效果。這也就是比較文學術語中常說的所謂「創造性叛逆」或曰「創造性背離」。由於接受者方面具有與作品本土的作者與讀者迥然不同的民族心理素質、思維習慣和歷史文化背景，因而在接受中就會形成不少全新的感受和見解。這種來自異域的思想火花會給本土的研究者以新的啓發，並從新的角度燭照出本國文學產品的成就、特色與不足。

另一方面，必須指出的是，這種創造性接受有時又不可避免地會伴隨有對本民族文學產品的誤解與曲解。雖然在某種程度上應該承認，有時正是這種「誤解」使本民族的文學產品，特別是像《文賦》這樣的文學理論產品，令異域讀者產生親切感，並因此促進了它在海外的傳播。但是，任何一門學術都應以對真理和真相的追求為自己的最高目的，海外中國文學研究也不例外。中國本土的文學研究工作者有責任與海外漢學家攜起手來，在中國文學外播的每一個環節（從最基礎的翻譯工作到深層次的闡述和研究）協同作戰，

〔註 27〕同上，第 45 頁。筆者按：李謝維奇在這裏沒有採用阿列克謝耶夫的譯文，而是由他自己根據《文選》中所載的《文賦》原文重新作了翻譯。

以期不斷地發揚眞理，匡正謬誤，使世界人民得以認識中華文化的眞實面貌，讓源遠流長、光輝燦爛的中華文化更好地爲全人類的精神文明作出貢獻。

（最初發表於《齊齊哈爾師範學院學報》1995 年第 3 期，收入本書略有修改）

俄羅斯翻譯闡釋《文心雕龍》的成績與不足

中國燦爛的古代文化，是全人類文化寶庫的共同財富。在中國走向世界、世界關注中國的今天，瞭解和研究中國古代文化遺產在世界各國傳播的情況，並將海外中國學學者研究中國文學的學術信息回饋到中國國內，對於加強中國本國學者與域外同行的溝通與交流，促進海內外學術的健康發展，無疑具有積極的現實意義。這裏，就對中國古代文學理論遺產的奇葩——劉勰（西元 465？-521？）的《文心雕龍》，在我們的友好鄰邦俄羅斯被翻譯闡釋與接受的情況，做一簡要回顧與評述，以供海內外「龍學」研究者參考。

俄羅斯漢學家對《文心雕龍》的譯介與研究始於本世紀 20 年代。1920 年，現代俄羅斯新漢學的奠基人 B.M.阿列克謝耶夫院士在爲世界文學出版社出版的《東方文學》寫的一章——《中國文學》中，談到中國古代儒家的文道關係學說時，曾全文翻譯了《文心雕龍》中的《原道》篇〔註 1〕。這段文字，大約是《文心雕龍》最早的俄文譯文。從這時開始，《文心雕龍》作爲代表中國古代文學理論最高成就的經典著作，進入了眾多俄羅斯漢學家的研究視野。在一些著名漢學家的著作中，如Н・И・康拉德編著的《中國文學選》（莫斯科 1959 年版）、Л・Д・波茲涅耶娃主編的《中世紀東方文學》（莫斯科 1970 年版）、Н・Т・費德林著《中國文學研究問題》（莫斯科 1974 年版）、Б・Л・李福清等編著《世界文學史》第二卷（莫斯科 1986 年版）等，都有對《文心雕龍》的專門介紹。此外，不少研究中國文學的學術論文，也涉及到對劉勰

〔註 1〕見《中國文學》，莫斯科：科學出版社，1978 年版，第 51-52 頁。

文學思想的闡釋和研究。但是，由於《文心雕龍》本身的艱深性，對它的完整翻譯令不少俄國漢學家視爲畏途。所以迄今爲止，不用說對該書的全譯，就是單篇的逐字逐句的完整譯文，也未見有人作出，這是俄羅斯《文心雕龍》研究亟待解決的課題。

《文心雕龍》在俄羅斯傳播，主要有三種方式：一是知識性的介紹，二是對其理論主張的較爲深入的闡釋與研究，三是在闡述其他問題時對劉勰的觀點加以引用，如女漢學家К·И·戈雷金娜在她的《十九世紀至二十世紀初中國的美文學理論》一書中，就以劉勰《文心雕龍》對各種文章體裁的定義，來說明她所論及的中國古文的各種體裁。這裏重點談談第二種情況，即對《文心雕龍》理論主張的闡釋與研究。

俄羅斯漢學家中對《文心雕龍》較早作出較爲系統全面闡釋的是女漢學家、莫斯科大學教授 Л·Д·波茲涅耶娃。在 1970 年出版的由其主編的莫斯科大學教科書《中世紀東方文學》中，有長達 10 頁的篇幅講述中世紀初期中國的詩歌理論，其中主要介紹的是劉勰。儘管波茲涅耶娃對《文心雕龍》的分析和闡釋不一定完全準確和深刻，但由於她寫的是一部教科書，並且是在俄國最早出現的比較全面論述《文心雕龍》的著作，對《文心雕龍》在俄羅斯的傳播與研究，產生了重要的影響。

1974 年和 1977 年，蘇聯《遠東文學研究的理論問題》論文集先後發表了波茲涅耶娃的兩篇論文：《喜劇性及其在中國的理論理解》和《悲劇性及其在中國的理論理解的最初嘗試》。作者在這兩篇論文中以西方美學的兩個重要範疇「喜劇性」和「悲劇性」爲線索，探討了古代中國人對這兩個範疇的理解，尤其著重分析了劉勰對這兩個問題的理論貢獻。她指出，劉勰在《諧隱》篇中說：「並嗤戲形貌，內怨爲俳也」，與希臘人對可笑的是醜陋的理解有相同之處，但除此之外，還「可以領會爲笑有一定的緩和刺激的作用。」她特別分析了《諧隱》篇末尾所說的「古之嘲隱，振危釋憊」，指出：「在『釋』（波氏譯作 Снимать，意即提取、取出——筆者）這個詞中可以看到『清洗』（Очищение）。它與希臘的『淨化』（Katharsis，俄譯 Катарсис——筆者）的區別在於與其相聯繫的不只是悲劇的影響，而且還有喜劇。」〔註2〕波茲涅耶娃總結說：「對笑的釋放作用

〔註 2〕Л·Д·波茲涅耶娃：《喜劇性及其在中國的理論理解》，《遠東文學研究的理論問題》，莫斯科 1974 年版，第 88 頁。

的確定，它作爲人的自然本性，由此構成劉勰對中國喜劇觀念的貢獻。」〔註3〕關於悲劇性問題，波茲涅耶娃指出，孔子對悲劇性的要求是「哀而不傷」，而劉勰在《哀弔》篇的「贊」中則肯定哀吊類作品的重要意義在於「千載可傷」。她說：「這樣一來，劉勰就反駁了孔子，……恢復了『傷』的權利。」〔註4〕這些來自異域學者的見解，對於中國學者深入解讀劉勰的美學思想，更好地認識其民族特色和現代價值，是頗有啓發意義的。

俄羅斯第一篇專門研究《文心雕龍》的論文，當推哲學副博士Ｂ·Ａ·克利夫佐夫（Кривцов）於 1978 年在《遠東問題》雜誌上發表的《論劉勰的美學觀點》〔註5〕。在對《文心雕龍》的產生背景、劉勰生平及《文心雕龍》全書內容作了概括的介紹之後，作者著重探討了劉勰美學觀的幾個重點問題，即內容與形式的關係、「風骨」概念、文學作品的藝術美、創作論與文學發展規律以及批評的原則等問題。其中特別值得注意、對中國學者不無啓發的觀點，筆者認爲有以下兩方面：

一是對劉勰關於文學內容與形式關係的觀點的闡發。克利夫佐夫指出，劉勰一方面認爲形式決定於作品的內容，另一方面「他又發現，在和內容的關係中，形式就其本身而言，也不是消極被動的東西。它擁有自己內在的力量，並給內容以影響。這種影響作用，他是用『勢』這個概念來表達的，並提出『即體成勢』的思想。」〔註6〕作者評論說：「儘管（指劉勰——筆者）對形式和內容的聯繫的考察論述得還很簡單，但他這方面的觀點是深刻的、有益的」。〔註7〕

二是對劉勰提出的「風骨」概念的闡釋。「風骨」是中國學者在《文心雕龍》研究中爭論頗多的一個問題。傳統的理解都是把「風」和「骨」分別歸屬於作品的內容或形式，如「風即文意，骨即文辭」，或「風是文之情思，骨是文之事義」等等。克利夫佐夫則認爲，「風」和「骨」這兩個範疇均包含有

〔註 3〕同上，第 88 頁。

〔註 4〕Л·Д·波茲涅耶娃：《悲劇性及其在中國的理論理解的最初嘗試》，《遠東文學研究的理論問題》，莫斯科 1977 年版，第 79 頁。

〔註 5〕中國《文學研究動態》 1980 年第 24 期有李少雍、齊天舉的摘譯；《古代文學理論研究》叢刊第十一輯有李慶甲、汪涌豪的全譯。這裏摘引的譯文，由筆者根據《遠東問題》雜誌上的原文譯出。

〔註 6〕Ｂ·Ａ·克利夫佐夫：《論劉勰的美學觀點》，《遠東問題》，莫斯科 1978 年第一期，第 160 頁。

〔註 7〕同上，第 160 頁。

對作品內容與形式的要求，只不過各有所指，各有側重。他指出：「『風』這個概念是和另外一個在中國哲學和美學中非常有名的概念『氣』聯繫著的。……『風』是運動著的『氣』在藝術中的體現」。〔註 8〕他說：「劉勰的這個觀點，是在創作的熱情洋溢的理論基礎上產生的。……但情感世界和理智世界是不可分割的，所以『風』又包含著文學作品的思想方向。」同時，「思想與情感的表達同樣也借助於依其所表現的情感而變化的語言的幫助。因此，語言及其音律的概念也包括在『風』內」。〔註 9〕對於「骨」，克利夫佐夫指出：「『骨』這個詞意味着骨骼。適用於文學作品，『骨』被劉勰解釋爲『力』，即語言和按照一定的觀點在某一方面敘述的內容的豐富。」「『骨』和『風』一樣，意味著內容和它的表達工具——語言，但已經不是從生動性和靈活性的觀點出發，而是出於表達的力量、準確性和均勻性的觀點。」〔註 10〕筆者在 1984 年撰寫的一篇論文中，曾提出「『風』和『骨』都既是對內容的要求又是對形式的要求」的觀點，恰與克利夫佐夫的闡釋不謀而合〔註 11〕。這個解釋，筆者認爲對於中國本國古代文論研究中爭論不休的「風骨」問題，是有突破意義的。

1979 年，莫斯科科學出版社東方文學總編室出版了科學院東方學研究所研究員 И·С·李謝維奇的專著《古代與中世紀之交的中國文學思想》。這本書的宗旨是向俄國和西方讀者介紹中國古代文學思想中一些獨特的概念範疇，並非專門研究《文心雕龍》。但書中論及《文心雕龍》的地方約 40 多處。涉及到的篇章有《原道》、《詮賦》、《頌讚》、《諧隱》、《神思》、《風骨》、《通變》、《情采》、《比興》、《時序》等。所引原文大都由作者參考英譯本譯出，有些還向中國學者進行過諮詢。其大部分譯文準確、通暢、易爲俄文讀者所理解，從中可見作者深厚的漢學功底。

李謝維奇專著中對《文心雕龍》的徵引，有些帶有研究性質，體現了作者對《文心雕龍》文學思想的理解。李謝維奇解讀《文心雕龍》的一個特點，是他特別注意糾正以往《文心雕龍》研究中存在的庸俗社會學與機械唯物論

〔註 8〕同上，第 160 頁。

〔註 9〕同上，第 160 頁。

〔註 10〕同上，第 160 頁。

〔註 11〕見《天津師大學報》1985 年增刊——「中文系 1984 年學術討論會論文選」，第 28 頁。克利夫佐夫論文的中文全譯發表在 1986 年《古代文學理論研究》第 11 輯上，筆者寫文章時尚未見到。

傾向，努力對劉勰的文學思想作出實事求是的解釋。比如對劉勰《原道》篇中表述的基本文學觀念問題，李謝維奇指出：「劉勰研究文學是把它看作某種『文學觀念』的具體化，這種『文學觀念』自原始以來就爲世界所固有，並僅只是在以後的宇宙逐漸進化的過程中，在它的『自我意識』的過程中顯現出來」。〔註 12〕在引述了劉勰「人文之元，肇自太極」的說法之後，李謝維奇解釋道：「這就是說，文章的本源就存在於現實世界的邊緣之外，它好似未來美麗蝴蝶的蛹。按照劉勰的觀點，文學觀念已存在於自己的繭——太極之中」。〔註 13〕關於劉勰的「道」，作者認爲這是中國傳統觀念與佛教「法則」觀念的結合。他指出：「劉勰是在佛寺裏開始自己的創作生涯，並且以和尚的身份辭世的——這不能排除，在他的意識中，傳統的中國的『道』也同佛教的『法則』概念結合在一起。」〔註 14〕他表示反對中國某些論者根據劉勰的一些表面言論就判定他是唯物主義者的作法，但並不認爲指出劉勰理論的唯心主義性質就是貶低其歷史價值，作者引用列寧的話說：「聰明的唯心主義比愚蠢的唯物主義更接近聰明的唯物主義。」〔註 15〕

在論述劉勰的「神思」論時，李謝維奇特別注意劉勰關於「心」的觀點，提出了一些頗有啓發性的見解。他從對劉勰創作理論基本點的理解出發，指出：「對於理性主義者劉勰來說，方寸（李謝維奇在這裏將其理解爲『心』——筆者）是通向另一個世界的打開的出口。」〔註 16〕他指出，劉勰所說的「心」是與中國哲學中那個主宰一切的、神秘的「道」聯繫在一起的。在劉勰的創作理論中，作家的第一要務不是觀察體驗客觀外物，而是對內心的涵養和修煉。作家必須保持心靈的澄澈，與「道」融爲一體，才能寫出第一等的文章，即「道之文」。這樣，在李謝維奇看來，劉勰「神思」論的重點就不是如何獲得外物的激發，而是對主體自發靈感的企盼與追求。李謝維奇指出：「劉勰在《神思》篇裏描繪了一幅靈感的畫面，……因此在這一章裏他要求『虛靜』、要求『澡雪精神』。」〔註 17〕筆者認爲，李謝維奇對劉勰「神思」論的解釋，

〔註 12〕И·С·李謝維奇：《古代與中世紀之交的中國文學思想》，莫斯科：科學出版社 1979 年版，第 18 頁。
〔註 13〕同上，第 19 頁。
〔註 14〕同上，第 128 頁。
〔註 15〕同上，第 128 頁。
〔註 16〕同上，第 45 頁。
〔註 17〕同上，第 46 頁。

是符合劉勰思想實際的。比之某些從現代文學理論、特別是現實主義文學創作論觀點出發，生套劉勰理論的所謂「現代闡釋」，要高明許多。

李謝維奇對劉勰「風骨」論的解釋也頗有特色。在其專著的第三章——《宇宙之風及其在詩歌領域的表現，關於風骨的爭論》中，作者對中國50-60年代在機械唯物論和庸俗社會學影響下形成的把「風骨」研究簡單化、現代化的傾向，表示了不滿。在全面研究了《文心雕龍・風骨》篇中有關「風」和「骨」的論述之後，李謝維奇得出自己的結論說：「風、骨這兩個字……結合在一起，成爲一個統一的概念，就成了一個作爲作品內部某種核心的定義。沒有它，這樣的作品就不能站立起來、就不能被認爲是眞正的文學現象。」〔註 18〕至於「風」和「骨」究竟哪個屬於內容方面的因素，哪個屬於形式方面的因素？李謝維奇站在現代科學思維的立場，提出了「風骨」屬於內容形式兩極中的「中間層面」的觀點，他說：「在劉勰自己對文學作品的理解中，他推測出其中存在的三個方面：內部的、代表著作家本人的情感和思想；外部的、展現於我們面前的有形有聲的形象；最後是某種中間的層面：在同第一個的關係上是外部的，而在同第二個的關係上又是內部的。這就是在劉勰那裏對『風』和『骨』概念的、某種程度上已成爲傳統的解釋。」〔註 19〕李謝維奇的這一解釋，筆者認爲對於打破「風骨」研究中靠單向思維無法擺脫的困境，是有啓發的。

李謝維奇的研究還注意把對劉勰文學思想的闡釋，與中國古代哲學觀念結合起來。如在論及《文心雕龍・時序》篇中諸如「時運交移，質文代變」、「歌謠文理，與世推移」、「風動於上而波震於下」等觀點時，就聯繫到他對中國古代「道」、「德」、「風」、「氣」一類概念的理解，指出在中國古人的觀念中，「德」是「道」的具體化，某個王朝、某個氏族、直至具體個人和具體事物，都有自己的「德」。因此劉勰所謂「時運交移」，就是說「文學的變化是由於『德盛』」。〔註 20〕也就是說，李謝維奇是把「時運」的「運」理解爲「德」的盛衰，也就是我們中國人常說的「氣運」、「氣數」。這個理解，筆者認爲是恰當的，是把握住了中國古代理論術語的獨特內涵的。比之包括中國學者在內的某些學者把「運」簡單翻譯成「運動」，更爲深刻和精當。

〔註 18〕И·С·李謝維奇：《古代與中世紀之交的中國文學思想》，第 88 頁。
〔註 19〕同上，第 95 頁。
〔註 20〕同上，第 219 頁。

1991 年底蘇聯解體以後，社會主流意識形態發生了很大變化，作爲文藝學研究前沿的文藝理論首先出現明顯的「路標轉換」。正如莫斯科大學教授Л・В・切爾涅茨在他主編的《文藝學概論》一書的緒言中所說：「我國文藝學經歷了迅速而急劇轉變的時代。從一方面說，它擺脫了許多（在幾十年時間裏實行的）教條和神話，擺脫了殘酷的意識形態監管，積極地與世界文藝學，首先是西方文藝學相聯繫。」同時「熟悉了俄羅斯美學思想的總體層面，不同方向文學批評的經驗（「機體論」的、「精美論」的、「民粹派」的、宗教哲學的等等）」。〔註 21〕理論的多元化促使漢學—文學研究在研究思路與方法上也出現了許多創新之作與新的嘗試。在《文心雕龍》研究方面的代表作，就是俄羅斯科學院東方學研究所研究員、女漢學家基拉・伊凡諾夫娜・戈雷金娜的新作《太極——1-13 世紀中國文學與文化中的世界模式》。

《太極——1-13 世紀中國文學與文化中的世界模式》一書並非專門研究《文心雕龍》的著作，而是運用神話原型學的觀點和方法，研究中國古代神話、詩歌以及後世的小說與遠古時代的宗教祭祀儀式和占星術的聯繫。作者自述其寫作本書的宗旨是：「考察一至十三世紀中國文學與關於現實的概念之間的聯繫，以及在從祭天儀式圖畫到宋代哲學探索的世界觀進化方面的文學發展過程。」她給自己「提出的任務是顯示現實圖畫的民族特點和在藝術觀及與之適應的文學中找到的世界觀的特點。」〔註 22〕

在該書第三章第三節《世界本體觀念與文學理論》中，戈雷金娜通過對3-6 世紀散文的考察，看到了在包括劉勰在內的文學理論中「對現實和藝術認識有一些共同點」。她指出，古代中國的「本體論觀念造成了一致的、包羅萬象的、使世上的一切全都聯繫起來的系統。與這個系統相協調的首先是藝術活動和實踐活動。」而「表現爲語言藝術與宇宙的聯繫的包羅萬象的著作就是劉勰的論文《文心雕龍》」〔註 23〕她把「文」譯作「符號組合」(Вязь знаков)，所以她說《文心雕龍》「按照字面來翻譯就是『包含在符號組合中的心，雕刻出龍』」。「文學作品，就是『被文字的心雕刻出來的龍』。」〔註 24〕她說：「在劉勰論著的標題中實際上有兩個隱喻的結合：『文心』——『包含在符號組合

〔註 21〕Л·В·切爾涅茨：《文藝學概論》，莫斯科：高等學校出版社 1999 年版，第 6 頁。

〔註 22〕К·И·戈雷金娜：《太極——13 世紀中國文學與文化中的世界模式》，莫斯科：俄羅斯科學院東方文學出版公司 1995 年版，第 324 頁。

〔註 23〕同上，第 147 頁。

〔註 24〕同上，第 147 頁。

（Сотканье энаков）中的心』，也就是由天顯現在人面前的思想；而『雕龍』——『雕刻的龍』——是這些思想在文章中的實現。」〔註 25〕

戈雷金娜從解讀《原道》篇入手，探討劉勰的基本文學觀念。對於外國研究者來說，理論闡釋的正確來源於翻譯的準確。所以這裏不妨先對她譯的《原道》篇開頭「文之爲德也大矣！與天地並生者何哉？夫玄黃色雜，方圓體分。日月迭璧，以垂麗天之象。山川煥綺，以鋪理地之形。此蓋道之文也。仰觀吐曜，俯察含章，高卑定位，故兩儀既生矣」這段話，來一番「品質閱讀」：

由符號組合表現出來的存在的完美是多麼偉大啊！
它是與天地一起誕生的。
當黑色與黃色混合到一起，
然後又分成圓形（也就是天——原注）與方形（也就是地——原注），
而那發著光的、堆滿了的星座，懸掛在美麗的天空中，
以便顯示出天的樣子（天之象——原注）。
星星之山與天上的河流的閃光的錦緞，在法則的幫助下鋪成可見的形體。
這都是存在——道的花紋印跡。
你抬起頭，觀察星星放射出的光芒，
這星星在給人們展示出花紋所包孕的意思（含章——原注）。
當上與下確定了自己的位置，兩種狀況就產生了。

這段翻譯，應該說是瑕瑜參半的。比如把「山川煥綺，以鋪理地之形」譯爲「星星之山與天上的河流」，而無視原文明確指出的「理地」，即有條理的地上文采，可說是明顯的誤譯。但這裏我們需要尤其注意的是戈雷金娜對「道」、「德」一類對於理解劉勰思想極爲重要的理論概念的解釋。她把「道」譯作「Бытие」（意爲「存在」——筆者），把「德」字譯爲「Благодать Бытия」（Благодать 意爲「美滿、幸福」，舊宗教詞語中有「天惠、神賜」之意。「Благодать Бытия」就是「存在的完美表現」——筆者）。中國的「德」在西方語言裏沒有對應的詞語，也可以說在西方思想體系中沒有類似的概念，因此是一個非常難於翻譯的術語。戈雷金娜把它與「道」相聯繫，指出「德」是「道的完滿」，「……是自然存在的美好地發揮職能。德是功能，但好像『帶有有機的職責』。天在徵兆中顯示出自

〔註 25〕同上，第 148 頁。

己的德，而那時『德』就是被具體化了的功能。」她還用黑格爾的說法來解釋中國的「德」，認爲「『德』接近於『應當（Долженствование）』。」「也就是黑格爾所說的：『在自己的限度中並超越自己的限度從自身實現自己的努力。』」〔註26〕我們說，在中國古代道家學派的觀念中，「道」是居於冥冥之中，無可形狀、無以言傳的東西。當它通過具體事物體現出來時，就不能再叫做「道」，而只能稱爲「德」。「德」是指物德，也就是某物之所以得成爲某物的本質屬性，或者說是事物合規律的本質屬性。莊子曰：「物得以生謂之德」（《莊子・天地》）；《管子》曰：「德者，道之舍，物得以生生，」又說：「故德者，得也；得也者，其謂所得以然也。」（《管子・心術上》）可見戈雷金娜對「德」的解釋是基本正確的。但中國古代哲學所謂「道」並非實在的物質世界，不能理解爲如同「存在決定意識」的所謂「存在」，它只是一種處於冥冥之中的精神性實體，戈雷金娜把它譯作具有「此岸世界」意義的「存在」，似乎就不夠妥當了。

戈雷金娜指出，《原道》篇這段話是對「宇宙符號——文的概念的討論」。「文是宇宙的符號，同時又是本性固有的寫入宇宙的文章、文字和書面遺產。文是被表現出的自然存在的完美（道——德）的符號。」〔註27〕她說；「基本上，宇宙的思想就是星空。宇宙的起源是在黑色（天空黑暗的顏色——原注）與黃色——地的顏色的雜交之中。這是宇宙誕生的隱喻。……天借助於月亮和星星，肩負起顯示天的形象的功能。」而「人被帶入對隱蔽的、逐漸消逝的天上的花紋的查看，並解釋它們。這種解釋經過巫師的話或者下意識的話語在儀式和占星術中實現，它們有效地導致對宇宙的花紋符號的理解。」〔註28〕這樣，戈雷金娜就找到了劉勰的文學觀念同古代占星術、原始宗教儀式的聯繫，印證了她關於「中國的文學和文化……起源於基本的對存在的觀念、世界自身的古老圖畫和模式」〔註29〕的理論預設。

戈雷金娜指出：「在劉勰的論斷中建立起一個環：『宇宙—宇宙之心』——『話語—某種符號花紋的表現』——『聖人對花紋的閱讀——孔子對這種閱讀的解釋』，其結果就是『六經』。」「經典的信息可以『曉生民之耳目』」。

〔註26〕同上，第149頁。引文見黑格爾《邏輯學》第一卷，莫斯科1970年版，第198頁。

〔註27〕К·И·戈雷金娜：《太極——1-13世紀中國文學與文化中的世界模式》，莫斯科：東方文學出版公司1995年版，第148頁。

〔註28〕同上，第148頁。

〔註29〕同上，第5頁。

「經典從自然人中造成屬於文化的人（但不是有文化的人），造成向着活動的特殊種類發展的特殊的人」。這就是會「觀天文以極變」、「察人文以成化」的人。而「觀察」、「分析」的目的，「都是爲了使知識適合於具體的事情」。戈雷金娜在這裏提醒說：「如果讀者還記得司馬遷關於占星家在天上『讀出』星星和它們的意思，以及統治者從中接受信息的論述，就會明白，在過去的許多世紀中很少有什麼變化。」〔註30〕

戈雷金娜認爲：「在劉勰的著作中產生了對文化的符號性質的認識。劃分出統一的、就其性質來說是宇宙的語義，這一點在論文的第一句話中就談到了：『文之爲德也大矣』。這樣一來，存在（即『道』——筆者）的標記就可以是各式各樣的，但又都是存在顯示的完美，它們在世上佔有優先的位置。文，這是可見的也是『可想像』的宇宙。」她指出：「以劉勰爲代表的中國文化認爲自己是思想的文化。同時這思想並不與自然客體相脫離，並不脫離支撐這些思想的具體內容，不脫離星星形象的組合或者天河河床的花紋。自然客體應當獲得意義，這些意義作爲『純』意義，是不能與之分離的。」〔註31〕

戈雷金娜特意指出，對於這些「符號」、「標誌」即「文」的理解，並不是在某個人的頭腦中產生的，「因爲它本身已經是功能和意義的體現者。」〔註32〕她舉中國文學藝術爲證說：「在這種文化類型條件下，在詩歌中，除去被本體論眼光看到的，不應該有另一種物體性或者自然，而這是沒有任何折射的單純的物體性，因爲文字（象形字）本身就意味着客體，同時體現着自然現實的原則。」「在繪畫中容許對象世界變形並轉向抽象。而中國傳統繪畫『國畫』，在風景畫中描繪自然現實的『花紋組合』時，全然是向思想的突破。」她說：「在所有藝術中最有中國本體論意義的是繪畫、建築、雕塑和詩歌。繪畫和雕塑轉達了對宇宙世界的知覺——是文的符號，第二是客觀的具體形象（象）。建築在廟宇建築的結構中也是表達了對宇宙的可見的觀念。」「在對世界的本體論理解的條件下，風景可能只是背景。但是本體論意識正好應該把風景和風景詩推到第一位，例如王維的創作。」「在3-6世紀的中國，形成了對象世界的統一的本體論原則。這一時期的中國文化和文章特別注意到由一切藝術文本統一的閱讀形成的高級的符號學性質。閱讀要求脫離一切，脫離經典、文學文本、畫卷、簡單的日常

〔註30〕同上，第151頁。
〔註31〕同上，第152頁。
〔註32〕同上，第153頁。

事物。在對世界的本體論理解中，在文化的客體中總是實現着同一般宇宙內容的聯繫。」戈雷金娜指出：「在一切關於現實和文章，或者單純的關於鬼怪現象的討論基礎上形成的本體論意識，引起了在所有世界觀形式中的急劇轉變。在傳統語文學中產生了穩固的關於詞和文本的宇宙性質的概念。爲宇宙思辯、綜合系統的意識所吸引，產生了對這樣或那樣文學現象的眞正的體裁起源的注意。藝術詞語被從經書、這樣或那樣的經典著作中推衍出來。在劉勰那裏，這種思想得到最充分的體現。」〔註33〕

筆者認爲，戈雷金娜從中國古代宇宙本體論出發對劉勰《文心雕龍》的文學觀念所作的解讀，以及由此得出的對中國文化、尤其是 3-6 世紀中國文化的特點的論斷，起碼在兩點上對我們是有所啓發的。首先就是由於將「文」與「宇宙之道」相聯繫，而使中國藝術所普遍具有的先驗的象徵意蘊性質。在我們的詩歌、繪畫中，自然景物、生活事件往往具有固定的意蘊，這就是現代文論常講的原型意象和抒情母題。諸如「春風春鳥」、「秋月秋蟬」、「寒江釣雪」、「孤雁離群」、「遊子懷鄉」、「怨婦思夫」等等，其意蘊旨歸，往往是先驗地存在於創作者與接受者共同的文化心理建構之中。故雙方能迅速達成默契、產生共鳴。對這一點，俄羅斯彼得堡的一位女漢學家瑪麗娜・葉甫蓋尼耶夫娜・克拉芙佐娃在她的《古代中國詩歌》一書中曾有過這樣的論述：「在歐洲文學中每一個作者從其獨特性出發作出自我評價。而中國文學家們的詩常常被認定爲源出於唯一的早就在標準的文本中定型了的主題的變異的感想。」比如，在中國山水詩中「通常出現的是同一類型的主題（如謳歌在自然荒野的天地中『自由生活』的快樂；歎息人生的短暫等等）」。而中國的愛情抒情詩「由於創作它的都是男詩人」，所以詩中大多「敘述失去情人或丈夫的抒情女主人公對愛情的心情」。〔註34〕兩位俄羅斯學者的解釋如出一轍，反映了當代俄羅斯漢學——研究工作者打破傳統語文學闡釋的侷限，將文學研究與中國哲學、中國的歷史文化、民族心理聯繫起來，得出的對中國文學與文化特點的新認識。

其二，戈雷金娜對《文心雕龍》文學觀念的分析，有助於我們理解在玄學成爲社會主流思潮的條件下，對文學形式因素的研究何以成爲劉勰前後、包括劉勰本人在內的文論家們關注的熱點。正因爲一切形式的「花紋」，都與

〔註33〕同上，第 153 頁。

〔註34〕M·E·克拉芙佐娃：《古代中國詩歌》，聖彼得堡：聖彼得堡東方學中心 1994 年版，第 10 頁。

「道」相聯繫，都是宇宙之道的體現，所以這些「花紋」本身就具有了獨立的意義，有了被認眞探討的資格。故《文心雕龍》要用那麼多的篇幅討論各種文體的起源，討論聲律、駢偶、修辭、造句等形式問題。以往我們從文學研究的社會歷史視角出發，總把魏晉南朝形式主義文風的出現歸咎於士族地主階級的腐朽沒落。或者從文學和語言發展的角度，認爲是人們對文學語言特徵認識發展的必經階段。現在加上哲學本體論視角的切入，可以說對這一現象又多了一層合理的解釋。

最後，簡要談談俄羅斯漢學家翻譯闡釋與研究《文心雕龍》的特色和目前存在的不足。

俄羅斯《文心雕龍》研究的特點，首先是接受動機的積極性。俄羅斯漢學家對中國文化普遍懷有熱愛、崇敬的感情，他們在研究中國文學遺產的時候，不像某些西方學者那樣抱著獵奇和輕蔑的態度，而是力求通過認眞嚴肅的研究和分析，客觀公正地評價中國古代文學遺產的巨大價值。比如前述克利夫佐夫論劉勰美學思想的論文，就以充滿熱情的語言寫道：「劉勰的著作是古代中國文學批評史上最宏大最深刻的文學批評和美學專著。……中國文學批評在劉勰以前的任何時候都沒有提出過如此宏大的任務——研究文學從始至終的最重大的問題，或者如劉勰用形象的語言所說的『振葉以尋根』。劉勰出色地擔負起所提出的任務，表現出機敏和富有洞察力的智慧。」〔註35〕這種積極的接收動機，爲《文心雕龍》在俄羅斯的傳播與研究，創造了良好的前提條件。

其二，是研究視野的宏觀性。俄羅斯漢學家大多具有較深厚的中國古代語言文學的功底，對中國的歷史、文化、哲學等等有相當廣泛的瞭解。同時，作爲異域學者，他們是站在中國以外的角度，用異文化的眼光來觀照中國文學，這就使他們的研究天然地帶有比較研究的性質。所有這些，使俄羅斯漢學家的研究常常跳出對象本身的侷限，在更廣泛的研究視野中對對象作出頗爲新穎的闡釋。比如上述李謝維奇聯繫中國古代的「道」、「德」觀念對劉勰「神思」論和文學發展觀所作的分析，以及波茲涅耶娃將劉勰的喜劇、悲劇觀念與孔子、古希臘亞理斯多德所作的對比，都明顯體現了這一特點。

然而，勿庸諱言，與上述特色和長處並存，俄羅斯的《文心雕龍》研究也存在著一些有待解決的問題和不足。除了前面提到的對《文心雕龍》的全

〔註35〕B·A·克利夫佐夫：《論劉勰的美學觀點》，《遠東問題》，莫斯科1978年第一期，第159頁。

面翻譯尚無人做出外，比較明顯的問題似有以下兩方面：

首先，是翻譯的準確性問題。翻譯的準確有賴於理解的準確，而對於那些尚不能直接閱讀原文的讀者和研究者來說，理解的準確又必須仰仗於翻譯的準確，這就是釋義學常講的所謂「釋義學循環」。這方面的問題，首先在《文心雕龍》書名的翻譯上表現出來。

《文心雕龍》的俄文譯名，過去一般譯作「Резной дракон литературной мысли」（文學思想的雕刻的龍）或「Литературная мысль и резной дракон」（文學思想與雕刻的龍），有時則照字面音譯爲「Вэнь Синь Дяо Лун」。克利夫佐夫根據自己對原著內容的理解，認爲應該譯作「Литература，написанная сердцем и прекрасная как резные драконы」。直譯成中文就是：「用心寫成的，如雕刻的龍一樣美麗的文學」。李謝維奇則建議將《文心雕龍》書名譯作「Дракон，изваяной в сердце письмен」（在文的心中被雕刻出來的龍）。這裏，他選擇俄文「письмена」（文字）一詞來對譯中國的「文」，頗有獨到之處，說明他對劉勰心目中「文」的概念，有更爲深刻的理解。但我們認爲，上述這些翻譯方案，都還值得商榷。因爲我們說，劉勰取《文心雕龍》一名的主旨，如他本人所言，是要探討「爲文之用心」，其重點在「心」而不在「文」，更與「龍」沒有關係。所謂「雕龍」，不過是比喻的用法，是因爲「古來文章，以雕縟成體」，所以「雕龍」是比喻文章如雕刻的龍紋一般華美，並非「在文的心中雕刻出龍」。因此《文心雕龍》一名的意思是說「寫作如同雕刻龍紋一樣美麗的文章所運用的心思」，這需要俄羅斯學者用更準確的俄文來譯出。

此外，比較明顯、且影響對劉勰思想理解的例子，還有如對《文心雕龍·原道》篇首句「文之爲德也大矣」的翻譯。阿列克謝耶夫在 1920 年的著作中將其譯作：「Велико обаяние и сила вэни！」（文的魅力和力量是偉大的）李謝維奇在他的《古代與中世紀之交的中國文學思想》中則譯作：「Велика сила Дэ словености Вэнь」（文的『德』的力量是偉大的）。這兩種譯法，實際上都說的是「文之德大矣」，而非「文之爲德也大矣」。「文之爲德」是說「文作爲一種德」，不是「文的德」。前面在談到戈雷金娜對《原道》篇的翻譯時，我們曾闡述了對中國「德」概念的基本理解，這裏不再贅述。此外「大」也不能訓作價值判斷的「偉大」或「大小」之大（在這一點上戈雷金娜的翻譯也有誤——筆者），而應解作「深廣」、「長遠」。所以劉勰所謂「文之爲德也大矣」，是說「文作爲事物一種合規律的本質屬性它是無所不在的」。看來對《文心雕龍》許多理論觀點的準確翻譯，還有待於中俄兩國學者共同研究來解決。

其次，是闡釋的靈活性問題。前面說過，俄羅斯漢學家研究《文心雕龍》的一個長處是研究視野的宏觀性。他們在研究中常常超越對象本身的範圍，而聯繫到古代中國人的世界觀、中國人的文化觀念體系，對所研究的問題作出獨到的解釋。這種方法原本是不錯的。但需要指出的是，中國古代理論家在闡述理論問題時所使用的概念、術語，存在著複雜多變的情況。同一術語在不同地方的涵義可能不盡相同，因此必須結合上下文意來具體分析。企圖用某種劃一的公式去詮解古代理論家的不同言論，有時就難免要出現「膠柱鼓瑟」的錯誤。比如李謝維奇在他的《古代與中世紀之交的中國文學思想》中，曾經詳細分析了中國古代的「氣」觀念，指出個人之氣與宇宙之氣、進而與「道」之間的關係。從這一既定觀念出發，他在分析《文心雕龍・時序》篇中「風動於上而波震於下」這句話時寫道：「對於古代和中世紀的中國人來說，風就是宇宙之氣的運動，……風是處於世界以太（『氣』）運動之中的生死之源。」〔註 36〕因此劉勰的這句話是套用了王充的「天氣變於上，人物應於下矣」（《論衡・變動篇》），「用於表達宇宙的『一般狀況』與文學的『時代精神』之間、世界之氣的風暴與突發的詩歌靈感之間的聯繫。」〔註 37〕但如果聯繫本篇的上下文來看，劉勰是在講了「至大禹敷土，九序詠功；成湯聖敬，猗歟作頌。逮姬文之德盛，周南勤而不怨；大王之化淳，豳風樂而不淫；幽厲昏而板蕩怒，平王微而黍離哀」之後，總結道：「故知歌謠文理，與世推移，風動於上，而波震於下者。」可見這裏所說「風」是指統治者政治教化的「世風」，而非作爲天地之氣的「宇宙之風」。用當年劉勰所批評的那種「各以一隅之解，欲擬萬端之變」的辦法來研究《文心雕龍》，是行不通的。

（最初發表於俄羅斯國立聖彼得堡大學東方系《遠東文學問題——紀念巴金誕辰 100 週年國際學術討論會論文集》，聖彼得堡和平玫瑰出版社 2004 年出版。）

〔註 36〕И·С·李謝維奇：《古代與中世紀之交的中國文學思想》，莫斯科：科學出版社 1979 年版，第 68-69 頁。

〔註 37〕同上，第 35-36 頁。

俄羅斯現代新漢學的奠基作
——B·M·阿列克謝耶夫的司空圖《詩品》研究

在世界各民族不同文化體系的溝通與交流中，以語言文字爲載體的文化產品、尤其是用語言文字表述的理論成果的對話與交流，可能是最爲複雜、最爲困難的。因爲一個民族理論思維的話語形態，作爲一種抽象的符號系統，植根於民族的歷史文化、生活方式、民族心理傳統，有其非語言外殼所能全部表達的豐厚意蘊。一旦與異民族文化土壤上的另一種話語體系實行「話語轉換」，就難免發生意義的衰減、扭曲與誤讀。甚至以話語形態表述的理論思維，有時因爲另一種文化體系中沒有相應的語詞概念，而令翻譯者無從解說，一籌莫展。早在 18 世紀，俄羅斯漢學早期傑出的代表人物 Н·Я·比丘林通過寫作《中國哲學》一文，就坦白地承認：「我爲淺顯地說明概念而搜索枯腸。」〔註 1〕而要理解和領悟一個民族的文化，又必須對該民族的文化思想、哲學觀念有深刻的瞭解，這就使對中國傳統文化觀念、文學思想的解讀，在中外文化和文學交流中，處於首當其衝、優先解決的攻堅地位。

事實上，俄羅斯現代漢學——研究，正是從破解繁難的中國古代文論著作開始的。1916 年，俄羅斯現代漢學的奠基人瓦·米·阿列克謝耶夫在彼得格勒出版了他的碩士學位論文《中國論詩人的長詩——司空圖（837～908）的〈詩品〉〔註 2〕》，這是目前人們公認的俄羅斯現代漢學——文學研究的奠

〔註 1〕 轉引自 К·И·戈雷金娜、В·Ф·索羅金著：《中國文學研究在俄羅斯》，莫斯科：俄羅斯科學院東方文學出版公司，2004 年版，第 4 頁。

〔註 2〕 「司空圖《詩品》」原文是「Стансы Сыкунь Ту」。Стансы 本是俄國的一種詩體，音譯爲「斯坦司詩」。這是一種分成幾節的詩，每一節用完整的複句表達一段意

基作。該書16開本，長達790頁，用舊俄文字母印行，印刷與裝幀都堪稱精美。其中附錄的中文部分是特地拿到中國的哈爾濱，由當時的中東鐵路管理局印刷廠印製的。該書印刷數量不多，目前在俄國已是不多見的珍本。所幸我國北京國家圖書館有收藏，使中國研究者得以窺其全豹。全書分爲兩大部分：第一部分總標題是「論長詩、它的作者和研究它的條件」，下設四編 19章，分別論述了《詩品》的概況、《詩品》的版本、司空圖生平史料以及研究的方法。第二部分是「翻譯和注釋」，分兩編。第一編是對《詩品》的翻譯和注釋，其中翻譯採用了直譯與意譯兩種形式，以便既能體現原作風貌，又能使俄國讀者易於理解。第二編介紹了三部仿《詩品》的作品，即清代畫家黃鉞〔註3〕的《畫品》、書法家楊景曾〔註4〕的《書品》和文學家袁枚〔註5〕的《續詩品》。對這三部作品，作者節選片斷作了譯注，並與《詩品》作了比較。

阿列克謝耶夫的這部專著，在俄國乃至世界漢學界中享有崇高的地位，半個多世紀以來一直被俄羅斯漢學家奉爲研究中國古典文學和文學思想的傑出範本。俄羅斯漢學家П.Е.斯卡奇科夫（Скачков，1892—1964）在《俄國漢學史略》一書中寫道：「在中國文學研究史上，阿列克謝耶夫的名爲《中國論詩人的長詩》的研究，在世界學術中應佔有一重要的位置。這部有重大價值的語文學著作不只是作爲同類研究的範例，而且也是瞭解古代文章的教科書」。〔註6〕當代漢學家李謝維奇則指出，這部專著對整個俄國的漢學—文學研究，都「具有方法論的意義」〔註7〕。

阿列克謝耶夫研究中國古代文學有一個基本的指導思想，即把中國古代詩學納入到世界詩學體系中來。他不止一次地提出，在世界詩學寶庫中，中國詩學應佔有光榮的一席之地。這種對中國學術文化的熱愛和崇敬，像一條紅線，貫穿於阿氏的整個研究之中，並使他能打破長期以來西方學者對中國

思。阿列克謝耶夫用這個譯名，比較能概括《詩品》在形式上的特點，便於俄國讀者理解。在正文裏，他又將《詩品》譯作「Категории стихотворений」。

〔註3〕黃鉞（1750～1841）字左田，清代畫家。當塗城陽山人。

〔註4〕楊景曾（生卒年不詳），字召林，號竹栗園丁，安徽六安人。清代書畫家。史志記載其於嘉慶十七年（西元1812年）拔貢，可知其爲清中葉人。

〔註5〕袁枚（1716—1798），字子才，號簡齋、隨園老人，清代詩人。浙江錢塘人。著有《隨園詩話》、《子不語》等。

〔註6〕斯卡奇科夫：《俄國漢學史略》，莫斯科：科學出版社1977年版，第269頁。

〔註7〕李謝維奇：《中國文學思想的研究者阿列克謝耶夫》，《中國的文學與文化》（紀念B·M·阿列克謝耶夫院士誕辰90週年論文集），莫斯科1972年版，第40頁。

學術文化的偏見，認眞發掘和探討中國古代詩學思想中蘊含的精華。

阿列克謝耶夫1916年對司空圖《詩品》的研究與我國學者的論述最不同的一點，是他認爲《詩品》論述的是創作主體—詩人方面的問題，具體地說，就是詩人在創作時的不同的靈感狀態，而不是如我國學者所普遍認爲的那樣：《詩品》「重在體貌詩歌的不同風格和意境，兼及某些藝術功用」，同時「包括了詩歌創作的經驗之談。」〔註8〕他說：「在《詩品》中談論的是誘發靈感到來的階段」〔註9〕，二十四「詩品」是「二十四種高級的詩歌靈感樣式」。因此，儘管他在翻譯《詩品》的題目時，還是將其譯作「詩的品類」（категории）或「詩歌作品的品類」（категории поэтических произветений），但他卻把自己的專著命名爲「中國論詩人的長詩」，而不是「論詩的長詩」。雖然我們並不同意他把二十四「詩品」全部說成是詩歌的「靈感樣式」，〔註10〕但阿列克謝耶夫從創作主體的自身修養的角度來挖掘司空圖《詩品》的思想內涵，應該說還是部分地把握住了原作的主旨，有一定的啓發意義。

我們認爲，司空圖《詩品》確實不僅僅是論述了詩歌的各種風格、意境或藝術表現手法，它還以相當多的篇幅論述了詩人爲要創造出某種藝術境界而在主觀上必具的修養或蓄積。也就是說，在司空圖看來，某種藝術風格的形成，並不仰仗篇章字句的推敲雕琢，並沒有什麼機械人爲的法則，關鍵在於作家主觀修煉到某種境界、具備某種氣質。在司空圖的二十四「詩品」中，起碼有十一「品」談到了這個問題。〔註11〕比如第一品「雄渾」，作者要求詩人「返虛入渾，積健爲雄」；第二品「沖淡」，要求詩人「素處以默，妙機其微」等等。至於第二十品「曠達」、二十四品「流動」，更完全講的是詩人的人生態度與思想修養的問題。從這個角度來看，阿列克謝耶夫把《詩品》歸納爲「論詩人的長詩」，還是有一定道理的。

還需要指出的是，司空圖所說的這種詩人的主觀修養，是在與「道」契合

〔註8〕郭紹虞、王文生《中國歷代文論選》第二冊，上海：上海古籍出版社1979年版，第215、216頁。

〔註9〕《中國論詩人的長詩——司空圖〈詩品〉》，彼得格勒1916年版，第9-10、14頁。

〔註10〕以後的蘇聯漢學家普遍把「詩品」的「品」解釋爲「美學範疇」。參見李福清著《中國古典文學研究在蘇聯（小說、戲曲）》，田大畏譯，北京：書目文獻出版社1987年版，第105頁。

〔註11〕如《詩品》中的「雄渾」、「沖淡」、「沉著」、「典雅」、「洗煉」、「勁健」、「自然」、「豪放」、「超詣」、「曠達」、「流動」等。

無間地交融中自然而然地達到的某種境界，而不是強制、被動、違背本性地建立起來的某種觀念體系，也就是說，他崇尚的人格是「眞」而不是「僞」。所謂「虛佇神素，脫然畦封」(《高古》)、「體素儲潔，乘月返眞」(《洗煉》)）等等，無不強調的是這種境界。對詩人的這種修養，阿列克謝耶夫選擇「Наитие」(靈感——筆者）一詞來概括，儘管不一定確切（因爲司空圖所說的作家的思想修養，是通過長期修煉而達到的一種長期穩定的精神氣質和人格境界，並非剎那間產生的靈感)，但俄文詞 наитие 所具有的「天啓」的意義，卻說出了作家這種修養是來自冥冥之中的某種玄機，是不期然而至的、非人力強求所能得的特點。從這裏可以看出阿列克謝耶夫對司空圖原著精神實質把握的深度。

把司空圖的詩學主張與中國古代道家哲學中的「道」的觀念聯繫起來加以考察，是阿列克謝耶夫 1916 年司空圖《詩品》研究中最主要的心得。這一認識並且影響到他以後對中國古代文論其他著作的研究。阿列克謝耶夫指出：「在《詩品》中……經常使用的一個詞是『道』」〔註 12〕。他做了一番統計之後說：「(在《詩品》中)『道』這個詞出現了 7 次，而它的最接近的同義詞和代用詞『眞』，是 11 次」。此外，他說：「『道』還有另外一些表述，如『造化』、『眞』、『眞宰』等等」。可以說，「『道』存在於每一節詩，並在每一個標題中表現出來」。他認爲，像「雄渾」、「沖淡」、「實境」、「形容」等題目，實際上都是講的「道」。阿列克謝耶夫指出：「這裏的『道』就是『道』本身，它來自於道家的第一批神秘主義者（老子、莊子、列子、淮南子)，是《詩品》經常採用的論點之一，它表示了作者一個主要的思想」。由此，他得出自己的結論說：「在《詩品》中是以詩的語言歌頌了那種特殊的靈感，這種靈感，以自己的特徵成爲『道』的表徵，而它的體現者就是得道的詩人——『道—詩人』。這部作品的全部內容都與此相聯繫」。這就是說，在阿列克謝耶夫看來，《詩品》所說的各種「品」，(也就是他所認爲的各種「詩歌靈感樣式」，——筆者）全部來自於超時空的、處於冥冥之中的「道」，並從不同角度、以不同特點體現著「道」，是「道」的具體化。聯繫到前面提到過的，司空圖對於創造不同風格而要求詩人必具的修養的論述，可以說阿列克謝耶夫的這一理解基本符合司空圖原著的精神。

接下來，阿列克謝耶夫對中國古代思想家和文學家所神往的「道—人」或「道—詩人」(即「得道的詩人」——筆者）作了具體的描述。他寫道：「這

〔註 12〕《中國論詩人的長詩——司空圖〈詩品〉》，第 37 頁。

種『道一人』或『道一詩人』存在於宇宙的遠景和超思想的成就之中，……他是具有偉大精神的『高級的』人，他爲偉大的思想和徹悟浸透，他自滿自足，處於沉默，是人群中的孤獨者，古代的因素活在他的遠離塵世的孤立的精神之中……」。阿列克謝耶夫對中國的「道一詩人」的這種理解，貫穿到他以後的所有中國古代文論研究論著中。如他在將近三十年之後寫的比較詩學論文《羅馬人賀拉斯和中國人陸機論詩藝》、《法國人布瓦洛和他的中國同時代人論詩藝》等，都把中國的「道一詩人」的理想看作是與西方文論相比的一個重大的不同點。

得「道」的詩人（或者其他藝術家）在宇宙的神秘力量——「道」的推動下，在一種物我兩忘、超思維超感覺的狀態下創造出巧奪天工的精美作品，這在阿列克謝耶夫看來，正是中國藝術的奧妙，也是中國美學和藝術理論的眞諦。所以他把自己在以後 40 年代寫的系列論文，即對司空圖《詩品》、黃鉞《畫品》和楊景曾《書品》的研究，命名爲《詩人——畫家——書法家論自己靈感的奥秘》。他認爲這三部著作最大的相同點，是它們都把老子學說中那種永恆的、超思維超感覺的「道」作爲一個眞正的藝術家的理想。詩人、藝術家要與「道」融爲一體，要成爲「道一詩人」、「道一畫家」、「道一書法家」。阿列克謝耶夫指出，瞭解中國藝術理論所揭示的這一奧秘，「在研究中國繪畫和他的一切異國情調時，……未必不是合適的甚至是必須的」。〔註 13〕

通過對司空圖《詩品》的深入研究，阿列克謝耶夫指出：「無論是從歐洲的還是從中國的觀點來看，（司空圖的）長詩都是具有卓越優點的文學個體，因此對它進行研究是完全必要的」。他認爲，司空圖《詩品》完全可以「列入歐洲論詩人的長詩（賀拉斯、布瓦洛等）之林。……它應該在一般文學史中佔有絕對光榮的地位」〔註 14〕。

在 1916 年阿列克謝耶夫的司空圖《詩品》研究中，他已經注意到司空圖《詩品》在中國美學思想史中的地位，注意到《詩品》同以後的其他藝術門類的理論著作的聯繫。具體來說，就是把《詩品》同後人仿其意而作的《畫品》、《書品》進行比較。

阿列克謝耶夫這一研究構想的提出，最初是很偶然的。1914 年，他的一名學生從北京給他帶來一本書，書名《三品匯刊》，1879 年出版，其中收錄了

〔註 13〕 B.M.阿列克謝耶夫：《中國文學》，莫斯科：科學出版社 1978 年版，第 200 頁。
〔註 14〕 《中國論詩人的長詩——司空圖〈詩品〉》，第 30 頁。

《詩品》、《畫品》和《書品》。這一偶然的發現促使作者意識到，分別由詩人、畫家和書法家撰寫的《詩品》、《畫品》和《書品》，這三部不同年代、論述不同門類藝術的長詩，可以組合成一部統一的三部曲。

經過近三十年的潛心研究，阿列克謝耶夫在1945年發表了他的系列論文的第二篇《中國山水畫家——詩人論自己的靈感和自己的山水畫》，1947年發表了第三篇論文《書法家和詩人談書法藝術的奧秘》，並對司空圖《詩品》作了重新翻譯，至此，作者完成了他最初構想的主題：《詩品——畫品——書品，詩人——畫家——書法家，中國的三部曲》。他在爲這個「三部曲」寫的序言中指出：「它們（按：指《畫品》和《書品》——筆者）的作品，繪畫和書法的最有修養和教養的大師，沒有找到比詩人司空圖在自己的長詩中所用的語言更爲有力的語言來表達自己的思想。儘管這首詩距離他們已存在了不少於一千年，但仍被他們當作經典來吸收。」〔註15〕

通過這種對中國藝術理論的歷史縱向和跨學科橫向的比較研究，阿列克謝耶夫向俄國讀者揭示了中國藝術的內在奧秘，提供了理解中國藝術和藝術理論的鑰匙。更爲重要的是，他所揭櫫的這種宏觀的、系統化的研究方法，不僅對俄蘇漢學界，而且對中國本國的研究工作者都是很有啓發意義的貢獻。

（本文主要內容曾以《司空圖〈詩品〉研究舉要》爲題，收入王曉平、周發祥及筆者合著的《國外中國古典文論研究》，江蘇教育出版社1998年8月出版。俄羅斯科學院院士李福清主編之《B·M·阿列克謝耶夫：中國論詩人的長詩——司空圖〈詩品〉》收錄該文篇目，俄羅斯科學院東方文學出版公司2008年出版）

〔註15〕 B.M.阿列克謝耶夫：《中國文學》，莫斯科：科學出版社1978年版，第171頁。